CRIME
A LINDENBOURNE

Dans la même collection
LES DOSSIERS DE SCOTLAND YARD
par J. B. Livingstone

MEURTRE AU BRITISH MUSEUM
LE SECRET DES MAC GORDON
CRIME À LINDENBOURNE

à paraître

L'ASSASSIN DE LA TOUR DE LONDRES

J. B. LIVINGSTONE

CRIME
A LINDENBOURNE

ÉDITIONS DU ROCHER

28 rue Comte-Felix-Gastaldi — Monaco

ISBN : 2-268-00389-2

CHAPITRE PREMIER

La voiture banalisée de Scotland Yard progressait à allure mesurée sur une route détrempée du Sussex. A l'arrière, le superintendant Scott Marlow et l'ex-inspecteur-chef Higgins devisaient sur la délicate affaire qui les conduisait vers le lieu le plus élégant du monde civilisé, la petite bourgade de Lindenbourne.

L'ex-inspecteur-chef Higgins, qui paraissait depuis toujours âgé d'une cinquantaine d'années, était vêtu d'un smoking qui mettait en valeur sa distinction naturelle. La chevelure argentée, la moustache poivre et sel, une voix douce et grave lui donnaient une allure plutôt rassurante. Il excellait d'ailleurs dans la tâche de confesseur laïque au service du Yard dont il était considéré comme le plus fin limier. Si Higgins avait pris une retraite anticipée, c'était pour se consacrer à des devoirs essentiels exigeant toute son attention : l'entretien de ses rosiers, la lecture des bons auteurs et de longues promenades dans les environs de son cottage sis à *The Slaughterers* (1) où il faisait si bon vivre.

Le superintendant Scott Marlow tira une fois de plus sur le bas de sa veste de smoking qui avait une fâcheuse tendance à remonter sur son ventre. Le loueur s'était sûrement trompé de taille. Fidèle serviteur de la police de Sa Majesté, admirateur passionné d'Elizabeth II, le superintendant se sentait fort mal à l'aise dans cet accoutrement. Le front bas, les lèvres épaisses, le teint rougeaud, l'embonpoint prononcé, Scott Marlow n'appréciait qu'un

(1) *Les Assassins,* littéralement « les bouchers ».

seul environnement : son bureau de Scotland Yard où il passait souvent la nuit.

En ce début d'été, la campagne mouillée d'une pluie fine était ravissante. Les gazons verdissaient d'abondance. Il ne manquait plus que quelques rayons de soleil pour ajouter une note de brillant aux feuilles des arbres.

— Je suis vraiment très ennuyé, avoua le superintendant.

— Pourquoi donc ? demanda Higgins. Ce n'est pas la première fois que vous assurez la protection rapprochée d'une haute personnalité.

— Certes... mais les autres, c'étaient des politiciens, des hommes d'affaires, des diplomates... des gens normaux, tandis que celui-là...

Celui-là avait pour nom Pietro Giovanni. Chanteur d'opéra de son état, il passait pour le plus grand baryton du siècle.

— Vous n'aimez pas les artistes, superintendant ?

Les lèvres de Scott Marlow se plissèrent en une moue dégoûtée.

— Les saltimbanques n'ont aucune moralité. Artistes... est-ce que nous sommes des artistes, nous ?

Higgins préféra ne pas s'engager dans une discussion philosophique à l'issue incertaine.

— En quoi Pietro Giovanni vous fait-il peur ?

Scott Marlow se rengorgea.

— Peur, moi ? Pas du tout. Mais je n'aime pas fréquenter ces gens-là. Vous me comprenez, Higgins ? Je suis sûr que vous aussi, vous les détestez ! C'est pourquoi je me suis senti tellement gêné de vous demander pareil service.

Higgins leva la main droite en signe d'indulgence.

— Il faut bien aider son prochain, mon cher Marlow.

S'il y avait un type humain que Higgins n'appréciait guère, c'était le prochain abusif. Son cottage était suffisamment isolé et entouré de haies pour qu'aucun individu de cette sorte n'apparût dans son champ de vision. En revanche — Scott Marlow l'ignorait — Higgins éprouvait une admiration sans borne pour les opéras de Mozart. C'était même l'unique musicien qui lui faisait oublier les turpitudes humaines et lui permettait de croire encore un peu à la réalité d'une perfection sur cette terre. Or, parmi les hauts lieux mozartiens de la planète, il y avait précisément Lindenbourne où, cet été, Pietro Giovanni allait interpréter le rôle de Don Juan. A cause d'une scandaleuse erreur de sa gouvernante, Higgins n'avait pu obtenir de billet pour l'unique représentation où le grand baryton italien serait au cœur d'une prestigieuse distribution rassemblant les meilleurs interprètes du moment. Scott Marlow, effrayé à l'idée de se perdre dans un milieu très huppé dont il ignorait les usages, avait supplié Higgins de l'accompagner. Sans grand espoir, car l'indépendance farouche de l'ex-inspecteur-chef était devenue légendaire. A son grand étonnement, Higgins avait accepté, non sans s'être fait prier.

— Ce que vous faites pour moi est admirable, Higgins. Je ne suis pas prêt de l'oublier. Je compte sur vous pour m'éviter des gaffes. Ma carrière...

— Soyez sans crainte, superintendant.

Scott Marlow n'était pas à proprement parler un carriériste, mais il rêvait de faire un jour partie du corps de police chargé de la sécurité rapprochée de la reine Elizabeth II. Aussi ne pouvait-il se permettre aucun faux pas.

— Comment a commencé cette affaire, superintendant ?

— Pietro Giovanni est un ami du ministre des Affaires étrangères. Au cours d'un dîner, Giovanni lui a confié avoir reçu des menaces de mort à plusieurs reprises. Le chanteur s'en moquait. Le ministre a pris la chose au sérieux. Surtout quand il a su que Pietro Giovanni serait la vedette de la prochaine saison de Lindenbourne. Le scandale, vous vous rendez compte, si...

Superstitieux, Scott Marlow n'osa pas formuler sa pensée. Les quatre événements de l'année britannique n'étaient-ils pas le tournoi de tennis de Wimbledon, le *Derby Day* (1), la finale de la coupe de football à Wembley et le festival de Lindenbourne ? Incontestablement, ce dernier était le plus raffiné. Là se rassemblaient les membres de la dernière des aristocraties, celle de la culture. Hors de question que les deux cent trente et un privilégiés qui assisteraient à la représentation du *Don Giovanni* de Mozart fussent troublés par un incident quelconque. Depuis sa fondation, le festival de Lindenbourne, où avaient pourtant brillé des gloires du chant

(1) Course de chevaux à Epsom.

comme Leopold Simoneau, Tereza Berganza, Joan Sutherland ou Kiri Te Kanawa, n'avait accueilli distribution aussi brillante. La soirée serait retransmise en différé par la BBC.

— Pietro Giovanni est-il averti de notre venue ? demanda Higgins.

— Pas tout à fait, répondit Scott Marlow, dont la mine s'assombrit. Notre mission est... confidentielle. Nous devons être là-bas sans y être.

Le superintendant avait mis l'accent sur « notre » et sur « nous ». Le sort de Pietro Giovanni n'intéressait Higgins que dans la mesure où il chanterait de manière exceptionnelle le rôle de Don Juan. Depuis qu'il avait pris sa retraite, Higgins ne quittait son cottage que pour résoudre des énigmes hors du commun (1) ou pour prêter main-forte à un ami (2). L'avenir de l'humanité n'était pas de son ressort.

En arrivant à Lindenbourne, Higgins fut la proie d'un léger sentiment de malaise. Un soleil timide avait pourtant percé les nuages chargés de pluie, donnant au « jardin enchanté » des allures de paradis. Lindenbourne, c'était un château et un jardin. Tout autour, des champs et des pâturages où broutaient des vaches débonnaires. Voilà plus de cinquante ans, un châtelain passionné d'art lyrique avait réuni musiciens et chanteurs pour son plaisir et celui de ses proches. La magie ayant opéré, cette entreprise privée avait pris une dimension nationale, puis internationale.

Scott Marlow descendit avec peine de la voiture, tant il était engoncé dans son smoking.

— Suivez-moi, exigea Higgins. Tout est prêt ?

— Vos instructions ont été suivies à la lettre.

Higgins, méfiant, vérifia que la malle contenant des vêtements de secours n'avait point été oubliée. A Lindenbourne, en fonction de la mode et du temps, il fallait tout prévoir.

Du coffre du véhicule, le chauffeur sortit un panier d'osier contenant du poulet froid, un thermos et une glacière abritant une bouteille de champagne français, des

(1) Lire : *Meurtre au British Museum.*
(2) Lire : *Le secret des Mac Gordon.*

verres en cristal et un plaid écossais. L'homme suivit à distance respectueuse les deux policiers qui, mains derrière le dos, pénétrèrent à pas lents dans le domaine réservé à l'élite des amateurs d'opéra.

Stupéfait, Scott Marlow vit que les gentlemen portaient tous un smoking et les ladies toutes une robe du soir. Ces dernières composaient une symphonie de noir, de mauve, de rose et de jaune, jouant sur la soie, la mousseline et le satin. Des étoles de vison cachaient quelques épaules délicates. Et toute cette richesse déambulait sur un gazon d'un vert ancestral.

— Choisissons un endroit pour pique-niquer, dit Higgins.

— Pique-niquer ? Mais... je n'en ai pas la moindre envie !

Le regard désapprobateur de Higgins pétrifia le superintendant. Vaincu, il suivit l'ex-inspecteur-chef jusqu'à la bordure d'un pré où une vache blanche et noire mâchait de l'herbe avec conscience. En bordure des haies, près des rosiers, des élégants et des élégantes échangeaient leurs appréciations sur le *Don Giovanni* qu'ils espéraient être le plus étonnant de la décennie.

Le chauffeur déploya le plaid, y posa le panier d'osier et la glacière.

— Notre place est retenue pour l'entracte, commenta Higgins. A présent, nous allons au bar.

— Pourquoi donc ? s'étonna Scott Marlow. Est-ce nécessaire de... ?

— C'est un rite, le coupa Higgins.

— On boit beaucoup, ici ?

— C'est en partie exact, superintendant, mais ce n'est pas une raison pour le faire remarquer.

Par petits groupes, les mélomanes se dirigeaient vers le château. Higgins et Scott Marlow furent parmi les derniers à pénétrer dans le bar, parcouru de tels courants d'air qu'il portait le surnom de « chemin de la pneumonie ». Mais les mozartiens ne s'arrêtaient pas à de tels détails. L'ex-inspecteur-chef réussit à occuper un recoin relativement abrité, au-dessous d'un grand tableau représentant l'un des châtelains de Lindenbourne, un violon à la main.

Embarrassé par la coupe de champagne qu'on lui avait offerte, la poitrine comprimée par sa veste de smoking,

Scott Marlow rêvait de son whisky et de son bureau du Yard.

— Nous devrions prévenir le régisseur de notre présence, mon cher Higgins.

— Sans doute.

Higgins avait déjà oublié la « mission ». Comme les années précédentes, il se laissait envoûter par la musique qui imprégnait les murs de Lindenbourne et se préparait, avec le recueillement souriant propre aux vrais mozartiens, à la célébration de *Don Giovanni.*

— Le ministre l'a mis au courant, ajouta Scott Marlow. Mais avec discrétion. Je crois préférable de vous laisser parler, Higgins.

Ils quittèrent le bar pour se rendre dans le secteur administratif. Le festival de Lindenbourne était devenu une société commerciale gérée avec soin. Les papiers officiels du Yard leur servirent de sésame jusqu'au bureau du régisseur, un petit homme nerveux vêtu, lui aussi, de l'obligatoire smoking. Jonathan Kelwing ne dormait que quelques heures pendant la saison d'opéra. L'organisation matérielle reposait sur ses seules épaules.

— Scotland Yard, maugréa-t-il sans se lever. On m'a prévenu. Que comptez-vous faire, au juste ? J'ai très peu de temps à vous accorder. La plus importante représentation de la saison commence dans moins de trois heures. Vous vous rendez compte de ça ?

Jonathan Kelwing avalait ses mots, tant il parlait vite.

— Pietro Giovanni est-il arrivé ? demanda Higgins.

— Depuis trois jours. Il a refusé de répéter, comme d'habitude. J'ai réussi à lui trouver une demeure à quelques kilomètres d'ici. Je l'attends. Tout le monde l'attend.

Le superintendant Marlow jetait un œil aux photos de chanteurs et de cantatrices célèbres qui lui étaient totalement inconnus et qui ornaient les murs du bureau.

— Nous aimerions ne pas perdre de vue Pietro Giovanni jusqu'à ce qu'il quitte Lindenbourne, précisa Higgins. Nous sommes responsables de sa sécurité. En toute discrétion et après vous, bien entendu.

— Vous n'aurez pas grand-chose à faire, messieurs ! s'exclama le régisseur. Dès son arrivée ici Pietro Giovanni se rendra aux vestiaires où il sera pris en charge par les maquilleuses et les habilleuses. Il pénétrera sur scène, chantera le rôle de Don Juan pour la première fois de sa carrière, dînera ici même et se rendra à Londres pour y prendre le premier avion pour Milan où il chante dans deux jours. Une foule de gens entourera Giovanni en permanence. Vous n'avez qu'à écouter Mozart ou rentrer au Yard. Je suppose que vous n'êtes pas de grands amateurs de musique.

Scott Marlow avait envie de répondre « non », mais Higgins fut plus rapide que lui.

— Souhaitons, monsieur, que ce *Don Giovanni* ait le rythme de celui de Busch, la verve de celui de Giulini et la profondeur de celui de Fricsay (1). Pietro Giovanni pourra s'y exprimer pleinement.

Le régisseur considéra Higgins avec surprise. Son choix de chefs d'orchestre était celui d'un connaisseur.

Le téléphone sonna.

— Excusez-moi, dit-il en décrochant.

L'écouteur plaqué à l'oreille droite, Jonathan Kelwing pâlit brusquement

— Pietro Giovanni a disparu, annonça-t-il aux policiers.

(1) Busch, Giulini, Fricsay : trois grands chefs d'orchestre mozartiens.

CHAPITRE II

Jonathan Kelwing se statufia sur place, soudain incapable de bouger et de parler. La disparition du chanteur signifiait l'échec de la saison, voire la mort du festival de Lindenbourne.

— Il faut faire quelque chose, estima Scott Marlow, impressionné par le malaise du régisseur.

— Excellente idée, approuva Higgins, fort contrarié à l'idée d'être privé d'opéra. Où résidait précisément Pietro Giovanni ?

Le régisseur ne répondit qu'une dizaine de secondes plus tard, comme si son cerveau fonctionnait au ralenti.

— A l'auberge de *L'oie troussée,* à Gemfield. Un petit village, à trois kilomètres d'ici. Une pension de famille très huppée où les hôtes sont triés sur le volet.

— Qui vous a prévenu ? demanda Higgins.

— Le chef d'orchestre, Lovro Ferenczy. Tous les acteurs sont prêts, costumés. Il ne manque plus que la vedette...

Le régisseur sortit un mouchoir de la poche de son smoking et essuya une larme de désespoir.

— Voyons, dit Higgins, réconfortant. Il ne s'agit peut-être que d'un simple retard.

— Non, non, gémit Jonathan Kelwing. On a téléphoné à l'auberge. Il en est parti en taxi voilà plus d'une heure ! Vous vous rendez compte !

— Je vais prévenir le Yard, annonça le superintendant, martial. Nous allons quadriller la région et le retrouver très rapidement.

Réajustant sa veste de smoking qui, inéluctablement, lui remontait sur le ventre, Scott Marlow sortit du bureau du régisseur qui, se prenant la tête dans les mains, faisait peine à voir.

— C'est un désastre... je vais être obligé d'annuler la représentation... Cela ne s'est jamais produit ! Ce Pietro Giovanni est un monstre. Me faire ça, à moi...

Higgins n'avait rien d'autre à proposer que d'attendre. Le propre des personnes disparues étant généralement d'être introuvables, il ne voyait pas comment ramener Pietro Giovanni sur la scène de Lindenbourne avant l'heure prévue pour le début de la représentation. Il ne restait plus qu'à croire en un miracle que l'âme du divin Mozart était tout à fait capable d'accomplir. Higgins, dont la croyance en Dieu était modérée mais la certitude musicale affirmée, s'en remit à la providence.

— Reprenez-vous, recommanda-t-il au régisseur. Tout peut encore s'arranger.

— S'arranger ? Vous vous moquez de moi ? Vous croyez que la porte va s'ouvrir et que Pietro Giovanni va apparaître ?

La porte s'ouvrit à la volée. Apparut un homme de haute stature, vêtu d'un costume noir aux reflets rouges. Un véritable gentilhomme du XVIIIe siècle, coiffé d'un grand chapeau orné d'un panache blanc qu'il ôta pour saluer d'un geste très ample.

Le régisseur se leva comme un automate.

— Pietro... Pietro Giovanni ! Mais... vous... vous aviez disparu !

Superbe, très sûr de lui, indifférent, le chanteur s'installa dans un fauteuil, croisant l'une sur l'autre ses grandes bottes de cuir montant jusqu'à mi-cuisse. Il ignorait Higgins, défiant du regard le régisseur qui se rasseyait lentement, fasciné par la puissance émanant de Pietro Giovanni qui vivait déjà son rôle de grand seigneur insolent, capable de toutes les conquêtes.

— Ne m'ennuyez pas avec ce genre de détails, Jonathan. Je mène ma vie d'homme et d'artiste comme je l'entends. Ce soir, je marquerai à jamais le rôle de Don Juan. Le reste importe peu. Je n'avais pas envie de m'habiller en même temps que les autres, c'est tout. Conduisez-moi à la loge, convoquez la maquilleuse et donnez l'ordre que personne me dérange avant le début de l'opéra.

Pietro Giovanni se leva. Ses ordres n'appelaient pas de

réplique. Jonathan Kelwing, résigné, passa devant lui pour le guider.

Higgins avait rarement rencontré un personnage disposant d'une telle présence naturelle, si envahissante qu'elle ne laissait place à rien d'autre qu'à elle-même. Le baryton italien avait toute chance, en effet, de devenir l'un des plus grands Don Juan de l'histoire de l'opéra.

— Un instant, intervint Higgins. Vous avez bien été l'objet de menaces de mort, monsieur Giovanni ?

Pietro Giovanni se tourna à demi pour contempler de toute sa hauteur celui qui osait l'interpeller ainsi.

— En quoi cela vous concerne-t-il ?

— Scotland Yard. J'ai été chargé d'assurer votre protection.

— Ma... ma protection !

Le chanteur éclata de rire. Le régisseur ne savait plus quelle contenance adopter. Higgins demeura impassible, attendant l'issue de cet accès d'hilarité.

— Sachez, tout inspecteur de Scotland Yard que vous êtes, que je me protège tout seul. Quant à la mort, j'en fais mon affaire ! Elle ne m'a jamais effrayé et ce n'est pas ce soir que ça changera ! Adieu, monsieur.

Pietro Giovanni poussa dehors le régisseur.

Le superintendant Marlow fit irruption.

— Voilà, expliqua-t-il à Higgins, la région sera quadrillée d'ici une heure. Pas un chat ne passera entre les mailles du filet.

— Otez le filet, recommanda Higgins. Notre vedette est retrouvée

***

Lorsque retentirent les premiers accords de la sombre ouverture du *Don Giovanni* de Mozart, le superintendant Marlow réprima un bâillement. Son estomac criait famine et il n'avait même pas eu l'occasion d'étancher sa soif avec un double whisky avant d'affronter la redoutable épreuve que constituait l'audition d'un opéra entier. Higgins, recueilli, avait sur les genoux la partition et le livret italien-anglais. Lui et Marlow jouissaient de l'immense privilège d'occuper la loge privée du régisseur d'où ils pouvaient contempler la scène et lire la moindre expression sur les visages des chanteurs et des cantatrices. Jamais l'ex-inspecteur-chef n'avait obtenu pareille place. Il se préparait à vivre une merveilleuse soirée. Jonathan Kelwing, quant à lui, passerait son temps en coulisses pour veiller sur mille et un détails.

— Quand verrons-nous Pietro Giovanni ? demanda le superintendant, peu sensible aux modulations tragiques de l'orchestre.

— Presque tout de suite après la fin de l'*Ouverture*, répondit Higgins. Mais parlez doucement.

Par chance, la loge était suffisamment décalée et placée en hauteur par rapport à la salle pour que les deux policiers échangeassent des propos à voix basse sans déranger quiconque.

— Vous croyez que nous sommes vraiment obligés de rester, Higgins ? On pourrait aller au bar... Pietro Giovanni sera surveillé par des centaines de gens.

Excédé par les interventions intempestives de son collègue, Higgins se montra néanmoins conciliant. Il ne désespérait pas d'introduire, si peu que ce fût, un superintendant de Scotland Yard dans l'univers mozartien.

— Mon cher Marlow, nous ne sommes pas des amateurs. Nous devons remplir notre devoir jusqu'au bout. Pour la plus grande gloire de Sa Majesté.

L'argument était de poids. Le superintendant grommela une vague protestation au moment où le valet de Don Juan, Leporello, entamait le premier grand air de l'opéra : « Je veux faire le gentilhomme et je ne veux plus servir. » Puis éclata la violente altercation entre Donna Anna et Don Juan qui, entrant en scène et se masquant le visage, tenta d'échapper à celle qu'il avait essayé de déshonorer. Se dressa devant lui le Commandeur, le père de Donna Anna. Le vieillard, hautain et sévère, obligea Don Juan à se battre en duel.

Au moment où le séducteur tira l'épée du fourreau, ses yeux exprimèrent dédain et mépris à l'égard du misérable adversaire qui osait lui barrer le chemin. Higgins nota que Pietro Giovanni avait hésité sur une note. Le trac, sans doute. La voix grave, au timbre parfait, avait les couleurs chaudes de la passion et envoûta aussitôt le public par son étonnante puissance.

Les épées de Don Juan et du Commandeur s'entrechoquèrent. Le duel tourna vite court, le vieillard étant par trop inférieur au bouillant chevalier qui lui perça le cœur. Le Commandeur s'écroula, chantant sa mort en des phrases d'une telle gravité douloureuse que même Scott Marlow en fut ému, se demandant s'il ne s'agissait pas d'un trépas bien réel.

Lorsque la vie quitta le corps du Commandeur, Don Juan le salua en ôtant son chapeau, comme il l'avait fait dans le bureau du régisseur.

Le drame était noué. Donna Anna découvrit l'horrible réalité, pleura sur le cadavre de son père défunt tandis que son fiancé, Don Ottavio, tentait de la réconforter. « Si tu ne me tues pas, avait-elle promis à l'audacieux qui avait pénétré dans sa chambre pour la violer, n'espère pas que jamais je te laisse fuir! » Don Ottavio prête le serment solennel de venger son père et d'identifier son assassin. Il ne reviendrait auprès d'elle qu'avec la tête du coupable.

— Le vieux a été bien imprudent, nota Scott Marlow qui se faisait expliquer par son collègue les moments décisifs de l'action. A son âge, on ne se bat pas en duel.

— Il aimait sa fille plus que tout, répliqua Higgins. Le cœur l'a emporté sur la raison.

L'atmosphère sembla se détendre lorsque Don Juan et Leporello croisèrent le chemin d'une belle dame à laquelle le séducteur, attiré par l'*odor di femina,* fit une déclaration enflammée. Malheureusement pour lui, elle se révéla être Donna Elvira, l'épouse qu'il avait abandonnée et qui le recherchait partout! Loin de demander son pardon, Don Juan fit déclamer par son valet la longue liste de ses succès féminins, plongeant ainsi dans le désespoir celle qui l'aimait encore et qui jura devant le ciel de se venger.

— Ce Don Juan est un fieffé coquin, s'irrita Scott Marlow qui n'avait jamais renié la morale victorienne la plus stricte.

— Il aime passionnément la vie, dit Higgins.

— En séduisant des milliers de femmes? Inadmissible. Où irait-on si...

La protestation du superintendant se perdit dans les joyeux accents d'une fête paysanne. Masetto et Zerlina s'apprêtaient à célébrer leur mariage. Mais l'irruption de Don Juan, sensible au charme de la jeune Zerlina, bouleversa leurs projets. Déployant tous ses artifices de séduction, Don Juan aurait réussi à abuser d'elle si l'arrivée d'Elvira, ponctuée par un soupir de soulagement du superintendant, ne l'avait arrachée aux griffes du monstre.

De multiples péripéties se produisirent, marquées par un Don Juan omniprésent, même lorsqu'il n'était pas sur scène, jusqu'au *finale* du premier acte où le séducteur offrit une fête somptueuse, espérant profiter de la nuit et de l'ivresse des convives pour s'emparer de Zerlina et l'entraîner vers un pavillon isolé. Mais, parmi les invités, il y a trois personnes de haut rang, masquées. Imprudent, impatient, Don Juan entraîne Zerlina qui appelle au secours. Il est presque pris au piège, tente de faire croire que le coupable est son valet, Leporello. Mais cinq accusateurs se dressent devant lui : Masetto, à qui il a tenté d'enlever sa fiancée ; Zerlina, qui vainc sa peur pour le dénoncer ; Donna Anna, Donna Elvira et Don Ottavio, qui ôtent leurs masques, la première ayant d'ailleurs reconnu la voix de l'assassin de son père. Tous ensemble, ils prononcent un impitoyable verdict : « Tout est déjà connu ! Tremble, tremble, scélérat ! Le monde entier connaîtra bientôt ton horrible crime. Entends le son de la vengeance qui siffle près de toi ! La foudre tombera sur ta tête, ce jour même ! »

L'orchestre, à son maximum de puissance, manifesta la descente du feu céleste par des phrases saccadées et violentes qui conclurent le premier acte.

***

— Encore un peu de champagne, superintendant ?

— Non, merci.

Pendant l'entracte, Higgins et Scott Marlow avaient été obligés de sacrifier à la cérémonie du pique-nique sur l'herbe. Jonathan Kelwing, le régisseur, les avait rassurés sur les conditions de sécurité : Pietro Giovanni resterait au foyer des artistes jusqu'à la reprise du spectacle. Le superintendant n'appréciait guère la bouteille de Veuve Clicquot millésimée qu'Higgins avait extraite de la pénombre de sa cave. Ce breuvage lui paraissait bien terne, mais il n'osait pas demander un double whisky. Deux vaches noires et blanches contemplèrent les policiers qui, à genoux, dégustaient leur sandwich au poulet. Scott Marlow trouvait la position inconfortable, se demandant comment les femmes en robe du soir réussissaient à demeurer ainsi sans avoir de crampes. Higgins, en habitué de Lindenbourne, possédait lui aussi ce rien de dignité qui permet au connaisseur de se faire reconnaître comme tel par ses pairs.

— Cet opéra n'a pas de sens, jugea Scott Marlow. Tout le monde sait que ce Don Juan est un criminel et personne ne l'arrête. Moi, j'aurais mis depuis longtemps un terme à ses agissements.

— Criminel... vous y allez fort, superintendant. Il a tué, certes, mais dans le cadre d'un duel auquel le sens de l'honneur l'obligeait de participer. Quant au reste... qui pourrait lui reprocher d'aimer les jolies femmes ?

Le superintendant avala de travers et posa sa coupe d'un geste nerveux, renversant un peu de champagne sur son pantalon de smoking. Il était révolté par les paroles de l'ex-inspecteur-chef.

— Mais enfin, Higgins ! Cet homme est totalement immoral !

— Qui peut juger ? Il ne manque ni de charme, ni de puissance. Pietro Giovanni l'a incarné à la perfection. Son timbre de voix est idéal.

Scott Marlow ne suivit pas son collègue sur ce terrain technique.

— On pourrait peut-être attendre au bar la fin de l'opéra ?

— Vous n'avez pas envie de la connaître, superintendant ?

— Eh bien, je vous avoue que...

— En ce cas, regagnons nos places.

Scott Marlow se résigna. La situation n'était pas tout à fait désespérée. D'une part, il ne lui restait plus qu'une moitié d'opéra à subir. D'autre part, cette mission s'avérait d'une facilité déconcertante, dans la mesure où le personnage à surveiller ne se trouvait jamais seul. D'ici deux heures environ, le superintendant serait libéré de cette pénible obligation de service et pourrait regagner son bureau du Yard.

Le début du second acte lui parut aussi scandaleux que le reste, Don Juan se moquant de l'amour sincère de Donna Elvira en faisant passer son valet pour lui-même puis en agressant le malheureux Masetto qu'il laissa presque pour mort. Le superintendant partagea la colère de Zerlina, disant à propos de Don Juan : « je suis une tigresse en furie, un lion ! Il n'y aura pas de pitié ». Et Masetto de renchérir : « Je veux le tuer, en faire mille morceaux ! » Lorsque la statue du Commandeur se manifesta, au cimetière, pour faire comprendre à Don Juan que l'au-delà le châtierait bientôt, Scott Marlow en eut froid dans le dos.

Higgins éprouvait un curieux malaise. Pietro Giovanni, malgré son extraordinaire technique vocale, lui parut moins flamboyant que dans le premier acte. Sa présence s'estompait un peu. La voix tremblait parfois dans le grave. Plusieurs phrases musicales furent un peu heurtées.

— Tout ça va mal finir, supputa Scott Marlow, pendant que Don Juan invitait à dîner la statue de pierre qui, inclinant la tête, signifia son acceptation.

— Je le crains aussi, ajouta Higgins, notant avec étonnement que Pietro Giovanni avait tout bonnement abrégé le duo avec Leporello lorsqu'ils sortaient du cimetière.

Après qu'Elvira eut chanté son désespoir et son impossible amour pour Don Juan, vint l'entretien fiévreux entre Ottavio et Anna, le premier reprochant à la seconde de différer leur union à cause de son désir de vengeance. Anna vocalisa à merveille, surmontant les difficultés inouïes de son dernier grand air où elle affirmait sa fidélité et sa rigueur.

— Elle a du coffre, admit Scott Marlow. Je reconnais que ça vaut certaines petites chanteuses à la mode.

— Ne vous attachez pas à la seule virtuosité, compléta Higgins, bienveillant. Ce qui compte avant tout, c'est le phrasé.

Le superintendant n'eut pas le temps de demander des explications à Higgins sur ce qu'il entendait par là. La scène du banquet final débuta. Don Juan, assis à une table somptueusement garnie, dévorait à belles dents. Leporello, après avoir dérobé une aile de gibier, la dégustait dans son dos.

Higgins crut qu'il faisait un cauchemar. Non seulement Pietro Giovanni omit, comme l'exigeait la partition, de prendre son valet sur le fait, mais encore il se leva, portant la main à sa poitrine. Leporello, gêné, fut sauvé par l'apparition d'Elvira, conjurant une dernière fois Don Juan de changer de vie. La réponse musicale de ce dernier, célébrant les femmes et le bon vin, manqua de mordant et de vivacité.

Repoussée, méprisée, Elvira quitta la salle de ce banquet solitaire. Soudain, elle poussa un grand cri. Le superintendant sursauta. Un pas lourd retentit.

La statue du Commandeur apparut.

Les voix graves de l'homme de pierre et de Don Juan s'affrontèrent dans un violent duel où Pietro Giovanni avait bien du mal à s'imposer. Malgré la qualité de l'orchestre et de la mise en scène, Higgins se sentait de plus en plus mal à l'aise. Par instants, il reconnaissait à peine la musique de Mozart.

Le Commandeur invita Don Juan à dîner dans l'autre monde, lui demandant de placer sa main dans la sienne en guise d'acceptation. Le séducteur ne recula pas, mais les traits de son visage se crispèrent dans une grimace douloureuse.

Brutalement, avant même que s'élève le chant du chœur et que surgissent les flammes de l'enfer, Don Juan s'écroula sur la scène, lâchant la main du Commandeur dont la voix grave sombra dans un murmure de stupéfaction. Des cris s'élevèrent dans la salle. Le chef d'orchestre cessa de diriger ses musiciens qui, incrédules, se dévisagèrent les uns les autres.

Higgins comprit que Pietro Giovanni venait de mourir sous ses yeux.

CHAPITRE III

— Scotland Yard, prévint Scott Marlow. Laissez-nous passer et ne touchez à rien !

Suivi par Higgins qui avait déjà sorti ses outils de travail, un carnet noir et un crayon Staedler Tradition B à la pointe soigneusement taillée, le superintendant pénétra sur scène en écartant chanteurs et cantatrices qui, derrière le rideau baissé, entouraient le cadavre de Pietro Giovanni. Tous costumés, ils s'apprêtaient à chanter la dernière scène de l'opéra, après la mort de Don Juan, pour tirer la morale de l'histoire.

Le régisseur, Jonathan Kelwing, passait de l'effondrement à l'excitation, manifestant un regrettable manque de sang-froid en un lieu où le seul scandale antérieur avait été la présence d'une jeune personne dénudée dans un opéra de Verdi dont Higgins avait d'ailleurs fortement désapprouvé la représentation.

L'ex-inspecteur-chef n'éprouvait aucun goût pour les cadavres. Il abandonnait généralement leur examen au médecin légiste. Mais, dans le cas présent, il fit une entorse à ses habitudes et se pencha sur celui qui venait de jouer son dernier rôle. Pietro Giovanni était étendu de tout son long sur la scène à l'italienne. Il semblait beaucoup plus petit mort que vivant. Le rictus douloureux qu'avait observé Higgins au moment de la poignée de main avec le Commandeur était demeuré inscrit sur le visage du chanteur, lui ôtant toute superbe et toute prestance. Les yeux ouverts fixaient un horizon perdu dans le ciel du théâtre.

En professionnel consciencieux, Higgins connaissait presque par cœur les dix volumes du *Manuel du crime* de

Sir M. B. Master, destiné à l'éducation des enquêteurs et beaucoup trop négligé à son goût. Les planches du tome III, montrant des cas types de décès dus à l'absorption de substances toxiques, ne laissaient aucun doute : Pietro Giovanni avait été empoisonné. Son trépas s'était probablement accompagné d'intenses souffrances. Il lui avait fallu une énergie exceptionnelle pour tenir son rôle presque jusqu'au bout.

Le costume de velours noir scintillait encore sous la lumière crue des projecteurs. Au cou du défunt, une chaînette d'or, très fine, comportait un anneau plus gros que les autres auquel était accrochée une curieuse clé ancienne en or. Elle ne faisait pas partie du costume de scène de Don Juan. Pour ne point la quitter même pendant une représentation, Pietro Giovanni devait la juger fort précieuse. Sans doute ouvrait-elle la porte de quelque lourd mystère. Higgins dégagea délicatement le fermoir, fit jouer le mécanisme et s'empara de la clé qu'il glissa dans la poche droite de son pantalon de smoking.

L'ex-inspecteur-chef se releva, intrigué. Il fit un croquis sur une pleine page de son carnet noir, reproduisant la position du cadavre et son emplacement sur la scène. Scott Marlow s'approcha de son collègue et lui parla à voix basse, comme s'ils se trouvaient encore dans la loge.

— Qu'est-ce que vous comptez faire, Higgins ? On commence par arrêter toute la troupe ?

— Surtout pas ! Vous avez devant vous une pléiade de vedettes de notoriété internationale. Il faut manœuvrer en douceur, superintendant.

— En douceur, répéta Scott Marlow, réalisant subitement que cette affaire prenait une tournure très dangereuse pour sa carrière. S'il encourait le moindre blâme, surtout à la suite d'un impair commis envers une personne de qualité, il ne serait jamais affecté à la protection rapprochée de Sa Majesté Elisabeth II. Le plus sage consistait à recourir à une vieille méthode qui avait fait ses preuves : laisser agir Higgins et retirer les marrons du feu.

L'ex-inspecteur-chef s'avança vers le régisseur qui tentait de calmer chanteurs et cantatrices, visiblement bouleversés par le drame. Seul le Commandeur, en raison du maquillage qui le faisait ressembler à une statue de pierre blanche, paraissait garder un calme imperturbable.

— Demandez-leur de nous rejoindre au foyer des artistes, dit Higgins au régisseur. Le superintendant et moi-même procéderons à un interrogatoire de routine. Soyez aimable de prévenir Scotland Yard, superintendant, pour qu'on enlève le corps.

— Une crise cardiaque en plein finale, gémit Jonathan Kelwing. Le festival est fichu.

Higgins, carnet et crayon en main, demeura plus d'une dizaine de minutes sur la scène, examinant chacun des recoins. Il ne la quitta qu'au moment où l'équipe de l'identité judiciaire, précédant les infirmiers, arriva sur les lieux avec sa promptitude habituelle. Puis, en compagnie de Scott Marlow, il se dirigea vers le foyer des artistes, une vaste salle d'hôte seigneuriale peuplée de divans, de fauteuils de cuir et d'armoires Regency. Quand les deux policiers y pénétrèrent, ils ressentirent une atmosphère pénible, oppressante. Ne se trouvaient là que Jonathan Kelwing, le régisseur, affalé dans une bergère, et le chef d'orchestre, Lovro Ferenczy, un homme d'une soixantaine d'années, au front haut. Le visage orné d'un fin collier de barbe blanche, il marchait de long en large.

— Mais... où sont les autres ? interrogea Scott Marlow.

— Remontés dans leur chambre pour se changer, répondit le régisseur d'une voix accablée. Ils ne supportaient plus leurs costumes de scène. Vous voulez boire quelque chose ?

— Plus tard, intervint Higgins au désespoir de Marlow. Maitre, puis-je vous poser quelques questions ?

Lovro Ferenczy interrompit son va-et-vient et s'adossa à une cheminée victorienne en marbre transformée en plateau d'exposition pour des photographies de maestros ayant dirigé des opéras à Lindenbourne. L'homme avait beaucoup d'allure. Lovro Ferenczy était considéré comme le plus remarquable des chefs mozartiens de son temps. Après une longue carrière, il ne paraissait que rarement en public, se consacrant à des événements de premier plan comme les festivals de Salzbourg ou de Lindenbourne. Dans le petit monde de la grande musique, chacun savait que les meilleurs orchestres souhaitaient l'avoir à leur tête. Doté d'une oreille exceptionnelle et d'une prodigieuse mémoire musicale, Lovro Ferenczy avait le don de faire chanter les instruments en superposant leurs voix, sans les confondre, en une harmonie proche de la perfection. Avare de mouvements, peu spectaculaire, précis dans ses moindres indications, il dirigeait la plupart du temps les yeux fermés, laissant jaillir la musique en lui avant de l'exprimer au-dehors. D'origine tchèque, mais apatride, il avait un léger accent qui donnait à son élocution un charme étrange.

— Je vous écoute, inspecteur.

— Avant tout, maître, je voudrais vous dire à quel point le superintendant Marlow et moi-même sommes heureux de vous rencontrer. Votre art est l'une des joies les plus pures de notre existence.

— Merci, inspecteur.

Scott Marlow sourit gauchement. Il estima que Higgins avait le génie des convenances. Sans doute le nom de ce chef d'orchestre lui était-il aussi parfaitement inconnu qu'à lui-même.

— Vous connaissiez bien Pietro Giovanni, maître ? interrogea Higgins qui, selon son habitude, examinait en détail la pièce où il se trouvait, passant un doigt sur l'arête des armoires, caressant le cuir des fauteuils, se regardant dans les glaces aux armatures à la feuille d'or.

— Je ne l'avais jamais rencontré avant ce soir, inspecteur. Nos carrières ne s'étaient pas croisées. Monsieur Giovanni chantait l'opéra italien romantique que j'exècre. C'était la première fois qu'il s'aventurait dans Mozart.

— Vous l'aviez choisi dans la distribution ?

— Non, intervint Jonathan Kelwing. C'est moi. J'étais persuadé que l'expérience méritait d'être tentée.

— Monsieur Kelwing pensait même que ce serait l'événement musical de ces dix dernières années, précisa le chef d'orchestre. Il a su me convaincre.

— J'avais raison, non? Vous l'avez entendu? C'était superbe! s'enflamma Jonathan Kelwing. Il chante comme...

Le régisseur s'interrompit, réalisant que Pietro Giovanni n'était plus de ce monde. Sa belle ardeur retomba.

— N'aviez-vous rien remarqué de particulier sur scène ? demanda Higgins à Lovro Ferenczy.

— J'ai dirigé les yeux fermés, inspecteur.

— Qu'avez-vous pensé, maître, de l'interprétation de Pietro Giovanni ?

Le chef d'orchestre, mains croisées derrière le dos, se concentra un instant.

— En partie remarquable... à ma grande surprise ! Il a compris le personnage et s'est plié avec un certain bonheur au style mozartien. Il n'a commis que quelques petites bévues dans le premier acte. Ensuite, cela s'est un peu gâté... le phrasé s'est fait plus incertain, des phrases ont été gommées. J'ai été fort étonné par son comportement à la fin de la scène du cimetière. Il a sans doute eu un trou de mémoire. Face au Commandeur, il a difficilement réussi à surnager... jusqu'à son tragique décès.

Higgins opina du chef. Les observations du chef d'orchestre recoupaient les siennes. Il s'était bien passé quelque chose sur scène, pendant le second acte. Quelque chose de suffisamment grave pour troubler un professionnel aussi renommé que le chanteur italien.

Scott Marlow observait d'un œil sévère le régisseur et le chef d'orchestre. Pour lui, ils exerçaient des métiers bizarres, propices à générer des criminels en puissance. Le superintendant aurait pu mener un interrogatoire serré, mais il laissait à Higgins le soin de préparer le terrain.

— Pourquoi toutes ces questions ? demanda le régisseur.

— Vous oubliez, monsieur Kelwing, intervint Scott Marlow, cassant, que le défunt avait reçu des menaces de mort et que nous étions ici pour le protéger. Vous croyez peut-être à une mort naturelle ?

Jonathan Kelwing agrippa les accoudoirs de son fauteuil, stupéfait d'être aussi vivement apostrophé. Scott Marlow tira sur sa veste de smoking, remontée à mi-ventre, ne se départant pas d'un air accusateur.

— Je... je n'ai pas dit ça... mais rien ne prouve encore que...

— Exact, admit Higgins. Le laboratoire de Scotland Yard nous donnera bientôt la réponse. Nous permettrez-vous néanmoins de poursuivre cette enquête ?

Higgins se faisait bonhomme, parlant sur le ton de la confidence comme s'il s'adressait à un vieil ami. Le régisseur parut rasséréné.

— Mais bien sûr, inspecteur ! Je vous demanderai seulement d'être discret. Avec toutes ces vedettes, vous comprenez... la susceptibilité des gens d'opéra... la réputation du festival...

— La vérité ne s'encombre pas de tant de délicatesse, assena Scott Marlow.

Le chef d'orchestre avait fini par s'asseoir. Higgins continuait de fureter, s'attardant sur une porcelaine de Saxe représentant Don Juan faisant la cour à une jeune fille.

— Tous les interprètes se trouvaient bien ici pendant l'entracte ? demanda-t-il.

— Oui, répondit le régisseur. Maître Ferenczy et moi-même également.

— Ne s'est-il rien passé de particulier ?

Le chef d'orchestre et le régisseur se regardèrent, embarrassés. Higgins s'adossa à la cheminée, vérifiant que la pointe de son crayon Staedler B était bien taillée.

— Il y a eu un petit incident sans intérêt, avoua le régisseur.

— De quel ordre, monsieur Kelwing ?

— Eh bien... Pietro Giovanni était plutôt furieux en sortant de scène. Quand il est entré ici, il hurlait... il hurlait quelque chose comme « on a voulu me tuer ! ».

Scott Marlow crut avoir mal entendu.

— Vous confirmez, maître ? demanda Higgins au chef d'orchestre.

— Pietro Giovanni était en colère, c'est vrai. On peut même dire qu'il hurlait. Il m'a fait appeler pour affirmer qu'on avait attenté à ses jours.

— Il a tenu à ce que chacun constate sa blessure, précisa le régisseur, hésitant.

Scott Marlow, s'empourprant, s'adressa avec rudesse à Jonathan Kelwing.

— Pietro Giovanni était gravement blessé et vous avez omis de nous prévenir sur-le-champ ?

— N'exagérons rien ! protesta le régisseur. Il a fait toute une comédie parce qu'il s'était écorché le pouce de la main gauche en tirant son épée du fourreau.

— Ah ! ponctua gravement Scott Marlow, il a donc essayé de tuer quelqu'un lui-même !

Gênés, le régisseur et le chef d'orchestre regardèrent ailleurs.

— Il s'agit du duel avec le Commandeur, glissa Higgins à l'oreille du superintendant. Souvenez-vous du début de l'opéra, quand Don Juan blesse mortellement le vieillard qui s'interpose pour venger l'honneur de sa fille...

Scott Marlow tira sur sa veste de smoking pour se donner une contenance.

— Admettons. Alors, cette blessure ?

— Une simple maladresse de la part de Pietro Giovanni, expliqua le régisseur. Mais il a fallu qu'il accuse l'univers entier de son infortune !

Higgins caressa une potiche chinoise dont le décor représentait un sage méditant, au crépuscule, à l'écart du monde et des hommes.

— A-t-il formellement accusé quelqu'un d'avoir provoqué cette blessure ? demanda-t-il à Jonathan Kelwing d'une voix douce.

Nerveux, le régisseur croisa et décroisa les mains, prenant du temps pour réfléchir.

— Non... je ne crois pas... mais je ne comprends pas cette question ! Il s'était écorché tout seul !

— Et vous, maître, dit Higgins en se tournant vers Lovro Ferenczy, avez-vous quelque souvenir sur ce sujet ?

— Non point, répondit le chef d'orchestre. J'ai été convoqué de la manière la plus cavalière par monsieur Giovanni alors que les interprètes étaient rassemblés au foyer. Dans un état de fureur avancé, il a exigé que je supprime la dernière scène afin de finir sur sa mort, face au Commandeur.

— Avez-vous accepté ?

— Cette prétention insensée a soulevé une réprobation générale. De plus, monsieur Kelwing, qui a fait la mise en scène, et moi-même, estimons que cette scène ultime est indispensable à la signification de l'œuvre. Tous les protagonistes du drame sont rassemblés, à l'exception de Don Juan englouti par les flammes de l'enfer, et tirent la morale de l'aventure qu'ils viennent de vivre. Le méchant est toujours châtié. Mozart l'avait voulu ainsi.

— Je suis de votre avis, commenta Higgins. Malheureusement pour lui, Pietro Giovanni a eu satisfaction au-delà de ses désirs.

L'ex-inspecteur-chef s'adressa de nouveau au régisseur, tandis que Scott Marlow examinait la potiche chinoise abandonnée par Higgins, se demandant si le plus fin limier du Yard n'avait pas trouvé là quelque indice à prendre en considération.

— Revenons à cette petite blessure, monsieur Kelwing. Je suppose que quelqu'un a offert ses soins à monsieur Giovanni ?

— Euh... oui, en effet. Je crois que Ruben Carmino, grand amateur d'armes blanches, lui a proposé d'examiner la plaie, mais il s'est vu repoussé avec véhémence, de même que Graziella Canti qui souhaitait poser un sparadrap auquel Giovanni s'est déclaré allergique. George Chairman s'est désintéressé du problème, haussant les épaules. Gert Glinder a proposé de faire appel à un médecin. Marylin O'Neill, qui possède un diplôme de botanique, a voulu étendre une substance naturelle sur la blessure. Pietro Giovanni a refusé. Excédé, sir Brian Hall a ouvert l'armoire à pharmacie qui se trouve ici même et a sorti une compresse qu'il a tendu au chanteur italien. Ce dernier l'a presque frappé, écartant son bras et faisant tomber la compresse. Finalement, il a accepté d'être soigné par Audrey Simonsen. Elle lui a appliqué une sorte de désinfectant. J'ai insisté pour savoir si c'était efficace. Elle m'a répondu que la quantité était largement suffisante. De fait, Pietro Giovanni s'est calmé assez vite.

Le superintendant Marlow était assommé par cette avalanche de noms de grandes vedettes qu'il n'avait jamais entendus. Higgins, quant à lui, les connaissait depuis longtemps pour avoir suivi leur carrière, mais il prit soin de noter la distribution du tragique *Don Giovanni* de Lindenbourne :

Pietro GIOVANNI, Don Juan
George CHAIRMAN, le Commandeur
Marylin O'NEILL, Donna Anna
Sir Brian HALL, Don Ottavio
Audrey SIMONSEN, Donna Elvira
Gert GLINDER, Leporello
Graziella CANTI, Zerlina
Ruben CARMINO, Masetto
Orchestre et chœurs sous la direction de Lovro FERENCZY
Mise en scène de Jonathan KELWING

Pour Higgins, il ne faisait pas de doute que le ou les coupables se trouvaient sur la plus extraordinaire liste de suspects qu'il lui eût été donné d'inscrire sur son carnet noir.

— Pietro Giovanni a-t-il formulé d'autres exigences ?

Le régisseur et le chef d'orchestre hochèrent la tête négativement.

— Non, reprit Jonathan Kelwing. Il a soudain semblé très las. Il a bu un peu d'eau et s'est installé dans un fauteuil, écartant tout le monde d'un geste de la main. Il a congédié la maquilleuse venue pour vérifier si des raccords étaient nécessaires. Quand il s'est dirigé à nouveau vers la scène, il avait recouvré toute sa superbe. Il n'a prononcé qu'un seul mot : *avanti !*

— N'avez-vous pas indiqué qu'il s'était blessé au pouce de la main gauche ? s'étonna Higgins. Cela signifie-t-il que Pietro Giovanni était gaucher ?

— En effet, approuva le régisseur.

— Existe-t-il d'autres gauchers parmi les interprètes ?

Le régisseur réfléchit.

— Non... je ne crois pas.

Higgins, pour sa part, avait remarqué que Jonathan Kelwing et Lovro Ferenczy étaient de classiques droitiers.

La porte du foyer des artistes s'ouvrit. Apparut un homme d'une haute stature, les cheveux gris argenté, vêtu d'un impeccable costume trois pièces anthracite, qui défia l'assemblée avec une autorité naturelle.

— Vous avez besoin de moi, messieurs ?

Le Commandeur venait de faire son entrée.

CHAPITRE IV

— Veuillez prendre place, monsieur Chairman, pria Higgins.

Quand George Chairman, l'interprète du Commandeur, passa devant lui, Scott Marlow ne put réprimer un léger frisson. Il n'était pas très rassuré lors de la venue sur scène de la statue vivante, mais celui qui lui prêtait sa voix lui semblait presque aussi impressionnant.

Higgins laissa s'installer George Chairman dans un lourd fauteuil datant du baroque britannique pendant qu'il notait une observation probablement intéressante : si Pietro Giovanni était bien le seul gaucher de la troupe, personne d'autre n'aurait pu se blesser en tirant malencontreusement l'épée du fourreau, spécialement préparé pour lui.

— Si ma présence ne vous est pas indispensable, j'aimerais me retirer, demanda le chef d'orchestre.

— Je vous en prie, maître. Mais soyez aimable de ne pas quitter Lindenbourne avant la conclusion de l'enquête.

Higgins regarda Scott Marlow qui approuva. Jonathan Kelwing se leva d'un bond.

— Vous n'y pensez pas, messieurs ! Vous n'allez pas retenir ici des personnalités qui ont des engagements dans le monde entier !

— Si, monsieur, l'interrompit Scott Marlow avec assurance. L'honneur de Scotland Yard est en jeu.

Furieux, Jonathan Kelwing fit quelques pas en direction de la porte du foyer des artistes.

— Je suppose que je peux, moi aussi, me retirer ? J'ai des dispositions urgentes à prendre.

— Hélas, indiqua Higgins, je crains d'être obligé de vous retenir encore quelque temps. Avec votre permission, bien entendu. Votre présence pourrait éclairer la suite des interrogatoires.

— Interrogatoire ? s'étonna la voix grave de George Chairman, glaçant l'assistance. Interrogatoire ? Qu'est-ce que ça signifie ?

Le chef d'orchestre s'éclipsa tandis que le régisseur, furibond, revint s'asseoir. Il connaissait bien Chairman. Ce dernier était d'un caractère plutôt rigide et ne supporterait pas d'être considéré comme un vulgaire suspect.

— Cela signifie, précisa Higgins, que Scotland Yard émet l'hypothèse d'un assassinat et que toutes les personnes présentes au foyer des artistes pendant l'entracte peuvent être soupçonnées de crime.

Higgins s'était beaucoup avancé, anticipant sur ses propres conclusions. Mais une intuition l'avait guidé. L'un de ces traits de lumière dont il savait, par une longue expérience, qu'il ne fallait en aucun cas les négliger.

Les maxillaires de George Chairman se contractèrent. Son regard s'assombrit. Scott Marlow recula d'un pas.

— Assassinat ? Assassinat de qui ?

— De Pietro Giovanni, monsieur Chairman.

George Chairman eut un sourire si dédaigneux que Scott Marlow eut envie de rentrer sous terre.

— Totalement ridicule, inspecteur. Personne n'a jamais été assassiné sur une scène d'opéra. Ce malheureux Giovanni est mort d'une crise cardiaque. Normal.

Le jugement était tombé, sec, sans appel. Le superintendant Marlow fut pris d'un doute. Et si George Chairman avait raison ? Jonathan Kelwing, le régisseur, parut renaître. Une idée lui traversait l'esprit. S'il n'y avait pas assassinat, il n'y aurait plus de scandale. Seulement la mort superbe, et en situation, d'un grand artiste au sommet de sa carrière. Grandiose.

— Monsieur Kelwing, demanda Higgins, auriez-vous la bonté d'aller me chercher le fourreau et l'épée de Pietro Giovanni ? Le laboratoire du Yard doit pouvoir examiner ces objets.

Le régisseur se dirigea vers une penderie en chêne qui, malgré sa masse, n'alourdissait pas le décor de la vaste pièce.

— Rien de plus simple. Ils sont ici. Je les y ai rangés moi-même. Il s'agit d'une épée historique. Elle a appartenu à l'un de mes ancêtres et j'y tiens beaucoup.

Jonathan Kelwing ouvrit la penderie, s'accroupit, fouilla, écartant des caisses remplies d'accessoires et de costumes de scène. Quand il se releva, il était livide. Ses mains tremblaient. Il n'osa pas faire face à Higgins.

— Je ne comprends pas... ils étaient là, je vous jure... le fourreau et l'épée...

— Cette disparition ne me surprend pas outre mesure, dit Higgins avec un bon sourire. Existerait-il d'autres endroits où ces objets auraient pu... s'égarer ?

— Certainement... il y a un magasin d'accessoires, sous les combles. Si vous m'y autorisez, j'y cours...

— J'allais vous en prier, monsieur Kelwing.

D'un pas saccadé, le régisseur quitta le foyer des artistes.

— Je pense, dit Higgins à Scott Marlow, que vous devriez sermonner le laboratoire pour que les analyses soit exécutées avec la dernière urgence.

— N'ayez aucun souci sur ce point, rétorqua le superintendant. Scotland Yard connaît son travail.

— Je n'en disconviens pas, insista Higgins, sur un ton plus autoritaire, mais j'aimerais néanmoins que vous fissiez cette démarche capitale pour la suite de l'enquête.

Impressionné, sentant vaguement que Higgins manigançait quelque diablerie de son cru, Scott Marlow se montra coopératif. En sortant, il jeta un ultime coup d'œil à George Chairman qui, bien droit sur son fauteuil, le front altier, semblait aussi vivant qu'une statue de marbre.

Quand la porte du foyer se referma, Higgins fut satisfait d'être parvenu à ses fins : avoir un entretien, seul à seul, avec le Commandeur. L'ex-inspecteur-chef avait vite jugé l'homme. Il ne se livrerait pas en public.

— Je vous prie d'être bref, inspecteur. Je suis fatigué. J'aimerais prendre une collation et aller me coucher.

— Soyez assuré, monsieur Chairman, que je me montrerai aussi concis que possible. Mais vous comprendrez aisément que, dans le cas d'un crime...

— Quel crime ? s'anima George Chairman. Fadaises ! Pietro Giovanni était un viveur, un homme aux mœurs dissolues, un passionné qui voulait tout avaler. Il a eu la mort qu'il méritait. Trop belle, même. Elle ne surprendra personne. Voyez-vous, inspecteur, vous me prendrez peut-être pour un vieil imbécile, mais je crois encore à la morale. Qui s'adonne à la débauche sera fatalement puni par le ciel. Il est juste qu'il en soit ainsi.

Higgins ne pouvait donner tort à George Chairman. Mais il était aussi au service de Scotland Yard et n'avait pas le droit de s'arrêter à des considérations de cet ordre, fussent-elles du plus haut intérêt.

— J'aimerais que vous ayez raison, monsieur Chairman. Mon enquête en serait bien facilitée. Mais je redoute que mon hypothèse ne soit exacte. Savez-vous que je suis votre carrière depuis plus de vingt ans ?

L'interprète du Commandeur demeura impassible.

— Grand bien vous fasse, inspecteur. Sachez que je suis insensible aux compliments comme à la critique. Ma carrière n'a aucune importance. Seule compte la musique. Je la sers de mon mieux depuis vingt ans, il est vrai. Je compte bien lui offrir mon talent jusqu'à mon dernier souffle. C'est pourquoi je ne pleure pas la mort de Pietro Giovanni. Quand on rate un fa dièse, quand on se montre imprécis dans plusieurs phrases essentielles de l'acte II du *Don Giovanni* de Mozart, quand on commet de coupables omissions, on ne mérite pas de vivre.

Là encore, Higgins n'avait rien à redire. Il avait lui-même noté les impardonnables erreurs imputables à Pietro Giovanni.

— Vous êtes irlandais, je crois ?

— Je suis né à Dublin il y a cinquante-trois ans, répondit George Chairman, et j'en suis fier. Mon pays a la noblesse chevillée au cœur.

— Vous habitez à Londres, n'est-ce pas ?

— Auriez-vous percé tous les mystères de ma vie privée, inspecteur ?

Higgins esquissa un geste vague de la main.

— Loin de là... mais comment pourrais-je être indifférent au meilleur Commandeur de ces vingt dernières années ? La critique est unanime à votre égard, monsieur Chairman, et je partage son admiration. Vous n'aimiez pas beaucoup Pietro Giovanni, d'après ce que j'ai pu lire dans les revues spécialisées. Vous le considériez comme un adepte du bel canto incapable de chanter correctement

Mozart. J'ai le sentiment que vous détestiez l'artiste autant que l'homme.

George Chairman se leva et s'immobilisa devant une fenêtre qui donnait sur le « jardin enchanté » de Lindenbourne. La lumière lunaire éclairait les statues de granit représentant des personnages des opéras de Mozart, le Chérubin des *Noces de Figaro,* le Commandeur de *Don Giovanni,* la Despina de *Cosi fan tutte,* le Papageno de *La flûte enchantée.* Dans les prés avoisinants les vaches noires et blanches s'étaient endormies. Le silence régnait sur la campagne apaisée, ignorante du drame qui s'était noué dans les murs du vénérable manoir de Lindenbourne.

— Vous avez parfaitement raison, inspecteur.

Higgins apprécia la sincérité de son interlocuteur.

— Monsieur Chairman, avez-vous vu la blessure de Pietro Giovanni ?

— Vous parlez de sa misérable éraflure ? J'ai été outré par sa démonstration de sensiblerie, inspecteur. J'ai vu beaucoup de grands blessés pendant la guerre. Ils se comportaient avec une autre dignité.

La porte du foyer s'ouvrit avec fracas. Entra en courant un homme essoufflé, le visage rougi et boursouflé par l'effort qu'il venait d'accomplir. Higgins reconnut le bary ton allemand Gert Glinder, qui jouait le rôle de Leporello, le valet de don Juan.

— Venez vite, articula-t-il dans un souffle, Audrey Simonsen est en train de mourir !

CHAPITRE V

Higgins sentit aussitôt qu'il ne s'agissait pas d'une mauvaise plaisanterie. Abandonnant George Chairman, il suivit Gert Glinder qui le conduisit au premier étage du manoir.

Le chanteur allemand était un homme d'une trentaine d'années, élancé, pourvu d'une abondante moustache. Il se mouvait avec souplesse. Sa silhouette rappelait étrangement celle de Pietro Giovanni. Il montait les marches quatre à quatre, appelant le régisseur, ses partenaires, la police, un médecin.

La porte de la chambre d'Audrey Simonsen était ouverte. La jeune soprano danoise, interprète de Donna Elvira, était étendue sur son lit, en costume de scène, une grande robe de velours rouge sombre.

— Regardez, inspecteur ! s'exclama Gert Glinder en brandissant une boîte de barbituriques à moitié vide. Elle a tenté de se suicider ! Elle respire encore... si je n'étais pas arrivé à temps...

Alerté par les appels au secours de Gert Glinder, le régisseur dévala des combles, rejoignant le superintendant Marlow qui montait d'un salon du rez-de-chaussée d'où il avait téléphoné au Yard. Higgins s'était approché de la belle Audrey Simonsen, une blonde au teint très clair, dont la voix chaude et le sourire magique l'avaient enchanté pendant la représentation de *Don Giovanni*. Elancée, aérienne, passionnée, habitée d'une lumière intérieure, elle avait marqué le rôle d'Elvira de son immense talent.

— Vite, superintendant ! Faisons-la vomir.

Pendant que le régisseur, affolé, allait quérir un médecin,

Higgins et Scott Marlow procédèrent aux secours d'urgence, appliquant avec efficacité les leçons de secourisme dispensées aux hommes du Yard.

*
**

— Audrey Simonsen est sauvée, annonça le régisseur.

A minuit passé, Higgins et Scott Marlow attendaient le verdict du médecin avec une certaine angoisse, installés le plus confortablement possible au foyer des artistes et buvant en silence un verre d'eau minérale. Les interprètes avaient été consignés dans leur chambre, avec l'ordre de ne pas quitter le manoir. Les derniers curieux avaient abandonné Lindenbourne, dont le festival était interrompu jusqu'à nouvel ordre. Les rumeurs les plus folles commençaient à circuler. On parlait d'une dizaine de crimes, d'un fantôme assoiffé de sang, du retour de Jack l'Eventreur. Jonathan Kelwing, tant bien que mal, avait réussi à contenir les premiers émissaires de la presse à scandale, sans se faire trop d'illusions. Bientôt, il faudrait aux journalistes de quoi nourrir leur curiosité. Le superintendant se rongeait les ongles. Une mission de routine se transformait en affaire scandaleuse. Sa carrière risquait d'être entachée à jamais. Il fallait que Higgins fasse vite, très vite pour démasquer le coupable et désamorcer la bombe qui menaçait d'exploser.

— L'a-t-on conduite à l'hôpital ?

— Ce ne sera pas nécessaire, répondit le régisseur. Elle sera sur pied rapidement. Nous sommes intervenus à temps.

— Avez-vous retrouvé le fourreau et l'épée ?

— Non, inspecteur. Ils semblent avoir disparu... je ne m'explique pas.

— Tout s'éclaire, monsieur Kelwing, s'il s'agit d'indices essentiels expliquant comment le crime a été commis.

— Si crime il y a, objecta le régisseur, allumant nerveusement une cigarette.

— Crime il y a sûrement, annonça sombrement Scott Marlow. Le laboratoire travaillera toute la nuit. On en saura davantage demain matin.

— Ah..., soupira Jonathan Kelwing dont le dernier espoir s'envolait. Mais pourquoi avoir commis un acte si abominable ? Pourquoi ici, à Lindenbourne, dans le festival le plus paisible du monde ? Ce ne peut être que l'œuvre d'un fou, d'un maniaque !

Le régisseur passait de l'abattement à l'exaltation avec une remarquable rapidité.

— Vous m'aviez bien précisé que tous les interprètes logeaient ici, à l'exception de Pietro Giovanni ?

— En effet, inspecteur.

— Personne ne peut quitter le manoir, superintendant ?

— Il est surveillé par des hommes en uniforme depuis 22 heures. Les consignes sont strictes. Personne n'est autorisé à sortir sans m'avoir consulté auparavant.

— Parfait. Monsieur Kelwing, auriez-vous l'amabilité de me conduire immédiatement à l'auberge de *L'Oie troussée ?*

Le régisseur regarda sa montre.

— A cette heure-ci ? Vous n'y pensez pas !

— Il n'y a pas de temps à perdre, monsieur Kelwing. Je me demande si la clé de cette énigme ne réside pas dans la pseudo-disparition de Pietro Giovanni entre l'auberge et Lindenbourne. S'il y a quelque chose à découvrir là-bas, autant être les premiers.

Embarrassé, Jonathan Kelwing prit le superintendant à témoin.

— La propriétaire de l'auberge, mademoiselle Lipyncott, n'appréciera pas du tout cette démarche. C'est une personne très à cheval sur les convenances et je...

— En route, ordonna Higgins.

— Scotland Yard n'attend pas, ajouta Scott Marlow, impérieux.

Le régisseur enfila un imperméable à contrecœur. Alors que Higgins était déjà dehors, le superintendant retint Jonathan Kelwing par la manche.

— Dites-moi, monsieur Kelwing... pendant que vous vous rendez à l'auberge et que je veille sur le manoir, serait-il possible de me faire servir un petit repas avec un remontant ?

— Les cuisines et le bar sont fermés. Petit déjeuner à sept heures trente.

Tournant le dos au superintendant, Jonathan Kelwing se dirigea vers sa Bentley. Scott Marlow, rouge de colère, n'avait plus envie de chercher très loin un excellent coupable.

*
**

La Bentley, conduite plutôt rageusement par Jonathan Kelwing, roulait à vive allure vers Gemfield. Higgins, emmitouflé dans un manteau pied-de-poule demi-saison réversible, observait d'un œil ému les haies protégeant les propriétés qui bordaient la route étroite. Comment ne pas apprécier le talent du jardinier anglais qui, de ses cisailles ancestrales, avait modelé des formes géométriques parfaites dans les troènes, les thuyas et autres lauriers ? Higgins lui-même passait de longues heures à parfaire des détails de coupe sur les haies environnant son cottage. Nulle, mieux qu'une belle haie, n'est propice à la sérénité. Brisant les vents mauvais, repoussant les bruits extérieurs, préservant l'intimité du jardinier à l'abri derrière des murs vivants, la haie devait être considérée comme l'un des plus beaux fleurons de la civilisation.

L'auberge de *L'Oie troussée* était sise près d'un cours d'eau et nichée au milieu d'un cercle de saules pleureurs. Une pelouse d'une parfaite régularité précédait l'entrée, presque noyée sous la vigne vierge. Des fenêtres à petits carreaux conféraient à la vieille demeure le charme nostalgique des endroits où il fait bon vivre.

La Bentley s'immobilisa.

— Je vous préviens, dit le régisseur, vous allez provoquer une véritable révolution. Mademoiselle Lipincott est très respectée dans la région. La réputation de Scotland Yard...

— Ne vous en souciez pas, monsieur Kelwing.

Une lanterne brillait au-dessus de l'entrée. Higgins tira la chaînette qui fit tinter une cloche dont le son aigrelet se perdit dans la nuit. Quelques secondes plus tard, le vestibule s'illumina. Une femme âgée, vêtue d'un tailleur rose pâle d'une rare distinction, entrebâilla la porte.

— Scotland Yard, je présume ? Je vous attendais.

Le régisseur, qui s'était mis en retrait pour ne pas être aperçu par mademoiselle Lipyncott quand elle renverrait Higgins sans ménagement, s'avança, mû par la surprise.

— Mais... comment...

— Bonsoir, monsieur Kelwing. La mort dramatique de

monsieur Giovanni vous ferait-elle oublier la politesse la plus élémentaire ?

Le régisseur, confus, sentit peser sur lui le regard mécontent de Higgins qui, pour pouvoir prendre la parole, attendait d'être présenté.

— Pardonnez-moi, mademoiselle... voici l'inspecteur Higgins. Inspecteur, voici mademoiselle Lipyncott, propriétaire de la meilleure auberge de la région.

— C'est trop d'honneur... Entrez, messieurs.

Higgins s'inclina, laissant passer le régisseur qui heurta un mur. Il s'excusa d'un pâle sourire, sous le regard désapprobateur de la vieille demoiselle.

N'était-il pas réconfortant, pensait Higgins, de rencontrer des personnes qui avaient vécu et connaissaient encore les anciens usages ? En préservant les traditions, elles empêchaient la barbarie de gagner davantage de terrain.

Mademoiselle Lipyncott introduisit ses visiteurs dans le salon d'honneur, sorte de bonbonnière douillette abritant tant de fauteuils anciens, de commodes, de tableaux et de bibelots que l'œil ne savait où se poser. Malgré l'étonnante quantité de souvenirs accumulés, rien d'étouffant : l'ensemble fleurait bon la province tranquille à l'écart des trépidations du monde moderne.

Sur unc table basse, une théière et trois tasses. Higgins éprouva une brutale crispation de l'épigastre. Le thé était l'unique boisson qu'il avait en horreur, sans avoir pu l'avouer à quiconque.

Mademoiselle Lipyncott versa le liquide brûlant dans les tasses.

— Je ne dors plus qu'une heure ou deux par nuit, confessa la vieille demoiselle, pomponnée et maquillée avec un soin extrême. Ce soir, je n'envisageais même pas de me mettre au lit. Le téléphone n'a pas cessé de sonner et trois clients ont quitté précipitamment l'auberge, révoltés par ce qui s'est produit au festival. C'est le privilège de l'âge, messieurs : je n'ai besoin ni de lire les journaux ni d'écouter la radio pour être au courant de tout.

— Soyez remerciée de votre charmant accueil, dit Higgins, cherchant une plante en pot pour y déverser discrètement le contenu de sa tasse. Votre auberge est l'une des plus ravissantes qu'il m'ait été donné de visiter. Tant de tact, tant de goût exquis, tant de trésors rassemblés avec ferveur...

La vieille demoiselle but une gorgée pour cacher son émotion. Cet inspecteur appartenait visiblement à une excellente famille.

— L'affreuse nouvelle a dû vous causer un choc certain, mademoiselle.

Higgins fit semblant de tremper les lèvres dans sa tasse. Il venait de repérer un grand vase au décor fin de siècle sans grand intérêt. D'un geste prompt, il pourrait se délivrer du thé.

— Oh, inspecteur ! J'ai déjà traversé tant de drames ! Monsieur Giovanni courait vers un destin funeste, j'en étais sûre.

Les cheveux blancs de la vieille demoiselle étaient parsemés de discrètes paillettes d'or qui leur donnaient du brillant sous les lumières tamisées du salon d'honneur.

— Aviez-vous remarqué un indice précis ?

— Monsieur Giovanni n'était pas exactement un gentleman, inspecteur. Son comportement était parfois... excessif. Encore un peu de thé ?

— Dans un instant, mademoiselle.

Le régisseur, calé dans un fauteuil, ne comptait plus pour mademoiselle Lipyncott qui n'avait d'yeux que pour Higgins. Ce dernier sentait qu'il devait l'aborder avec précaution de peur qu'elle ne se rétracte et refuse de distiller ce qu'elle savait.

— Pietro Giovanni se serait-il montré irrespectueux à votre égard ?

— Certes non, inspecteur. Je l'aurais congédié immédiatement. Je loue mes chambres à qui je veux et je délimite moi-même la période d'hébergement.

— Si chacun agissait avec les mêmes scrupules, mademoiselle, l'Angleterre serait un Eden.

Mademoiselle Lipyncott caressa le médaillon contenant le portrait d'un ami d'enfance mort à la guerre. Il ressemblait un peu à cet inspecteur de Scotland Yard.

— Il s'est produit un désagréable incident, hier. L'un de ses collègues est venu lui rendre visite. Ils se sont violemment querellés, troublant la sieste de mes pensionnaires. Alors que je me préparais à intervenir, monsieur Giovanni a expulsé son hôte.

— Pourriez-vous me le décrire ?

— Un homme jeune, de même stature que monsieur Giovanni, mal habillé, moustachu.

— C'est Gert Glinder, dit le régisseur d'une voix sombre.

— Combien de temps est-il resté ici ? demanda Higgins.

— Pas plus d'une dizaine de minutes, inspecteur. Il est venu et reparti dans une voiture rouge, une sorte de cabriolet décapotable.

Higgins se gratta le menton avec circonspection.

— Depuis combien de jours Pietro Giovanni réside-t-il chez vous ?

— Trois, inspecteur. Ce n'est pas son premier séjour. Monsieur Giovanni a passé un week-end ici voici six mois. J'avoue avoir été séduite, au premier abord, par ses manières de grand seigneur.

Higgins arbora un visage grave.

— Je vais vous poser une question très confidentielle, mademoiselle. Bien entendu, vous pouvez refuser de me répondre au nom du secret professionnel. Je le comprendrais parfaitement.

Higgins, selon l'expression populaire, avait des yeux derrière les oreilles. Tel un chat aux aguets — il appartenait d'ailleurs à ce signe selon l'astrologie chinoise — il percevait avec acuité les moindres changements d'atmosphère se produisant autour de lui. Cette faculté lui avait souvent permis de situer le rôle précis d'un suspect, de percevoir les nuances d'une âme alternant entre vérité et mensonge. Cette fois, Higgins vit, sans avoir besoin de regarder, le régisseur se raidir sur son siège, comme si quelque chose s'apprêtait à lui tomber sur la tête.

Mademoiselle Lipyncott était en proie à un difficile débat intérieur. Les secrets de son auberge n'appartenaient qu'à elle seule. Personne n'y avait jamais eu accès. Mais elle se sentait prête à faire une exception.

— Parlez, inspecteur. Je suis prête.

Higgins laissa passer un assez long moment.

— Avez-vous surpris, bien malgré vous, un comportement insolite de la part de Pietro Giovanni, voire même... une indélicatesse ?

La vieille demoiselle réfléchit.

— Non, rien... vraiment rien de cet ordre. Je suis désolée. Il me donnait l'impression d'être inquiet, angoissé, mais je n'ai aucun élément tangible à vous procurer. Peut-être sa chambre... voudriez-vous la visiter ?

— Ce serait un grand privilège, mademoiselle.

Higgins estimait à sa juste valeur le sacrifice accompli par la propriétaire de l'auberge. Elle lui ouvrait, en quelque sorte, les portes de son intimité.

— C'est au premier, inspecteur. La plus vaste chambre de l'auberge. Je l'ai moi-même fermée à clé après le départ de monsieur Giovanni. Je vous demanderai de marcher sans faire de bruit. Les pensionnaires ont droit au repos.

— Naturellement. Attendez-nous ici, monsieur Kelwing.

En sortant de la pièce, Higgins, avec une habileté diabolique, versa le contenu de sa tasse de thé dans le vase qu'il avait repéré et la reposa sur la table basse.

La moquette de laine prune recouvrant les marches d'escalier étouffait les pas. Les murs du couloir étaient ornés de tapisseries de haute école. Mademoiselle Lipyncott engagea la clef dans la serrure de la chambre 1. Elle tourna sans le moindre crissement, ce qui parut la surprendre. La porte s'ouvrit.

La vieille demoiselle ne put retenir un cri d'effroi. Prise d'un malaise, elle tomba dans les bras de Higgins au moment où il découvrait à son tour l'affreux spectacle.

CHAPITRE VI

Higgins partagea l'émotion de la vieille demoiselle. La chambre de Pietro Giovanni était dévastée. Le cambrioleur avait jeté sur la moquette le contenu des commodes et des armoires, éventré le matelas, lacéré les fauteuils. Vision désolante et révoltante. Mais il fallait d'abord s'occuper de mademoiselle Lipyncott. Higgins ne savait trop qu'en faire. La déposer dans le couloir lui parut inconvenant. Appeler le régisseur à l'aide risquait de réveiller des pensionnaires et d'ajouter à la confusion. Higgins s'interrogeait sur la meilleure conduite à tenir quand la vieille demoiselle eut le bon goût de revenir à elle.

— Quelle horreur ! Mon mobilier, ma literie...

S'accrochant aux bras protecteurs de l'ex-inspecteur-chef, la vieille demoiselle osa s'aventurer sur le champ du carnage. Une force incontrôlée la poussait déjà à ranger et à remettre de l'ordre. Higgins n'eut pas le courage de l'en empêcher. Il se contenta de regarder çà et là, sans grand espoir. La fouille effectuée par le monte-en-l'air avait été brutale mais complète. Ce dernier n'avait rien épargné. Mais avait-il trouvé ce qu'il était venu chercher ?

Higgins s'approcha de la plus grande des fenêtres de la chambre qui en comportait trois. L'un de ses petits carreaux était brisé, à hauteur de la poignée. Les volets avaient été repoussés de l'extérieur. Higgins les entrebâilla, constatant que le lierre grimpant, à cet endroit du mur, était abîmé en plusieurs endroits. Le trajet emprunté par le voleur ne faisait plus mystère. Il était passé par le jardin, avait escaladé le mur en s'agrippant au lierre, forcé les volets de bois, cassé un carreau, ouvert la fenêtre et s'était introduit dans la chambre pour l'explorer de fond en comble. Puis il était reparti par le même chemin.

Quel trésor possédait donc Pietro Giovanni ? Ce bien si précieux était-il lié à la petite clé d'or que le défunt portait au cou et que Higgins avait été obligé de subtiliser pour les besoins de l'enquête ? Questions encore sans réponses. L'homme du Yard était frappé par la précipitation du voleur. Peut-être ne disposait-il que de très peu de temps pour agir après la mort de Pietro Giovanni. Mais en raison de quels impératifs ?

Mademoiselle Lipyncott, ramassant les débris d'une potiche, se parlait à elle-même en courtes phrases indignées. Higgins, demeurant près de la fenêtre, attendit patiemment que la vieille demoiselle eût terminé un nettoyage sommaire. C'est alors qu'il nota la présence d'un curieux objet, coincé entre une plinthe légèrement décollée et le mur. Il s'accroupit et tira l'objet avec délicatesse. Il s'agissait d'une boucle métallique carrée, en laiton.

Le travail de fourmi de mademoiselle Lipyncott s'achevait. La chambre de feu Pietro Giovanni avait presque retrouvé figure humaine.

— Je suis bouleversée, inspecteur. C'est le premier acte de banditisme commis dans cette auberge depuis sa création par ma trisaïeule. Je sentais bien que ce Pietro Giovanni n'était pas un homme tout à fait honnête. Et je... je dois vous avouer quelque chose d'affreux.

Affectueux, Higgins consola la vieille demoiselle.

— Personne, sauf vous et moi, ne saura ce qui s'est passé ici. La réputation de votre auberge demeurera intacte.

Une vague d'émotion traversa l'âme de la vieille demoiselle.

— Je savais que je pouvais vous faire confiance, inspecteur... comme je vous l'ai dit, je n'ai plus de sommeil. La nuit de l'arrivée de monsieur Giovanni, je rêvais du passé, assise dans ma chambre qui se situe à l'extrémité de ce couloir. Aucune lumière n'était allumée. Vers deux heures du matin, j'ai entendu un bruit très léger que j'ai identifié aussitôt ; quelqu'un marchait, chez moi, tentant de ne pas faire de bruit. Je me suis levée, j'ai revêtu un peignoir, j'ai entrebâillé ma porte, la seule de l'auberge qui, d'ordinaire, n'émette pas le moindre crissement. On venait d'entrer chez monsieur Giovanni. J'ai attendu. Un quart d'heure environ. Et je l'ai vue sortir. Une femme, élancée, portant une longue cape noire avec un capuchon qu'elle avait rabattu sur sa tête. Un vrai costume de théâtre. J'ai eu l'audace de la suivre, à bonne distance. Elle a quitté le jardin, coupant à travers champs vers la chapelle abandonnée, à un kilomètre d'ici, environ. Je crois même qu'elle y est entrée. Là, brusquement, seule dans la nuit, j'ai eu peur. J'ai préféré regagner l'auberge.

— Vous avez bien agi, approuva Higgins.

La vieille demoiselle baissa la tête.

— Une liaison nocturne dans mon auberge... vous vous rendez compte, inspecteur ?

— Parfaitement, répondit Higgins dont la compassion alla droit au cœur de mademoiselle Lipyncott. Votre collaboration m'a été fort précieuse. Soyez remerciée, au nom de Scotland Yard.

Mademoiselle Lipyncott sourit d'aise.

— On prétend que je suis la personne la mieux informée du canton... mais c'est sûrement exagéré. Vous serez toujours le bienvenu chez moi, inspecteur.

— Je suis très touché. Pardonnez-moi de vous abandonner, mademoiselle. L'enquête m'appelle.

— Allez, inspecteur, et que Dieu vous garde.

Muni de cet encouragement qu'il estimait à son juste prix, l'ex-inspecteur chef redescendit au rez-de-chaussée. Dans le salon, Jonathan Kelwing, brisé par les émotions, s'était assoupi. Higgins le réveilla avec ménagements.

— Venez, mon ami. Nous rentrons à Lindenbourne.

Le régisseur conduisit avec mollesse, hésitant presque sur la route à prendre. Higgins, qui lui avait demandé d'allumer la veilleuse, nota avec soin les éléments essentiels du témoignage de mademoiselle Lipyncott.

A l'instant où ils allaient sortir de la Bentley, Higgins montra au régisseur la boucle de chaussure qu'il avait trouvée dans la chambre de Pietro Giovanni.

— Pouvez-vous identifier cet objet ?

Jonathan Kelwing, qui résistait avec peine au sommeil, ouvrit grands ses yeux.

— Bien entendu... c'est une boucle de chaussure d'homme... de chaussure de scène, veux-je dire...

— Les interprètes de *Don Giovanni* en portaient de comparables ?

— Tout à fait... des escarpins noirs et seyants, inspirés de modèles du XVIIIe siècle. Du moins pour George Chairman, Gert Glinder, Sir Brian Hall et Pietro Giovanni lui-même. Ruben Carmino, qui jouait le rôle du paysan Masetto, n'avait pas de chaussures à boucle.

— Merci, monsieur Kelwing. Allez donc vous coucher. Demain, j'aurai besoin de toute votre attention pour mener à bien cette difficile enquête.

Le régisseur ne demanda pas son reste et gagna sa chambre, située au rez-de-chaussée, à côté du foyer des artistes.

Higgins n'avait pas sommeil. La soirée, plutôt douce, s'avérait propice à la méditation. C'était la première fois — et sans doute la dernière — que l'ex-inspecteur-chef aurait l'immense privilège de se promenei seul dans le « jardin enchanté » de Lindenbourne, le lieu où les mozartiens les plus avertis devisaient avec tact, échangeant critiques et louanges sur l'opéra qu'ils venaient d'entendre. Ce soir, Lindenbourne était isolé du reste du monde, gardé par la police de Sa Majesté. Higgins s'avança dans une allée de graviers, courant entre deux massifs de roses rouges dont l'ex-inspecteur-chef apprécia la robe. Il passa près de la statue de Papageno, l'homme-oiseau de *La flûte enchantée* et s'assit sur un banc de pierre, face à un labyrinthe de verdure, aménagé dans une haie de troènes.

Higgins n'aimait rien tant que cette solitude habitée par mille ombres souriantes, peuplée de fantômes d'amours, d'émotions ou de nostalgies. Les souvenirs qui vivaient ici avaient le génie de Mozart et chantaient dans le silence d'un jardin tissé de lune et de rosée.

Quand l'homme du Yard vit se mouvoir une forme blanche derrière la statue du Commandeur, il crut que sa méditation était allée un peu trop loin dans un autre monde.

La forme blanche se déplaçait à pas lents, au hasard, comme si elle se laissait porter par le vent. Higgins, qui avait l'expérience des fantômes (1), s'aperçut alors qu'il s'agissait d'une femme bien réelle dont il reconnut les traits à la faveur d'un rayon de lune : Audrey Simonsen, la

(1) Lire : *Le secret des Mac Gordon.*

soprano danoise, qui jouait le rôle de Donna Elvira et avait tenté de se suicider.

Elle s'éloignait, prenant la direction du pré aux vaches blanches et noires. Elle ne portait qu'un déshabillé plutôt léger laissant deviner des formes gracieuses. Higgins resserra le col de son manteau demi-saison, se demandant comment on pouvait avoir chaud à ce point. Il aurait préféré méditer au cœur du « jardin enchanté » mais sa solitude était rompue et il ne pouvait guère se permettre, en raison de son éthique personnelle, d'abandonner cette jeune personne à son errance.

L'ex-inspecteur-chef passa donc à son tour devant la statue du Commandeur et rejoignit rapidement Audrey Simonsen qui, désemparée, revenait sur ses pas.

Elle poussa un petit cri de frayeur en l'apercevant, mais ne recula pas. La soprano danoise était l'une des plus belles femmes que Higgins ait eu l'occasion de rencontrer au cours de ses enquêtes. Le blond soyeux de ses cheveux très fins, formant une toison dorée scintillant dans la lumière lunaire, la finesse de son visage grave pourtant illuminé d'un certain sourire, les admirables proportions d'un corps épanoui qui était toute féminité, avaient de quoi séduire le plus exigeant. A vingt-cinq ans, Audrey Simonsen était une mozartienne accomplie dont la voix chaude et fruitée était porteuse d'une très brillante carrière.

— Puis-je vous être utile, mademoiselle Simonsen ? demanda Higgins avec douceur.

En entendant son nom, la jeune Danoise parut réconfortée. Les mains croisées sur la poitrine, elle hésita à répondre, dévisageant son interlocuteur comme un animal étrange.

— Mais... qui... qui êtes-vous ?

— Higgins, de Scotland Yard.

« Sa voix est aussi délicieuse lorsqu'elle parle que lorsqu'elle chante, pensa Higgins, ce qui est fort rare chez les cantatrices. » Mais l'ex-inspecteur-chef se rappela lui-même à la raison. Il ne devait pas perdre de vue qu'Audrey Simonsen figurait au nombre des suspects.

— Scotland Yard, s'étonna-t-elle. Mais pourquoi... ici...

— Si nous faisions quelques pas dans ce jardin, mademoiselle Simonsen ? A moins que vous n'ayez froid ?

L'expression de la jeune femme devint rêveuse.

— Non... je n'ai plus froid depuis bien longtemps... peut-être parce que j'ai trop froid dans le cœur.

Higgins lui offrit son bras gauche. Arbres, bosquets, haies et pelouse du « jardin enchanté » de Lindenbourne s'étonnèrent sans doute de voir cet étrange couple formé d'un inspecteur du Yard et d'une Donna Elvira de *Don Giovanni* mais, en parfaits témoins, demeurèrent impassibles.

— Vous savez sans doute, mademoiselle Simonsen, que monsieur Giovanni est décédé.

Le bras de la jeune femme se crispa.

— J'ai vu Pietro mourir sur scène, comme tous mes camarades. Je l'avais pourtant supplié une dernière fois de changer de vie, mais il ne m'a pas écoutée.

Higgins estima que la soprano danoise confondait son rôle d'Elvira et sa vie privée, mais préféra se montrer discret sur ce point. Cet amalgame était peut-être significatif.

— Pourquoi avez-vous tenté de vous supprimer, mademoiselle ?

Audrey Simonsen baissa les yeux vers la pelouse parfaite de Lindenbourne sur laquelle le couple progressait lentement.

— Je n'ai plus aucune raison de vivre, inspecteur.

— Permettez-moi d'être étonné par un tel jugement. Vous témoignez, au contraire, d'une vitalité tout à fait exceptionnelle. Vous retrouver si belle, si maîtresse de vous après un empoisonnement qui remonte à quelques heures...

Audrey Simonsen lâcha brusquement le bras de l'inspecteur. Son beau visage s'était animé d'une profonde fureur. Elle n'en restait pas moins charmante, mais la passion l'avait envahie.

— Vous m'accusez d'une fausse tentative de suicide? Vous vous trompez. Je me suis simplement évanouie avant d'avoir pu absorber suffisamment de barbituriques. C'est vrai, inspecteur, j'ai une vitalité exceptionnelle. Je n'ai pas gardé la chambre une seule journée depuis ma naissance. Je me suis réveillée voici une heure environ et je n'ai pas voulu avoir l'air d'une malade. C'est pourquoi j'ai préféré venir jusqu'à ce jardin où tout est calme et beauté. Cela me permet d'oublier un peu ma souffrance. Ai-je l'air d'une menteuse ?

La sincérité d'Audrey Simonsen ne pouvait être mise en doute par personne, sauf par Higgins qui n'oubliait pas qu'elle était une excellente actrice dont les critiques avaient vanté la présence scénique.

— Je ne me permettrais pas..., répondit-il, elliptique.

— Je n'ai qu'un seul secret, inspecteur. J'aimais Pietro Giovanni. Aujourd'hui, il est mort. Voilà pourquoi je n'ai plus aucune raison de vivre. A présent, vous savez tout de moi. Bonne nuit, inspecteur.

Ravissante dans une colère qui ne semblait pas feinte, Audrey Simonsen tourna le dos à l'homme du Yard et se dirigea vers le manoir. Higgins la laissa s'éloigner avant de prendre le même chemin. Il commençait à avoir froid.

Il leva la tête pour contempler le joli manoir de Lindenbourne, petit édifice aux formes élancées. Un détail le surprit. Au premier étage, celui occupé par les chambres des interprètes, une faible lumière brillait derrière une tenture. Quelqu'un qui ne trouvait pas le sommeil. Méthodique, Higgins dessina un croquis de position sur l'une des pages de son carnet noir afin de pouvoir facilement identifier l'insomniaque.

Higgins salua le policier impassible qui gardait l'entrée principale du manoir. Cette surveillance n'était guère utile, comme il l'avait d'ailleurs supposé. Audrey Simonsen était passée par une autre porte. Les interprètes devaient connaître mille et un moyens de sortir du manoir et d'y rentrer sans se faire remarquer. Mais la présence de policiers en tenue rassurait le superintendant Marlow.

A l'intérieur régnait le silence des vieilles demeures polies par le temps. Vidée des festivaliers, Lindenbourne devenait un château mystérieux, un peu angoissant. Higgins avait soif. Peut-être trouverait-il un peu d'eau au bar. Il s'engagea dans le couloir des armures, faiblement éclairé par une lampe en forme de torche. Etaient alignés là une cinquantaine de vénérables corps de métal qui avaient plus ou moins bien protégé barons, ducs et chevaliers. Au milieu de la galerie, Higgins perçut un très net craquement, tout près de lui. Il s'immobilisa. Le suivait-on ? Il tourna la tête de côté, pour regarder derrière lui, mais l'obscurité était trop profonde. Et il y avait bien des recoins pour se cacher.

A moins que... l'idée était saugrenue, mais Higgins ne résista pas à l'envie de vérifier. Il se trouvait précisément en face de la plus grande des armures. Elle avait dû abriter un véritable colosse qui devait passer son temps à bomber le torse sur les champs de bataille. Quel merveilleux poste d'observation pour qui voudrait voir sans être vu ! Sur la pointe des pieds, Higgins s'approcha de l'armure et colla son oreille contre le métal. Il perçut comme un souffle rauque. Il ne s'était donc pas trompé. Se dressant de toute sa hauteur, il souleva brusquement le heaume qui retomba avec un claquement sec.

— Sortez de là dedans, ordonna-t-il.

Un léger panache de fumée blanche, presque imperceptible, sembla sortir du corps de métal et se perdit aussitôt dans la pénombre.

Etonné, Higgins s'empara d'un des sièges en bois de la galerie, monta dessus et regarda à l'intérieur de l'armure. Personne. « Encore un fantôme », grommela-t-il, mécontent. Il ne restait pas moins persuadé que quelqu'un l'avait suivi, observant ses faits et gestes. Alors qu'il notait une description du fantôme pour ses archives personnelles, une voix mâle et puissante brisa la quiétude de la nuit. Avec un bel entrain, elle chantait l'air de défi que lançait le paysan Masetto à Don Juan, lorsque ce dernier lui enlevait sa fiancée Zerlina.

Intrigué, Higgins se dirigea vers l'endroit d'où émettait ce bel organe. Sortant de la galerie des armures, il emprunta le couloir longeant le bar et aboutit à un petit salon victorien. Il y avait là deux personnes qu'il connaissait et dont le comportement était plutôt choquant.

Ruben Carmino, le baryton espagnol jouant le rôle de Masetto, chantait à pleine voix, un verre à la main, les bottes posées sur une table en marqueterie, le dos calé contre une tapisserie. En face de lui, la soprano italienne Graziella Canti, l'interprète de Zerlina, fiancée de Masetto, s'étouffait de rire. Graziella Canti était aussi fine que Ruben Carmino était épais. Agée de dix-huit printemps, la soprano avait un nez mutin, un visage parsemé de coquines taches de rousseurs, un petit front aérien et une chevelure gracieuse formée de boucles brunes. Tout, en elle, respirait la gaieté et le désir de s'amuser. Vêtue d'un pantalon de coton rose et d'une chemise bleu lavande largement échancrée sur une gorge parfaite, Graziella Canti aurait probablement séduit le diable lui-même. Ruben Carmino, les cheveux très noirs, le front bas, le nez épais, les lèvres pulpeuses et épaisses, avait une puissante musculature. Il ne portait qu'un pantalon noir et un maillot de corps blanc à manches courtes. Higgins fut impressionné par la taille de ses biceps et de ses avant-bras. Il y avait de quoi étouffer un taureau.

— Pardonnez-moi d'interrompre votre petite fête, dit Higgins, souriant, mais je cherche un peu d'eau.

Le bel enthousiasme de Ruben Carmino disparut. Graziella Canti cessa de rire. L'un et l'autre, malgré un état d'ébriété relativement avancé, avaient reconnu une silhouette qui ne leur disait rien de bon.

— Higgins, de Scotland Yard. J'enquête sur la mort étrange de Pietro Giovanni.

— Pourquoi, étrange ? lança la soprano italienne en mangeant ses mots.

Higgins, qui avait repéré une bouteille de bourbon et un verre, se servit lui-même, violant quelque peu les lois de l'hospitalité. Mais il avait la certitude que ses interlocuteurs ne lui offriraient rien.

— On émet l'hypothèse d'un crime.

Stupéfaite, Graziella Canti porta la main droite à sa bouche pour refréner une exclamation.

— Cette ordure n'a eu que ce qu'il méritait, dit Ruben Carmino avec sérénité.

Higgins en oublia de se désaltérer.

— Je ne regrette qu'une chose, poursuivit le puissant Espagnol, c'est de ne pas l'avoir étranglé de mes mains. Si je connaissais le bienfaiteur qui nous a débarrassés de cette vermine, je me ferais une joie de le féliciter et de lui offrir un repas de fête.

— Ruben est un homme passionné, épris de justice, intervint la soprano italienne. Ses mots dépassent sa pensée, inspecteur.

— Pas du tout, insista l'Espagnol. Je suis un peu ivre, c'est vrai, mais de joie. Je ne retire pas un mot à ce que je viens de dire.

— Ne l'écoutez pas, inspecteur.

La jolie soprano s'approcha de Higgins et le prit par le bras. C'était la troisième femme, en une seule soirée, qui formait un couple avec celui qu'on considérait comme le plus fin limier du Yard. Par bonheur, la moralité de l'ex-inspecteur-chef était des plus irréprochables.

— Je ne l'écoute pas, mademoiselle, mais je suis bien obligé d'entendre. Permettez-moi d'ailleurs de vous féliciter, l'un et l'autre, pour votre remarquable interprétation. J'ai rarement entendu une Zerlina plus pétillante et enjôleuse, et un Masetto plus convaincant et sympathique.

Les pommettes de Graziella Canti rosirent. Elle accentua légèrement sa pression sur le bras de l'homme du Yard. Ruben Carmino but une nouvelle gorgée de bourbon.

— Je ne croyais pas que les policiers connaissaient la musique, commenta le baryton.

— Qui peut se vanter de connaître Mozart ? Pietro Giovanni, peut-être, qui osait s'aventurer dans un tel rôle ?

Ruben Carmino s'assombrit.

— Laissez ce vaurien pourrir dans sa tombe.

— Pourquoi le détestez-vous à ce point ? interrogea Higgins.

— Parce que... parce qu'il n'a aucune morale, répondit rageusement l'Espagnol.

La jolie Italienne s'écarta de Higgins, se cachant le visage dans les mains pour dissimuler des pleurs naissants.

— Vous confirmez, mademoiselle ?

Graziella Canti ne parvint pas à articuler un seul mot et préféra s'enfuir.

— Voilà une jeune personne bien émotive, apprécia Higgins.

— Elle a ses raisons, rétorqua Ruben Carmino. Quand on a été victime d'un chantage de la part d'un monstre comme Giovanni, on peut avoir les nerfs à vif. Excusez-moi, inspecteur. Je dois consoler ma fiancée.

Hautain, un rien dédaigneux, Ruben Carmino se leva. Quelque peu titubant, il salua Higgins et disparut à son tour.

L'ex-inspecteur-chef commença à ressentir les effets de la fatigue. Il n'avait certes pas perdu son temps au cours de cette longue nuit où bien des protagonistes du drame lui étaient apparus avec des visages nouveaux.

C'est en se levant à son tour que Higgins prit conscience de l'atroce réalité. Il avait tout bonnement omis de demander une chambre au régisseur.

CHAPITRE VII

— Mais enfin, superintendant, c'est impossible ! Complètement impossible ! Lindenbourne est gardé par la police, vous-même êtes sur les lieux et...

— Vos protestations ne servent à rien, dit sèchement Scott Marlow. Les faits sont là.

Le superintendant avait sa figure des mauvais jours. Il avait mal dormi, dans un lit à baldaquin tellement historique que le matelas aurait dû être déclaré hors service depuis plus d'un siècle.

— Vous vous êtes rendu au bar, dans le grand salon, dans...

— Nous sommes allés partout. Il n'est nulle part. Higgins a disparu.

Scott Marlow avait été incapable d'absorber quoi que ce fût à son breakfast. Même les petits pois à la menthe nappés d'une sauce sucrée dont il raffolait, lui avaient paru indigestes.

La disparition de Higgins était une véritable catastrophe. Scott Marlow se sentait si mal à l'aise dans ce milieu d'artistes qu'il aurait volontiers repris aussitôt le train pour Londres afin de respirer l'air vivifiant de son bureau de Scotland Yard. Mais il n'avait pas la possibilité de perdre ainsi la face. Sa carrière en serait définitivement brisée.

— Jamais Higgins ne s'absente au cours d'une enquête, expliqua le superintendant. C'est un homme d'une conscience professionnelle hors du commun.

— Je n'en doute pas, superintendant, dit le régisseur, navré, mais je ne peux rien faire de plus !

— Je vous rends personnellement responsable de la

disparition de Higgins, avertit Scott Marlow, féroce. Vous êtes bien la dernière personne à l'avoir vu hier soir ?

Le régisseur, offusqué, affronta le superintendant.

— Qu'est-ce que ça signifie ? De quoi cherchez-vous à m'accuser ?

Scott Marlow perdit légèrement pied. Il n'avait aucune charge précise contre Jonathan Kelwing. Le fait de l'avoir privé de whisky la veille au soir ne constituait malheureusement pas un motif d'inculpation suffisant.

Le téléphone sonna.

Le régisseur et le superintendant se regardèrent, angoissés. Ils laissèrent passer quatre sonneries. Jonathan Kelwing, drapé dans sa dignité, croisa les bras. Il se désintéressait du problème. Scott Marlow, furibond, décrocha.

— Ici le superintendant Marlow.

— Je vous souhaite le bonjour, dit la voix chaleureuse de Higgins. Avez-vous bien dormi ?

Le visage de Scott Marlow se teinta d'hébétude.

— Superintendant ? Vous êtes toujours là ?

Reprenant ses esprits, Scott Marlow réalisa enfin que c'était bien Higgins qui se trouvait au bout du fil.

— Mais enfin, Higgins... où êtes-vous donc ?

— A l'auberge de *L'Oie troussée.* Je vous expliquerai. Je prends un petit déjeuner et j'arrive. Une petite promenade à pied me fera le plus grand bien... Une dernière chose, mon cher Marlow : soyez aimable de faire tenir à ma disposition la dernière édition du *Times.*

*
**

Un chaud soleil d'été nimbait de lumière le « jardin enchanté » de Lindenbourne. Le domaine semblait endormi. Les policiers en uniforme de Scotland Yard se faisaient très discrets. La plupart des interprètes s'étaient accordé une grasse matinée, à l'exception de George Chairman qui, conformément à ses habitudes, travaillait sa voix tôt matin. Les vaches noires et blanches regardèrent passer Higgins et Scott Marlow qui s'étaient donné rendez-vous près de la statue du Commandeur. Le superintendant avait troqué son smoking trop étroit contre un costume de flanelle grise un peu passé. Higgins, coquet, portait un pantalon crème et un blazer bleu marine frappé d'un écusson aux armes de sa famille, un félin d'or passant. La finesse d'une chemise de popeline était rehaussée par la présence d'un nœud papillon rouge carmin. La noblesse naturelle de la chevelure argentée, à laquelle la petite moustache poivre et sel ajoutait une note presque ironique, donnait assez fière allure à l'ex-inspecteur-chef. Scott Marlow avait toujours été impressionné par l'élégance naturelle de Higgins, se demandant pourquoi le meilleur limier du Yard, au cours de sa carrière, avait manifesté si peu de goût pour les titres et les honneurs. Il lui aurait fallu peu d'efforts pour accéder aux plus hautes responsabilités, mais Higgins avait préféré la retraite anticipée et les heures tranquilles de son cottage, loin du monde et du bruit.

— J'ai cru que vous aviez disparu, reprocha Scott Marlow à Higgins, en lui donnant le *Times*.

— Assurément, répondit Higgins, prenant le journal. Mais je n'avais pas le choix. Où aurais-je dormi, à Lindenbourne ?

Scott Marlow perdait un peu pied.

— Il y avait mieux à faire, poursuivit Higgins. Passer la nuit dans la chambre de la victime, Pietro Giovanni, n'était-ce pas une bonne idée ?

Le superintendant s'étrangla.

— Vous ne voulez pas dire... que vous avez osé...

— Il n'y a rien à craindre de la mort, superintendant. Elle fait un travail impeccable. L'affaire dont nous nous occupons est bien mystérieuse. C'est pourquoi nous devons utiliser des moyens exceptionnels.

Scott Marlow frémit.

— Moyens exceptionnels... vous croyez que nous devons exiger la présence d'autres policiers ?

Higgins admira un rosier grimpant centenaire dont le rouge très vif lui rappelait celui de « Princesse d'Ecosse », une variété nouvelle qu'il était en train de mettre au point, en souvenir d'une femme étonnante (1).

— Je ne parlais pas de moyens matériels, superintendant. Je crois que vous et moi devrons développer nos perceptions. La victime n'était pas un homme ordinaire.

(1) Lire : *Le secret des Mac Gordon.*

Son assassin doit être une personnalité exceptionnelle. Malheureusement, tous nos suspects sont des individus hors du commun.

Scott Marlow n'accorda pas la moindre importance à ces pensées dont Higgins était coutumier. Il aimait réfléchir tout haut.

— S'il y a un crime et s'il y a un coupable, expliqua le superintendant, il s'est désigné lui-même par sa conduite.

— Ah oui ? s'étonna Higgins. Et qui donc, à votre avis... ?

— Le régisseur, Jonathan Kelwing, évidemment... vous avez noté qu'il était le metteur en scène de cet opéra ? Cherchons toujours le metteur en scène, Higgins. Cet homme-là tire les ficelles, croyez-moi. Nous n'avons plus qu'à démontrer comment il s'y est pris.

Higgins demeura silencieux. D'ordinaire, Scott Marlow n'avançait pas d'hypothèses aussi audacieuses et précises. Fallait-il que sa conviction fût profonde pour assumer un tel risque. Le superintendant nota avec satisfaction que l'ex-inspecteur-chef ne le contredisait pas. Peut-être, cette fois, avait-il trouvé la solution de l'énigme avant Higgins.

Une voix puissante, chantant des vocalises, s'éleva dans les airs. Plusieurs fenêtres étaient ouvertes, au premier étage du manoir.

— George Chairman travaille, indiqua Higgins.

Au timbre profond de l'interprète du Commandeur se superposa celui, aigu, d'une soprano. Higgins reconnut la voix incomparable de Marylin O'Neill, la sublime interprète australienne de Donna Anna. Une très grande dame de l'art lyrique, distante, impénétrable, que nul journaliste ne parvenait à approcher et dont la vie privée était un mystère presque absolu.

— Que pensez-vous de mon idée, mon cher Higgins ? interrogea Scott Marlow, persuadé qu'il était sur une très bonne voie.

Higgins n'eut pas le loisir de répondre, car un homme d'une belle prestance, habillé d'un costume trois pièces Prince-de-Galles, s'avançait vers les deux policiers qui identifièrent Sir Brian Hall, le célèbre ténor anglais, interprète de Don Ottavio. Très fortuné, fils unique d'une famille de banquiers, il passait pour le plus racé des Britanniques cultivés, acceptant rarement de chanter ailleurs que dans son pays. Ce goût prononcé pour l'insularité ne l'avait pas empêché de gravir les échelons de la gloire pour devenir le plus illustre ténor mozartien de sa génération. Agé d'une quarantaine d'années, Sir Brian Hall avait un visage fermé, tout en longueur, où ne s'inscrivait jamais le moindre sourire. Homme sérieux, estimé, il incarnait sans faiblir l'aristocratique respectabilité aussi indispensable à l'Angleterre que le thé, le brouillard et le gazon.

— Pardonnez-moi, messieurs, d'interrompre votre conversation et permettez-moi de me présenter : Sir Brian Hall. Je n'apprécie guère, croyez-moi, des contacts aussi brutaux, mais les circonstances obligent.

Le ténor anglais était à la fois miel et acide. Se sentant mal à l'aise devant ce genre de personnage dont le réseau de relations haut placées était généralement considérable, Scott Marlow préféra laisser l'initiative à Higgins.

— Scotland Yard est à votre service, dit Higgins, affable.

— La police de Sa Majesté est un des plus beaux fleurons du monde civilisé, apprécia Sir Brian Hall. Je n'aurais pas supposé, cependant, qu'elle fût un jour aussi présente au cœur du festival de Lindenbourne. Il y a là quelque chose de... choquant.

— Soyez assuré que le superintendant Marlow et moi-même en avons claire conscience, Sir. Mais la mort d'un homme est aussi quelque chose de... déplacé.

Les lèvres de Sir Brian Hall se pincèrent en une moue désapprobatrice.

— Ah, vous pensez ? J'ai beaucoup étudié les deux guerres mondiales, inspecteur. Lorsque j'ai servi mon pays, dans sa magnifique armée, j'ai vu tomber des hommes. Ils l'ont fait dans l'honneur. Je n'ai perçu là aucune faute de goût.

Scott Marlow aurait volontiers tapé sur la tête de cet aristocrate pour le faire taire.

— La disparition d'un grand artiste, dit Higgins, a quelque chose de poignant, ne vous semble-t-il pas ?

— Peut-être voulez-vous parler de Pietro Giovanni ?

— Nous nous comprenons, Sir, assura Higgins.

— J'en suis heureux, inspecteur. Je ne vous surprendrai pas en vous révélant que Pietro Giovanni n'était pas exactement le genre d'homme que j'aimais fréquenter.

Scott Marlow toussota.

— Pourtant, observa-t-il d'une voix hésitante, vous étiez

bien obligé... avec ce spectacle... et vous l'avez même aidé, à l'entracte, alors qu'il était blessé à la main...

Sir Brian Hall jaugea le superintendant avec le regard d'un entomologiste.

— Qui vous a confié ce détail ?

— Jonathan Kelwing, le régisseur, répondit Higgins à la place de Scott Marlow. Il a même précisé que vous aviez ouvert l'armoire à pharmacie pour y prendre une compresse et la proposer à Pietro Giovanni.

Sir Brian Hall regarda du côté du « jardin enchanté » où se dressaient les statues des personnages des opéras de Mozart.

— Exact. Un geste bien naturel. J'appartiens à plusieurs associations humanitaires, inspecteur. La souffrance est toujours injuste, quelle que soit sa victime. La non-violence est pour moi une sorte de religion.

— Comment ne pas approuver cette belle pensée, Sir ? Accepteriez-vous de faire quelques pas en ma compagnie pendant que le superintendant Marlow appellera le laboratoire du Yard ?

— Mais bien volontiers, inspecteur.

Le regard qu'adressa Higgins à Scott Marlow équivalait à une recommandation appuyée, avec ce soupçon de confiance qu'appréciait tant le superintendant. Higgins avait raison : le laboratoire manifestait un retard coupable pour donner le résultat des analyses. Il devait y avoir anguille sous roche.

— Pardonnez-moi, messieurs, dit Scott Marlow en esquissant une maladroite inclinaison du buste. Le devoir m'appelle.

— Faites, mon ami, recommanda Sir Brian Hall, se détournant déjà de Marlow pour s'adresser à Higgins. C'est votre blason familial ? lui demanda-t-il en regardant le félin d'or passant ornant le blazer bleu marine de l'ex-inspecteur-chef.

— En effet, Sir. J'étudie avec soin mon arbre généalogique afin de pouvoir faire une communication à la *Royal Society*.

Sir Brian Hall et Higgins marchèrent d'un pas tranquille vers le lac où les festivaliers un peu éméchés jetaient parfois les bouteilles de champagne vides.

— J'ai tout de suite senti que nous étions du même monde, inspecteur.

— C'est beaucoup d'honneur, Sir. Puis-je vous demander un instant pour accomplir une tâche urgente ?

Sans attendre de réponse, Higgins déplia le *Times,* ne s'intéressant qu'à la page des petites annonces et regrettant l'époque où ces dernières étaient imprimées à la une. D'abord stupéfait, puis furieux d'être ainsi traité, l'aristocrate faillit rompre là cet entretien. Mais la lecture de Higgins ne prit que quelques instants.

— Pardonnez-moi, Sir, dit-il en repliant le journal, mais aucun détail ne doit être négligé.

— Scotland Yard puise peut-être ses informations dans le *Times,* ironisa l'interprète de Don Ottavio en relevant légèrement le menton.

— La vérité est souvent devant nos yeux, à portée de main, et nous sommes incapables de la percevoir.

— Trêve de philosophie facile, inspecteur. J'ai à vous parler.

La matinée était d'une douceur enchanteresse. Un couple de rouges-gorges virevoltait autour de la statue de Chérubin, tandis qu'un cygne parcourait majestueusement la surface du lac, laissant derrière lui un sillon d'ondes fragiles.

— Cette compresse, insista Higgins, soucieux, vous l'avez bien sortie de l'armoire à pharmacie ?

— Mais... il me semble vous l'avoir déjà confirmé ! s'indigna Sir Brian Hall.

— Je suis un homme plutôt méticuleux, expliqua Higgins en prenant des notes sur son carnet noir. Quelle fut la réaction de Pietro Giovanni quand vous avez tenté de le soigner ?

L'aristocrate prit un temps de réflexion.

— Violente et désagréable. Il m'a écarté le bras. Je crois même qu'il s'apprêtait à me frapper.

— Etrange, Sir... un différend vous opposait ?

— Pas le moins du monde, répondit très vite le ténor britannique. Ce monsieur Giovanni était un individu plutôt fruste, incapable de contrôler ses réactions.

— Il a donc refusé toute aide ?

— Non... je crois qu'il a accepté celle d'Audrey Simonsen... mais je n'en suis plus très sûr.

— Simple point de détail, observa Higgins, souriant. Cet endroit est vraiment merveilleux. Si je n'avais pas le sentiment d'énoncer une niaiserie, je dirais que le chant des oiseaux est inspiré par Mozart. Vous vouliez donc me parler ?

L'aristocrate considéra Higgins avec un certain étonnement. Les policiers du Yard ne passaient pas pour des êtres bucoliques.

— Eh bien oui, inspecteur... je voulais vous dire que cette situation me gêne terriblement, ainsi que mademoiselle O'Neill. Notre réputation, notre rang, les exigences de notre métier s'accommodent fort mal de cette reclusion imposée. Lindenbourne est effectivement un endroit charmant, mais je crains de le détester dans de pareilles conditions. Aussi vous prierai-je de nous rendre sur-le-champ notre liberté de mouvement.

Higgins admirait les jeux des rayons de lumière sur l'eau vert pâle du lac. Comme il était regrettable qu'un crime fût venu troubler cette quiétude. Mais Mozart lui-même n'avait-il pas placé la mort violente au cœur de son *Don Giovanni ?*

— Je comprends votre point de vue, Sir, mais je ne puis, hélas ! le partager. Ce serait quelque chose... d'inconvenant.

Sir Brian Hall s'arrêta, faisant face à Higgins. « En d'autres temps, pensa l'homme du Yard, il m'aurait souffleté pour me provoquer en duel. »

— Inconvenant ? Qu'est-ce que ça signifie ?

Higgins dévisagea Sir Brian Hall, constatant que le regard d'un aristocrate contenait autant d'angoisse et de violence que celui de n'importe quel roturier contrarié dans ses désirs.

— Cela signifie, Sir, que la police de Sa Majesté doit enquêter sur un meurtre. Selon l'hypothèse la plus probable, il ne saurait avoir été commis que par des personnes se trouvant sur scène, en compagnie de Pietro Giovanni.

Déterminé, Sir Brian Hall fulminait.

— Elucubrations gratuites, inspecteur. Vous n'avez aucune preuve, aucun indice. On ne sait même pas si Pietro Giovanni...

Le bruit d'un pas lourd, dans l'allée, interrompit le ténor. Un instant, il songea à la statue du Commandeur se dirigeant vers la salle du festin. Il se retourna. Ce n'était que le superintendant Marlow, essoufflé.

— J'ai les résultats du laboratoire, annonça-t-il en parvenant à la hauteur des deux hommes. Pietro Giovanni est mort empoisonné.

CHAPITRE VIII

Sir Brian Hall accusa le choc. Higgins demeura impassible. Scott Marlow n'était pas mécontent de voir l'aristocrate embarrassé.

— Convaincu, Sir ? demanda Higgins. Acceptez-vous de rester à la disposition de Scotland Yard jusqu'à la conclusion de l'enquête ?

— Si cela peut vous être utile...

Sir Brian Hall s'était placé de côté par rapport aux deux policiers, ce qui lui permettait de garder secrètes les émotions s'inscrivant sur son visage.

— Pourquoi présentiez-vous une requête au nom de mademoiselle O'Neill, Sir ? Serait-elle souffrante ?

L'Anglais se retourna, piqué au vif.

— Je ne vous permets aucune insinuation malveillante, inspecteur !

Pendant que Scott Marlow s'écartait, Higgins soutint une nouvelle fois le défi de l'aristocrate.

— Honni soit qui mal y pense, Sir. Vous n'avez pas répondu à ma question.

Higgins crut que Sir Brian Hall invoquerait son avocat le Premier ministre ou quelque autre autorité supérieure. Mais, au contraire, le talentueux ténor s'adoucit. Il perdit son attitude hautaine et sa morgue naturelle.

— J'ai beaucoup d'admiration et d'estime pour mademoiselle O'Neill que je considère comme la plus sublime soprano mozartienne de tous les temps. A la beauté, elle ajoute le charme, au charme elle ajoute la noblesse, à la noblesse elle ajoute...

La voix de Sir Brian Hall s'éteignit un instant.

— Autant vous l'avouer, inspecteur. J'ai demandé la main de Marylin O'Neill. Je considère à présent sa destinée indissociable de la mienne. Veuillez m'excuser.

Rompant là la conversation, Sir Brian Hall retourna vers le manoir sous le regard inquisiteur de Scott Marlow qui attendit, pour parler, que l'aristocrate fût suffisamment loin.

— Il ne me dit rien qui vaille, avec ses grands airs. Vous y croyez, à cette histoire d'amour ?

— Dans ce domaine-là, superintendant, rien n'est jamais sûr. Vous vérifierez.

— Moi ? Mais comment...

— Les journaux spécialisés. Un mariage comme celui-là ne passe pas inaperçu des gazettes sentimentales. Des bruits ont dû filtrer. Un dépouillement serré de cette belle littérature nous permettra d'obtenir une certitude.

— Si vous y tenez, Higgins...

A vrai dire, connaissant les barrières dont Marylin O'Neill entourait sa vie privée, Higgins doutait fort que le superintendant obtînt la moindre indication utile. Mais il fallait bien l'occuper. Loin de son bureau de Scotland Yard et de l'air pollué de Londres, Scott Marlow tournait comme un ours en cage et risquait un début de dépression. Comme Higgins allait bientôt donner une nouvelle impulsion à une enquête qu'il pressentait complexe au point d'être presque insoluble, il aurait besoin d'une parfaite tranquillité d'esprit.

— Et les résultats d'analyse, mon cher Marlow ?

— Une substance rare. Un genre de poison indien au nom impossible qui possède la particularité d'agir avec un certain décalage, de l'ordre de deux à cinq heures environ, selon sa vitesse de propagation dans le sang. Il aurait fallu intervenir à l'instant de la blessure pour avoir eu une chance minuscule de sauver Giovanni. Lui qui s'est agité sur scène pendant presque quatre heures...

— Quatre heures ?

— Ce fut bien la durée de l'opéra, non ? s'offusqua Scott Marlow, se remémorant l'épreuve qu'il avait subie, la gorge sèche.

— Tout dépend du moment où Petro Giovanni a été empoisonné.

— Lorsqu'il s'est écorché le pouce de la main gauche en tirant l'épée, bien entendu !

Higgins parut dubitatif.

— A moins que la substance mortelle n'ait été administrée lors de l'entracte, lorsque le blessé s'est fait soigner.

Le superintendant aurait haussé les épaules si cette hypothèse avait été formulée par un autre policier.

— Pourquoi tout compliquer, Higgins ? C'est le régisseur qui a déposé du poison sur le pommeau de l'épée qu'il a limé pour que Pietro Giovanni s'y écorche. Retrouvez l'épée, nous y relèverons des traces de cette substance mortelle et nous arrêterons le coupable.

— Malheureusement, épée et fourreau ont disparu, alors que Jonathan Kelwing les avait lui-même rangés dans une armoire du foyer des artistes.

Le superintendant triomphait.

— Vous voyez bien, Higgins !

Mains croisées derrière le dos, Higgins se remit à marcher, accompagné d'un Scott Marlow dont la jubilation faisait plaisir à voir.

— Ne brûlons pas les étapes, mon cher Marlow. Je ne dis pas que vous ayez tort, mais il faut comprendre le mécanisme du crime et les mobiles de l'assassin avant de porter à notre tour le fer dans la plaie. Seriez-vous assez aimable pour faire rechercher les événements marquants de l'existence de Pietro Giovanni ? Son passé m'intéresse au plus haut point. Notre service Documentation doit posséder le nécessaire.

— Avec l'ordinateur, ce ne sera pas un gros problème, mais... vous pensez que Giovanni se serait suicidé et qu'il aurait maquillé son suicide en crime pour faire peser des soupçons sur son entourage ?

— Aucune piste n'est indigne d'être explorée, répondit Higgins. Franchement, je ne vois pas un homme comme Pietro Giovanni renoncer de lui-même aux plaisirs de l'existence. J'aimerais mieux le connaître pour être plus affirmatif.

— Je m'en occupe, assura fièrement Scott Marlow, persuadé que son séjour à Lidenbourne touchait à sa fin.

Une fois le mobile du régisseur découvert, le mystère serait élucidé. A Higgins de faire jouer ses fameuses perceptions. Scott Marlow, lui, avait mis le doigt sur l'essentiel.

Higgins s'arrêta, regardant autour de lui.

— Vous avez perdu quelque chose, mon cher Higgins ?

— Avez-vous vu un seul chat depuis que nous sommes arrivés, superintendant ?

— Eh bien... non.

— Comme c'est étrange... ces vieilles demeures sont généralement peuplées de matous. Venez. Nous allons nous renseigner.

En pénétrant dans le hall, Higgins discerna la fragile silhouette de Graziella Canti. Surprise, elle jeta un regard affolé aux deux policiers et disparut en courant.

— On dirait qu'elle nous fuit ! s'exclama Scott Marlow, de plus en plus irrité par le comportement anarchique des gens d'opéra.

— A moins qu'elle ne cherche à se fuir elle-même, ajouta Higgins. Allons chez le régisseur.

Jonathan Kelwing était installé à son bureau, aux prises avec trois téléphones qui ne cessaient de sonner. Les journalistes le harcelaient. Le malheureux régisseur ne savait plus quoi leur répondre. L'interruption du festival de Lindenbourne devenait un événement international, l'un de ces scandales qui tombent à point, au cœur de l'été, pour alimenter l'actualité. Beaucoup d'échotiers se déclaraient persuadés que Pietro Giovanni avait simulé un malaise sur scène pour faire parler de lui. Mais pourquoi la police était-elle tombée dans le piège et pourquoi Lindenbourne était-il interdit au public pour une période indéterminée ? Jonathan Kelwing inventa une épidémie de grippe estivale, une intoxication alimentaire généralisée, un caprice de vedette... ces piètres explications ne convainquirent personne.

— Pourrions-nous vous parler tranquillement ? intervint Higgins entre deux appels.

Le régisseur regarda l'homme du Yard avec des yeux effarés.

— Tranquillement... vous avez dit : tranquillement ?

Jonathan Kelwing se leva comme un automate. L'épuisement se lisait sur son visage.

— Je n'ai pas dormi de la nuit, je suis assailli par la

presse depuis l'aube, je suis au bord de la dépression et vous venez me parler de tranquillité ?

Le téléphone sonna à nouveau. Jonathan Kelwing décrocha et posa le combiné sur le bureau, laissant son interlocuteur s'égosiller dans le vide. Il se passa une main lasse sur le front.

— Nous remettrons donc cette conversation à plus tard, admit Higgins, tolérant. Une seule question, monsieur Kelwing : détestez-vous les chats ?

— Pardon ?

— Répondez, ordonna Scott Marlow, qui ne voyait pas où Higgins voulait en venir mais qui sentait que le régisseur s'enfonçait de plus en plus dans les eaux noires de la culpabilité. L'ex-inspecteur-chef, de son côté, avait une pensée émue pour son compagnon fidèle, le siamois Trafalgar, au caractère d'une indépendance marquée, dont les conseils lui avaient souvent permis de percer les mystères les plus épais.

Un second téléphone sonna. Jonathan Kelwing n'y prêta pas garde.

— Les chats... je ne les aime pas particulièrement, je ne les déteste pas non plus... mais en quoi...

— Ne trouvez-vous pas curieux qu'il n'y en ait pas un seul à Lindebourne ?

Jonathan Kelwing se troubla.

— Eh bien... c'est-à-dire... il y en avait... mais...

— Mais ? reprit Scott Marlow, agressif.

— Ils sont morts.

— Dans quelles conditions ? demanda Higgins, intrigué.

Le régisseur hésita.

— Les cinq matous qui hantaient le manoir ont été retrouvés sans vie, il y a trois jours, à peu près au même endroit, de l'autre côté du lac. D'après le vétérinaire, ils ont été... empoisonnés.

Higgins frémit d'horreur. Il ne suivait pas tout à fait sa gouvernante, Mary, lorsqu'elle prétendait que le meurtre d'un animal était plus grave que celui d'un être humain, mais il ne lui donnait pas toujours tort.

— Empoisonnés ? s'écria Scott Marlow. Et c'est maintenant que vous nous l'apprenez ?

Jonathan Kelwing s'empourpra.

— Je ne peux pas penser en même temps à mille détails !

Il y a aussi de la vaisselle cassée aux cuisines, un morceau de gazon arraché par un jardinier maladroit, une...

— Je vous prierai de faire procéder à une exhumation de ces cadavres, intervint Higgins, sévère, à fins d'autopsie.

Le régisseur s'affola.

— Impossible.

— Comment, impossible ? intervint Scott Marlow.

— Ils ont... ils ont été brûlés.

— Par qui ?

— Par... par moi-même, expliqua Jonathan Kelwing d'une voix éteinte. On procède ainsi, à la campagne, pour éviter tout risque de contagion.

Le régisseur évita le regard des deux policiers.

— Soyez aimable, exigea Higgins, pour mettre une pièce du manoir à notre disposition, avec un poste téléphonique. Nous nous y installerons pour travailler.

— Bien entendu, inspecteur. Je vous propose de prendre comme bureau la chambre qui était destinée à Pietro Giovanni et qu'il n'a pas voulu occuper. C'est la plus belle du manoir. Elle est au premier étage, au fond de la galerie de tableaux. Désirez-vous que je vous accompagne ?

— Inutile, dit Higgins, faisant mine de ne pas remarquer l'air inquiet de Scott Marlow. A tantôt, monsieur Kelwing.

Laissant le régisseur se débattre avec ses téléphones, Higgins et Scott Marlow se dirigèrent vers l'escalier principal du manoir conduisant à l'étage.

— Tout est clair, affirma le superintendant. Le régisseur a testé le poison sur les chats et il a brûlé les cadavres pour effacer toute trace. De plus, il se paye notre tête ! Nous proposer comme bureau la chambre de la victime ! Il faut l'arrêter et l'obliger à avouer.

— Ce ne sont pas des méthodes honnêtes, protesta Higgins, qui avait rarement constaté une telle vivacité d'esprit chez Scott Marlow, plutôt enclin, d'ordinaire, à une prudente réserve et soucieux de preuves tangibles.

« Vous avez beaucoup de travail en perspective, mon cher Marlow. Un travail indispensable à la réussite de l'enquête. Installez-vous confortablement dans cette chambre pendant que j'irai fureter un peu partout.

— Croyez-moi, Higgins, la culpabilité de ce Jonathan Kelwing est évidente.

— Méfions-nous des évidences, superintendant. Elles sont souvent un peu trop aveuglantes.

— Kelwing nous joue la comédie, insista Scott Marlow. C'est un acteur refoulé, comme tous les metteurs en scène. Il fait semblant d'être débordé pour justifier ses invraisemblables oublis.

Higgins ne désapprouva pas.

La galerie de tableaux offrait une quarantaine de portraits conventionnels représentant la lignée des châtelains de Lindenbourne, seigneurs campagnards aux traits empâtés et satisfaits. La chambre destinée à Pietro Giovanni, malgré ses dimensions imposantes, était plutôt étouffante. Des tentures murales à grosses fleurs bleues recouvraient ses murs et son plafond. Tables et fauteuils juponnés de même, baldaquin aux rideaux doublés ton sur ton créaient une atmosphère feutrée, presque endormante. « De quoi apaiser les nerfs du superintendant », apprécia Higgins.

— Vous voulez que je m'installe ici ? s'angoissa Scott Marlow.

— Vous y serez à votre aise, mon cher Marlow, affirma Higgins, réconfortant. Je compte beaucoup sur vous pour obtenir les renseignements dont nous avons besoin. Vous avez ouvert la voie, superintendant... à vous d'étayer le dossier.

Scott Marlow se sentit tout ragaillardi par les encouragements de Higgins. Tout compte fait, cet endroit luxueux n'était pas si désagréable. Et travailler avec les services informatiques de Scotland Yard n'était pas pour lui déplaire.

Alors que le superintendant s'emparait du combiné téléphonique recouvert de velours bleu, Higgins referma délicatement la porte de la chambre. Scott Marlow occupé à d'utiles besognes, l'ex-inspecteur-chef aurait les coudées franches pour prendre les initiatives qui s'imposaient.

Du moins le croyait-il quand, en descendant l'escalier, il entendit la voix de Pietro Giovanni chanter *l'air du champagne* du *Don Giovanni* de Mozart.

CHAPITRE IX

Higgins se laissa guider par cette voix au timbre chaud et viril. Il frappa à la porte de la chambre d'où elle provenait. N'entendant pas de réponse, il se permit d'entrer.

Face à la fenêtre donnant sur le jardin, Gert Glinder, l'interprète allemand du rôle de Leporello, répétait avec un bel entrain. Etalée sur son lit, une partition du *Don Giovanni*. Higgins toussota avec élégance.

S'apercevant enfin d'une présence étrangère, Gert Glinder se retourna.

— Inspecteur ! Quelle... quelle bonne surprise !

— Je vous avais pris pour Pietro Giovanni, avoua Higgins. Vous avez la même voix... surtout lorsque vous interprétez un air écrit pour le personnage de Don Juan.

Gert Glinder referma fébrilement la partition ouverte à la page de *l'air du champagne* et la rangea dans le tiroir d'une commode, se coinçant les doigts.

— Je sais bien, dit Higgins, commençant à arpenter la chambre meublée de manière banale, que Leporello est le sosie de Don Juan et qu'ils possèdent le même timbre, au point d'être interchangeables...

— Tout à fait exact, approuva chaleureusement Gert Glinder. C'est un plaisir d'avoir affaire à un connaisseur.

L'Allemand, à l'épaisse moustache noire, était vêtu avec négligence. Une chemise au col ouvert, les manches relevées, un blue-jean délavé, des bottes au cuir usagé. Il y avait dans sa personne des traces de veulerie, de sournoiserie. Mais une vive intelligence pétillait au fond des petits yeux noirs et mobiles, formant contraste avec son grand gabarit un peu mou.

— Avez-vous passé une bonne nuit, monsieur Glinder ?

— Excellente, inspecteur. L'émotion m'avait brisé. J'ai dormi comme une souche.

— Vous aviez donc oublié d'éteindre la lumière ?

En se promenant dans le « jardin enchanté », Higgins avait noté avec précision l'emplacement de la seule fenêtre du manoir éclairée au cœur de la nuit. C'était, sans nul doute, celle du chanteur allemand.

— Voilà... j'avais oublié... ça m'arrive souvent.

Higgins nota l'hésitation du chanteur.

Sur sa table de chevet, Gert Glinder avait disposé plusieurs photographies d'interprètes célèbres du rôle de Don Juan. Pietro Giovanni ne figurait pas parmi eux.

— Vous entendiez-vous bien avec Pietro Giovanni, monsieur Glinder ?

L'Allemand s'installa dans un fauteuil dont les ressorts grincèrent sous son poids. Calant les coudes sur le haut de ses cuisses et se tenant la tête dans les mains, il évitait ainsi le regard de Higgins.

— A merveille. Nous étions les meilleurs amis du monde.

— Jamais d'ombre entre vous ?

— Jamais.

Higgins regarda par la fenêtre. Le soleil serait bientôt au zénith. Lindenbourne connaissait une merveilleuse journée d'été. Les festivaliers étaient privés d'un superbe pique nique.

— Pourquoi vous êtes-vous querellé avec Pietro Giovanni à l'auberge de *L'Oie troussée ?*

Gert Glinder serra les dents. Ainsi, la vieille demoiselle les avait bien épiés.

— Un détail d'interprétation sans importance. On s'est un peu échauffés.

— Quel détail ? Je m'intéresse beaucoup à ces épineux problèmes musicaux.

— Un *legato,* répondit l'interprète de Leporello.

— Dans quel passage ?

— Lorsque... lorsque nous chantons ensemble, à la fin de la scène du cimetière où la statue du Commandeur parle pour la première fois.

— Voilà qui honore votre conscience professionnelle,

apprécia Higgins. Tout cela serait parfait s'il n'y avait pas un inconvénient majeur...

Gert Glinder sursauta.

— Lequel ?

— Je ne vous crois pas, monsieur Glinder.

Le chanteur allemand s'arracha à son fauteuil, marcha vers Higgins qui examinait le plafond.

— Je ne vous permets pas...

— Rasseyez-vous, monsieur Glinder. Vous me faciliterez la tâche.

Le chanteur hésita sur la conduite à tenir, ne trouva aucune issue et reprit sa position initiale. Higgins passait un temps infini à examiner la chambre sans rien déranger.

— Tous les acteurs qui jouent Leporello rêvent de devenir Don Juan, indiqua l'ex-inspecteur-chef. Vous comme les autres. Il y a quelques instants, vous chantiez *l'air du champagne*, un morceau de bravoure du rôle de Don Juan. En réalité, monsieur Glinder, vous vous entendiez fort mal avec Pietro Giovanni. Vous ne vouliez plus rester son second. Voilà bien longtemps que vous servez réellement de valet à Pietro Giovanni, que vous lui portez ses valises lors des voyages, que vous satisfaisez ses caprices. On se révolterait à moins.

Higgins s'interrompit. Il avait beaucoup inventé, beaucoup déduit à partir de la carrière « officielle » des deux chanteurs telle qu'elle était décrite dans les revues musicales dont l'ex-inspecteur-chef était friand.

Les coups avaient porté.

— C'est vrai, avoua l'Allemand. J'en avais assez d'être son larbin, d'être traité comme un chien. Pietro était un épouvantable tyran. Il ne m'épargnait aucune humiliation. Pourtant, ma voix est aussi belle que la sienne. Je suis capable de chanter le rôle de Don Juan.

— Merci de votre sincérité, reconnut Higgins. Je suppose que les conséquences de vos déclarations ne vous échappent pas.

— J'avais arraché une promesse à Pietro. C'était la raison de notre querelle, à son auberge. Je lui ai annoncé que notre... notre amitié serait définitivement rompue s'il ne m'obtenait pas rapidement un premier grand rôle. Il m'a offert de l'argent. J'ai refusé. Quand il a compris ma détermination, il s'est emporté mais il a fini par accepter. Pour moi, sa mort est un désastre.

Gert Glinder, d'un regard en biais, observa la réaction de l'homme du Yard. Higgins restait de marbre.

— Vous pouvez me croire, inspecteur. Je vous ai dit toute la vérité. Il y en a bien d'autres qui avaient intérêt à voir disparaître Pietro Giovanni.

— Qui donc ? demanda Higgins sur un ton presque détaché.

Gert Glinder atermoya.

— Ça m'ennuie de vous parler comme ça... mais je me sens obligé de vous avouer... cela me gêne, inspecteur, cela me gêne beaucoup...

— Je comprends vos hésitations, dit Higgins, paternel. Il est pourtant indispensable que vous me fassiez partager vos impressions. C'est le meilleur moyen de vous mettre hors de cause.

Gert Glinder chercha ses mots.

— J'avais des différends avec Pietro mais, au fond, je l'aimais comme un frère. Ce n'était pas le cas des collègues qui ont chanté ici *Don Giovanni*. Certains le détestaient. Ils n'étaient pas meilleurs que lui, mais ils le jalousaient. Lui seul était une vraie vedette.

— Peut-être avaient-ils des raisons plus sérieuses, avança Higgins.

— Peut-être... mais Chairman est un vieux radoteur, Marylin O'Neill une pimbêche, Audrey Simonsen une folle, Sir Brian un prétentieux. Et je ne parle pas de Ruben Carmino et de Graziella Canti...

— Pourquoi n'en parleriez-vous pas, monsieur Glinder ?

Higgins se montrait calme, rassurant. Le plus anxieux des pécheurs n'aurait pas hésité à se confesser à lui pour obtenir son pardon. Gert Glinder se détendait un peu. Son élocution se fit plus facile.

— Graziella Canti est une petite traînée. A dix-huit ans, chanter le rôle de Zerlina à Lindenbourne... ce n'était pas dû au hasard ! Elle a du talent, d'accord, mais si Pietro Giovanni ne l'avait pas imposée à Jonathan Kelwing...

— Beaucoup de grandes carrières ont commencé ainsi, rappela Higgins.

— Graziella aurait dû se montrer moins ingrate ou plus prudente, ironisa Gert Glinder. Pietro l'a surprise dans une position... équivoque en compagnie de Ruben Carmino, le baryton espagnol qui joue le rôle de Masetto. Cette petite idiote n'aurait pas dû tromper aussi vite son protecteur. Sa grande carrière... elle pouvait tirer un trait dessus ! La mort de Pietro est une bénédiction pour elle. Il se serait vengé de la manière la plus impitoyable.

De son écriture fine et régulière, Higgins notait avec soin les renseignements donnés par le chanteur allemand. A la grande surprise de ce dernier, il s'apprêta à sortir.

— Vous... vous partez déjà, inspecteur ? J'ai bien d'autres choses à vous raconter, sur Chairman, sur Marylin O'Neill, sur...

— Chaque travail à son heure, l'interrompit Higgins. Je préfère avancer pas à pas. Merci pour votre excellente collaboration. Je ne manquerai pas de faire à nouveau appel à vous.

Abandonnant Gert Glinder à sa perplexité, Higgins retourna au bureau du régisseur. Jonathan Kelwing continuait à se battre avec les téléphones.

— Où pourrais-je trouver mademoiselle Canti ? demanda Higgins, profitant d'une brève accalmie.

— Ah, celle-là ! soupira le régisseur. Sûrement en train de se faire bronzer sur la terrasse, malgré mon interdiction. On y accède par l'extérieur, à l'extrémité de l'aile gauche du manoir, du côté des serres. Vous...

Un téléphone sonna. Un journaliste italien accapara le régisseur, dont les joues se creusaient de plus en plus. Higgins en savait assez.

L'air de cette fin de matinée était embaumé. L'odorat exercé de Higgins perçut un mélange subtil de narcisses et de lys, lesquels ornaient les parterres s'étendant devant l'aile gauche du manoir. Cette dernière avait été ajoutée au début du XIXe siècle. De style gothique, elle ne brisait pas trop l'harmonie de l'ancienne demeure. Higgins emprunta l'escalier de pierre, en partie recouvert de vigne vierge, pour accéder à une discrète terrasse ceinte de balconnets. A peine avait-il posé le pied sur cet espace protégé qu'il fut obligé de détourner les yeux.

La jeune Graziella Canti se trouvait bien là, savourant le plaisir d'un bain de soleil qui avait malheureuement dépassé les limites de la décence. La belle Italienne, en effet, avait ôté le soutien-gorge de son microscopique bikini, offrant une poitrine déjà bronzée aux caresses de rayons brûlants, comme si elle était seule au monde.

Higgins émit une série de « hmmm » suffisamment appuyés pour arracher la demoiselle à son nirvâna. Graziella Canti ouvrit les yeux, tourna la tête de côté et retint un cri de surprise en découvrant l'homme du Yard qui, avec tact, admirait le bleu du ciel. D'un geste vif, elle s'empara du soutien-gorge posé à côté d'elle et cacha quelque peu les charmes que la nature lui avait accordés avec générosité.

— Inspecteur ! Vous me cherchiez ?

Elle se leva. Le bikini, constata Higgins, était d'une remarquable discrétion. Le corps de la jeune Italienne, très élancé, avait le charme d'une statuette grecque aux lignes fragiles. L'ex-inspecteur-chef, par souci professionnel, fut obligé de contempler son interlocutrice. Il n'y avait rien de suspect sur elle.

— Quel magnifique été, s'extasia-t-il, regrettant les brumes pluvieuses où se cachait son cottage. On comprend que les sentiments les plus fougueux puissent se manifester.

— Fougueux ? s'inquiéta Graziella Canti, reculant d'un pas pour s'accouder au parapet bordant la terrasse. Que voulez-vous dire ?

Higgins fit quelques pas, avec lenteur.

— Je veux parler des sentiments que vous éprouviez envers Pietro Giovanni. Votre... protecteur, à ce qu'il paraît ?

Le joli minois de l'Italienne se métamorphosa en un visage furieux.

— Misérables ragots ! Qui a osé...

Higgins regarda Graziella Canti bien en face.

— Etiez-vous la maîtresse de Pietro Giovanni, mademoiselle ?

La question avait fusé, sèche, impérative. Graziella Canti en demeura bouche bée, tant elle fut impressionnée par la soudaine autorité de l'ex-inspecteur-chef.

— Non... non. Il m'a... il m'a aidée, c'est tout.

— Ne vous a-t-il pas surprise en compagnie de Ruben Carmino ?

La jeune Italienne blêmit. Ce Higgins était une sorte de démon.

— Si, en effet... il est entré dans une violente colère. Ruben a voulu se battre. Je l'ai retenu. J'ai avoué à Pietro que Ruben et moi... ça durait depuis plusieurs mois. Pietro m'a fait peur. Il m'a regardée comme s'il me voyait pour la première fois. Il était glacial. « Puisque c'est comme ça, a-t-il dit, tu me le payeras très cher. Tu peux considérer ta carrière comme terminée. » Ruben l'a insulté. Je me suis interposée. Pietro a lancé un regard de dédain vers Ruben et il est parti. J'étais terrorisée.

Higgins se fit presque consolant.

— Vous rendez-vous compte que vous devenez fort suspecte, mademoiselle Canti ? Vous me donnez une excellente raison pour justifier votre crime...

Graziella Canti sursauta.

— Mon crime ? Mon crime ? Mais c'est monstrueux ! Jamais je n'aurais pu...

La belle soprano, féline, s'approcha de Higgins et, avant qu'il n'ait pu réagir, s'aventura à le prendre par le bras droit.

— D'autres avaient de bien meilleurs motifs que moi, inspecteur...

Higgins demeura digne et distant.

— Iriez-vous jusqu'à me citer des noms, mademoiselle ?

L'Italienne baissa les yeux, respira profondément au point de faire saillir sa poitrine à l'extrême limite du soutien-gorge.

— Quelques heures avant la représentation de *Don Giovanni*, Ruben a reçu un télégramme. Alors il a compris que... que...

Graziella Canti éclata en sanglots et s'enfuit en courant, dévalant l'escalier de pierre au risque de se rompre le cou.

CHAPITRE X

Ruben Carmino ne se trouvait pas dans sa chambre. Après avoir vérifié que le régisseur était toujours aux prises avec ses téléphones, Higgins entreprit d'explorer le manoir pour retrouver le chanteur espagnol.

Il commença par le foyer des artistes dont la porte était demeurée entrouverte.

Un homme, accroupi, fouillait dans l'armoire où le régisseur prétendait avoir rangé l'épée mortelle. Il se redressa dès qu'il perçut la présence de Higgins.

— Vous cherchiez quelque chose, monsieur Carmino ? demanda l'homme du Yard.

— Rien de précis... je mettais un peu d'ordre.

L'Espagnol, vêtu de la même manière que la veille, possédait une puissance physique exceptionnelle qui émanait naturellement de sa personne.

— N'auriez-vous pas perdu un télégramme, par hasard ? demanda Higgins avec un sourire complice.

Achevant de se relever, avec une certaine raideur, Ruben Carmino respirait avec difficulté. Ses narines se pincèrent. Les muscles épais de ses avant-bras se nouèrent.

— Qui vous a parlé de ça ? interrogea-t-il, rageur.

— Mon métier consiste à presque tout savoir, monsieur Carmino. Que vous apprenait ce télégramme ?

L'interprète de Masetto claqua la porte de l'armoire avec violence.

— Ma vie privée ne vous regarde pas.

Il demeura figé face à l'armoire, comme s'il se préparait à foncer sur elle la tête la première.

— Je crains que si, objecta Higgins, serein. Vous vous

êtes querellé avec le défunt, monsieur Carmino. Vous m'avez vous-même révélé que Pietro Giovanni avait tenté de vous arracher votre fiancée. Il n'était pas homme à se laisser défier par quiconque, me semble-t-il.

Ruben Carmino haussa les épaules.

— Giovanni n'était qu'un froussard. Je n'ai même pas eu besoin de montrer les poings pour m'en débarrasser.

— Pourquoi ce mystérieux télégramme ?

L'Espagnol fulmina. Il n'appréciait pas la tranquille obstination de Higgins.

— Aucun rapport avec Pietro Giovanni.

Higgins déambula dans le foyer des artistes, vérifiant que rien n'avait été dérangé. Il régnait là l'étrange climat d'un après-festival, lorsque la musique retourne au silence.

— Je veux bien vous croire, monsieur Carmino, mais je tiens à vous prévenir : un télégramme laisse des traces. L'expéditeur ne sera pas difficile à identifier. Nous obtiendrons le texte de son message.

Higgins n'avait pas élevé la voix. Nulle menace dans ses inflexions, plutôt une sorte de conseil amical.

— D'accord, d'accord, céda Ruben Carmino. Ce télégramme...

Il se renfrogna, ému à la manière des colosses qui, en voulant masquer leurs sentiments, deviennent transparents comme du cristal.

— De qui émanait-il ?

— De la Scala de Milan.

— Vous deviez y chanter prochainement ?

— Oui. On m'avait promis le rôle de Leporello dans le *Don Giovanni* que prépare la Scala. Mon premier grand rôle.

Higgins notait ces précisions sur son carnet noir. Il espérait que Ruben Carmino ne serait pas trop prolixe, car la pointe du crayon s'émoussait dangereusement et il lui faudrait distraire quelques secondes pour la tailler. Or rien ne devait perturber ce début de confession.

— Si je devine bien, dit l'homme du Yard, le télégramme était porteur d'une mauvaise nouvelle. On vous retirait le rôle ?

Ruben Carmino, qui contenait mal son chagrin, approuva d'un hochement de tête.

— Sans autre explication ?

L'Espagnol, qui faisait peine à voir, avala un soupir.

— Pietro Giovanni a exigé que je ne fasse plus partie d'aucune distribution de premier plan.

Higgins connaissait le pouvoir exorbitant exercé par les grandes stars dans les coulisses du spectacle. Pietro Giovanni se révélait être un habile tacticien. Producteurs et directeurs d'opéra tenaient trop à lui pour lui refuser la tête d'un Ruben Carmino. En agissant ainsi, Pietro Giovanni condamnait l'Espagnol à la grisaille, peut-être même au chômage et au désespoir.

— Mademoiselle Canti n'a pas reçu un télégramme identique ? interrogea Higgins.

Les yeux de Ruben Carmino flamboyèrent. Il passa devant Higgins et se dirigea à grandes enjambées vers la porte du foyer des artistes.

— Souvenez-vous bien d'une chose, inspecteur, dit-il sans se retourner : les femmes savent toujours s'en tirer

*
**

Au moment où Higgins sortait à son tour de la pièce, Audrey Simonsen lui barra le passage. Elle était toujours aussi ravissante, mais frémissait d'indignation.

— J'ai un incident grave à vous signaler, inspecteur ! On m'a volé une robe ! Quelqu'un s'est introduit dans ma chambre, a ouvert la penderie et a commis ce larcin !

— Pourriez-vous me la décrire ?

— Une robe de soirée en taffetas, noire, décolletée, très évasée. Je ne comprends pas...

— Rassurez-vous, mademoiselle. Nous la retrouverons. Vous n'émettez aucune hypothèse sur l'identité du voleur ?

La blonde interprète d'Elvira réfléchit quelques instants. Une ride délicieuse s'inscrivit sur son front.

— Aucune. Etes-vous certain, inspecteur, que Scotland Yard soit aussi efficace qu'on le prétend ?

Le sourire rassurant de Higgins apaisa Audrey Simonsen.

— Cette robe avait-elle à vos yeux une valeur particulière, mademoiselle ? Evoquait-elle un souvenir précis ?

La soprano danoise fouilla dans sa mémoire.

— Non, je l'aimais bien, sans plus... je l'aurais sans doute portée encore une ou deux fois...

Son regard se fit plus vif.

— Et si l'on procédait à une fouille de toutes les chambres, inspecteur ?

Higgins se fit sévère, comme un professeur réprimandant une élève indisciplinée.

— Vous n'y pensez pas sérieusement, mademoiselle Simonsen... vous ne croyez quand même pas que le coupable est l'un de vos collègues ?

Les yeux clairs se troublèrent. Higgins ne parvint pas à identifier le sentiment qui agitait brusquement l'âme d'Audrey Simonsen, haine ou angoisse.

— Vous avez raison, inspecteur. Je suis ridicule. Veuillez m'excuser. Je ne me sens pas encore très bien. Je vais mieux chercher. Peut-être ai-je mal rangé cette robe.

Higgins la regarda monter l'escalier qui conduisait au premier étage. En dépit de son trouble, elle conservait une noblesse naturelle qui forçait le respect. Higgins comprenait mal comment Pietro Giovanni avait pu demeurer insensible au charme d'une telle femme.

*
**

— Vous avancez, mon cher Marlow ? demanda Higgins, chaleureux.

Le superintendant sursauta. Il s'était assoupi quelques instants.

— Ah, c'est vous, Higgins... oui, je progresse à pas de géant. J'ai posé les questions à l'ordinateur central. Il me trouvera rapidement les informations nécessaires. Je ne quitte pas le téléphone. Du nouveau, de votre côté ?

Higgins parut contrit.

— Rien de bien nouveau, hélas ! Je piétine.

Scott Marlow n'aimait pas voir Higgins embarrassé, mais force lui était de reconnaître que, cette fois, c'était lui qui ferait aboutir l'enquête.

— Il faut parfois avoir recours aux méthodes modernes, mon cher Higgins. Je sais que vous n'y êtes guère favorable mais, dans des cas comme celui-ci, elles sont décisives. Je peux vous assurer que, ce soir, Jonathan Kelwing couchera en prison.

L'ex-inspecteur-chef ne protesta pas.

— Dites-moi, Higgins... si vous passez par le bar, vous

pourriez peut-être me faire monter à boire ? Je meurs de soif.

— Bien entendu, superintendant. Je vous commande un soda. Je m'installe dans le jardin pour lire le *Times.*

Scott Marlow jugea que le plus fin limier du Yard, vaincu par l'ordinateur, renonçait à l'enquête.

*
**

Le régisseur, abandonnant son bureau pour quelques minutes, avait ordonné à l'unique cuisinier demeuré sur place de servir une collation à ses hôtes. Seul Higgins avait pris son repas dans le jardin, installé sur un vaste plaid, face à deux vaches noires et blanches qui commençaient à bien le connaître. Chanteurs et cantatrices avaient fait savoir à Jonathan Kelwing que la situation devenait intolérable et qu'ils se considéraient comme des prisonniers. Le malheureux régisseur, plaidant la cause de la justice et de la vérité, leur avait arraché un délai d'au moins deux jours pour faciliter la tâche de la police. Bien entendu, les indemnités versées par Lindenbourne serait à la mesure des préjudices subis.

Higgins avait étalé devant lui une dizaine de minuscules coupures de presse. Il s'agissait de la même petite annonce parue dans les *Times* des derniers jours précédant la tragique représentation :

« Offre 100 000 £ à qui me rapportera le WA Prague 29.10.1787. »

Ce n'était pas, à première vue, l'un des messages les plus clairs publiés par ce cher vieux *Times,* né le premier janvier 1785 sous le nom si poétique de « Daily Universal Register » et vendu alors 2 pences et un demi penny. Mais elle avait une signification très particulière aux yeux de Higgins qui l'avait remarquée dès sa première parution, onze jours avant la représentation du *Don Giovanni* de Lindenbourne.

— M'offrirez-vous un doigt de champagne, inspecteur ?

Vêtue d'un short blanc très court et d'un chemisier transparent largement échancré, la ravissante Graziella Canti, pieds nus sur le gazon, s'était approchée de Higgins sans faire le moindre bruit.

— Ce sera un plaisir, mademoiselle.

Avec souplesse, la jeune Italienne s'assit sur le plaid, à côté de l'homme du Yard, s'arrangeant pour mettre en valeur ses jambes parfaites. Higgins lui proposa une coupe de dom Perignon que le régisseur avait prélevé sur sa réserve personnelle.

Graziella Canti jeta un œil à la bizarre documentation rassemblée par Higgins.

— Vous collectionnez les petites annonces, inspecteur ?

Higgins lui en mit une sous les yeux.

— Que vous inspire ce texte ? interrogea-t-il.

Graziella Canti lut et relut la phrase énigmatique imprimée à plusieurs reprises dans le *Times*.

— Je n'y comprends rien.

Une réponse différente aurait étonné Higgins qui ramassa les coupures et les rangea avec soin entre deux pages de son carnet noir. Graziella Canti, avec volupté, but un peu de champagne.

— J'ai été victime d'un vol, déclara-t-elle avec gravité. On s'est introduit dans ma chambre. J'ai peur, inspecteur. Il faut me protéger.

— Que vous a-t-on dérobé, mademoiselle ?

— Du fil et des aiguilles. J'aime coudre. Ça me délasse.

— Vous soupçonnez Ruben Carmino ?

Graziella Canti ouvrit de grands yeux étonnés, éclata de rire.

— Ruben ? Il serait bien incapable de manier une aiguille ! Je ne soupçonne personne. Ce vol me paraît d'autant plus bizarre que je détenais quelque chose de beaucoup plus précieux.

La jolie Italienne, langoureuse, rejeta ses cheveux en arrière pour mieux offrir son visage au soleil. Glissant la main dans son chemisier, elle en retira une feuille de papier à lettres qu'elle tendit à Higgins. Elle ne comportait qu'une brève inscription :

« *Quand te décides-tu ? Tu sais que notre amour est à ce prix.* »

— Je ne suis pas curieuse, expliqua Graziella Canti, mais j'ai trouvé ce message devant la porte de la chambre de Marylin O'Neill. Le papier était froissé. Sans doute est-il tombé d'une corbeille trop pleine. Je l'ai gardé sans intention particulière. Après l'assassinat de Pietro Giovanni, ces quelques mots pourraient prendre un sens particulier...

La soprano italienne s'animait au fur et à mesure qu'elle parlait.

— Un sens particulier ? s'étonna Higgins. Lequel ?

Graziella Canti sourit, enjôleuse, câline.

— Voyons, inspecteur... tout le monde sait que le très digne Sir Brian Hall est follement amoureux de la très inaccessible Marilyn O'Neill. Supposez qu'elle soit l'auteur de ce message...

— Supposons-le, admit Higgins. Qu'en déduisez-vous ?

La jeune Italienne chassa d'un revers de main un brin d'herbe qui s'était déposé sur son mollet gauche.

— J'en déduis qu'elle exigeait un acte précis de la part de Sir Brian.

— Qu'entendez-vous par là ?

— A vous de déduire, inspecteur... c'est votre métier, pas le mien. Votre champagne était excellent.

Elle se leva comme une gazelle et, selon son habitude, s'enfuit en courant.

Higgins pensa que jouer Mozart au piano, dans le salon douillet de son cottage, était décidément plus reposant que de rencontrer les meilleurs interprètes lyriques du divin musicien. La charmante Italienne, prenant un raccourci saisissant, accusait tout bonnement Sir Brian Hall d'avoir assassiné Pietro Giovanni.

L'ex-inspecteur-chef ramassa les coupes, l'assiette en porcelaine et les couverts en argent pour les ranger dans un panier cerclé de cuir. A peine était-il parvenu au terme de cette tâche domestique que la haute silhouette de Gert Glinder, l'interprète de Leporello, se matérialisa devant lui.

— J'aimerais vous offrir un café, inspecteur. A moins que vous ne préfériez du thé ?

Higgins accepta vivement la première proposition. Le chanteur allemand avait fait servir un pur Colombie à l'arôme corsé sur une table de jardin, dressée devant le perron.

Le grand corps de Gert Glinder paraissait encore plus mou qu'à l'ordinaire. Un curieux sourire flottait sur ses lèvres. Le regard n'avait jamais été aussi perçant.

— Il y a des souvenirs qui me reviennent, inspecteur.

— J'en suis heureux, monsieur Glinder. La mémoire humaine a des ressources insoupçonnées. Encore faut-il savoir la solliciter à bon escient.

Un vol d'oies sauvages passa dans le ciel. C'était l'heure la plus chaude de la journée.

— Saviez-vous que Pietro Giovanni avait accepté d'épouser Audrey Simonsen ?

Gert Glinder attendait une réaction passionnée de la part du policier. Il fut un peu déçu mais n'en continua pas moins, sur un ton acide :

— Un vrai coup de folie. Ils sont partis ensemble au Nouveau Mexique pour une lune de miel de trois jours, ont trouvé un maire peu scrupuleux et deux témoins pris au hasard dans la rue. Dès la première dispute, Pietro Giovanni a quitté Audrey.

— A quelle date a eu lieu ce mariage ? demanda Higgins.

— Il y a cinq mois, jour pour jour. Depuis, Audrey ne cessait de pourchasser Pietro. Il lui a dit cent fois qu'il ne voulait plus d'elle, que ce mariage était une plaisanterie sans conséquence et qu'elle devait sortir de sa vie. Je crois que le désespoir a fini par la gagner, même si elle se considérait toujours comme l'épouse légitime de Pietro.

— Elle est bien à plaindre, me semble-t-il.

Gert Glinder ricana.

— A plaindre, Audrey ? C'est une véritable tigresse. Elle acceptait de souffrir, mais pas d'avoir une rivale.

— Sans doute voulez-vous parler de la ravissante Graziella Canti ?

— Vous plaisantez, inspecteur ? Graziella était une simple passade. Pietro chassait un gibier bien plus rare...

Higgins fut particulièrement choqué d'entendre une femme comparée à une proie que l'on cherche à abattre, mais il n'en montra rien.

— La veille de la représentation, poursuivit Gert Glinder, baissant la voix, Pietro Giovanni est venu au manoir. Il était une heure du matin, environ. Je ne dormais pas. Le trac. Je regardais par la fenêtre quand je l'ai vu traverser le jardin. J'aurais reconnu son ombre entre mille. Je l'ai entendu monter l'escalier principal, prenant mille précautions pour ne pas faire de bruit. J'ai entrebâillé ma porte et je l'ai vu frapper à celle de... Marilyn O'Neill. Elle a ouvert. Il est entré. Leur conversation a duré au moins un quart d'heure. Je l'ai vu repartir par le jardin. Mais je n'étais pas seul. Caché sous un saule, il y avait quelqu'un.

Gert Glinder, avec un art consommé, savait ménager ses effets. Il était heureux de voir Higgins prendre des notes.

— Qui donc, monsieur Glinder ?

— La femme la plus jalouse que la terre ait portée. Audrey Simonsen.

CHAPITRE XI

— Graziella Canti, passe encore, expliqua le chanteur allemand. Mais Marylin O'Neill... La femme légitime de Pietro Giovanni ne pouvait supporter l'existence d'une pareille rivale. Elle avait plusieurs solutions : la tuer, se suicider, ou bien...

— Ou bien ? répéta Higgins, très attentif.

Gert Glinder baissa la tête, embarrassé.

— Vous savez comme moi ce qui est arrivé, inspecteur. Je me trouvais au foyer des artistes quand Pietro a réclamé des soins, après sa blessure. Il a repoussé tout le monde, sauf Audrey. Il savait qu'elle l'aimait passionnément et que jamais elle ne lui ferait le moindre mal. J'ai peur qu'il se soit lourdement trompé sur son compte.

— Vous accusez donc Audrey Simonsen d'avoir assassiné Pietro Giovanni en utilisant du poison ?

Blême, les lèvres pincées, Gert Glinder se leva. Il était l'incarnation même de l'indignation.

— Je n'ai jamais dit une chose pareille, inspecteur. Je ne suis même pas certain de l'avoir pensée. Je voulais simplement contribuer à la bonne marche de l'enquête pour que toute la lumière soit établie sur la mort tragique de mon ami Pietro.

— Cette démarche vous honore, remarqua Higgins, se servant une seconde tasse de café pendant que l'Allemand, froissé, s'éloignait.

Higgins réajusta son nœud papillon qui avait tendance à s'incliner vers la gauche. Une goutte de sueur perla à la racine de ses cheveux. Lindenbourne allait battre des records de chaleur. Pas un seul nuage à l'horizon. Il ne pleuvrait pas avant plusieurs heures. Un mauvais sort s'acharnait sur ce haut lieu de l'opéra.

L'heure de la sieste était venue. Chacun des hôtes du manoir s'y adonnait avec ferveur, Scott Marlow y compris. Le superintendant s'était profondément endormi devant le téléphone. Mais Higgins ne trouvait pas le repos. Il se sentait pris dans un tourbillon d'informations aussi sujettes à caution les unes que les autres. Qui mentait et qui disait la vérité ? Impossible de faire le partage pour le moment.

L'ex-inspecteur-chef avait le sentiment qu'un détail capital lui échappait. L'un des interprètes avait eu un comportement bizarre qui l'avait étonné, sans qu'il parvînt à dire pourquoi.

Le jardin était figé dans une douce quiétude. Les cygnes dormaient, la tête cachée dans leur plumage. Pas un souffle de vent ne faisait frissonner l'eau du lac. Accroupies sur l'herbe, les vaches noires et blanches songeaient à peine à ruminer. Si Higgins avait eu le génie de Turner, il aurait aimé peindre ce moment.

Soudain, l'inspiration lui vint.

***

Le régisseur s'était assoupi, affalé sur son bureau. A côté de son coude gauche, un verre à moitié plein de whisky, un tube de tranquillisants et un cendrier débordant de cendres. Higgins était désolé de le réveiller, mais l'enquête devait progresser. Il secoua le régisseur avec le maximum de douceur.

Jonathan Kelwing se rejeta en arrière, manquant de s'effondrer.

— Ah, inspecteur... pardonnez-moi. Je suis à bout de nerfs. Ces maudits téléphones ont enfin accepté de se taire... mais ça recommencera... et Lindenbourne est ruiné, ruiné...

Higgins réconforta le régisseur.

— Mais non, monsieur Kelwing. Une institution comme celle-là ne disparaît pas. Il s'agit d'une mauvaise saison, sans plus. Quand le criminel sera identifié, les mauvais esprits quitteront le manoir et la musique reprendra sa vraie place.

Jonathan Kelwing leva vers Higgins des yeux pleins d'espoir.

— Vous le croyez vraiment ?

— J'ai coutume de dire ce que je pense, affirma Higgins avec gravité. Auriez-vous sous la main des séries de photographies des différents interprètes invités pour la représentation de *Don Giovanni ?*

Le régisseur redevint brusquement un professionnel avisé.

— Des *press-book ?* Bien entendu. J'en ai un par interprète. Vous voulez les voir ?

— S'il vous plaît.

Les *press-book* de Pietro Giovanni, de George Chairman, de Sir Brian Hall, de Marylin O'Neill et d'Audrey Simonsen avaient un volume impressionnant : plus de trois cents photos pour les trois premiers, environ deux cents pour les deux femmes, évoquant leurs principaux rôles. Gert Glinder était un peu moins bien servi, de même que Ruben Carmino. Graziella Canti devait se contenter de fort peu, en raison de sa très jeune carrière. Patient, Higgins feuilleta les lourds volumes, commençant par celui consacré à Marylin O'Neill.

— Je peux vous aider ? demanda le régisseur.

— Je ne crois pas, répondit Higgins, tournant les pages.

Déçu, le régisseur avala son whisky d'un trait et, fermant les yeux, se cala au fond de son fauteuil. Higgins apprécia la sublime beauté de la soprano australienne. Marylin O'Neill, en une dizaine d'années de carrière, avait chanté tous les grands rôles mozartiens avec un égal bonheur. Mais aucune des photographies de la belle interprète de Donna Anna ne provoqua en lui le déclic qu'il espérait. Aussi passa-t-il à George Chairman dont il revécut, à travers l'image, la prodigieuse trajectoire lyrique. C'est après avoir vu une cinquantaine de photographies de Sir Brian Hall, le troisième artiste dont il examinait le *press-book,* que Higgins ressentit enfin le choc qu'il attendait. L'aristocrate était à la fois en costume et en civil, dans le parc de son château ou sur les marches de son escalier d'honneur. Higgins avait vu ces portraits dans les magazines musicaux. Un détail insolite s'était niché dans un coin de sa mémoire, détail qui resurgissait à présent avec clarté : Sir Brian avait coutume de s'appuyer, en toute occasion, sur une canne torsadée. Elle faisait partie du personnage.

Lorsqu'il s'était promené dans le parc de Lindenbourne en compagnie de Higgins, Sir Brian Hall n'avait pas cette canne.

Higgins remit en place le dossier et quitta silencieusement le bureau du régisseur.

***

L'ex-inspecteur-chef savait où trouver Audrey Simonsen. Depuis midi, elle n'avait pas quitté le doux abri du plus âgé des saules pleureurs plantés en bordure du lac. Silhouette blanche intimement mêlée au vert tendre des feuilles, elle était assise là, absorbée par le temps qui s'écoulait, les yeux perdus dans le vide.

Mains croisées derrière le dos, Higgins s'approcha de son pas tranquille et régulier. Il était quatre heures de l'après-midi. A l'ouest, un gros nuage blanc, en forme d'outre, tranchait sur le bleu uniforme du ciel. Le gazon de Lindenbourne, surchauffé par le soleil, souffrait déjà de sécheresse.

Higgins n'avait pas jugé à sa juste valeur le blond soyeux des cheveux d'Audrey Simonsen. Il en avait rarement contemplé d'aussi magnifiques. Le visage de la jeune femme, si pâle après sa tentative de suicide, avait repris quelques couleurs. Mais elle paraissait hors du mode, indifférente à tout. Higgins sentit qu'il fallait la traiter comme une sorte de somnambule et ne pas l'arracher brutalement à son rêve.

Il s'assit à côté d'elle, s'appuyant contre le tronc du saule et prenant soin de ne pas imprimer de faux pli à son pantalon. Audrey Simonsen ne lui accorda pas le moindre regard.

— Désolé de vous importuner, madame Giovanni.

En entendant ce nom, Audrey Simonsen parut s'éveiller. Elle se tourna vers Higgins, bouleversée.

— Vous... vous avez appris ?

— J'ai appris beaucoup de choses vous concernant, mademoiselle Simonsen.

— Ah...

L'émotion passée, la belle Danoise sombrait à nouveau

dans la torpeur. « Son désespoir est presque irrémédiable, pensa Higgins, ou bien elle est une merveilleuse comédienne. »

— J'aimerais que vous me parliez de ce qui s'est réellement passé à l'entracte, lorsque Pietro Giovanni est entré au foyer des artistes.

« Peut-être refusera-t-elle de parler, supposa Higgins, peut-être s'enfermera-t-elle dans un mutisme protecteur. Valait-il mieux, pour elle, ne plus prononcer un seul mot et demeurer dans les brumes de souvenirs où Pietro Giovanni était encore vivant ? »

Mais la voix caressante de la soprano s'éleva avec une parfaite netteté. Elle était bien de retour dans le monde des hommes.

— Pietro était furieux. Il affirmait avoir été victime d'un attentat alors qu'il s'était simplement écorché le pouce en tirant son épée du fourreau. Il s'est comporté de manière odieuse avec ceux qui voulaient lui porter secours. Il a brutalement écarté Sir Brian qui lui offrait une compresse et a presque insulté Marylin O'Neill qui lui proposait un calmant à base de plantes. Graziella Canti n'a pas reçu meilleur accueil avec ses sparadraps. Ruben Carmino n'a même pas pu approcher Pietro. George Chairman s'est désintéressé de lui, le traitant de poule mouillée. Gert Glinder s'agitait en vain, réclamant je ne sais quel médecin.

Higgins apprécia la qualité de la relation, recoupant les informations qu'il possédait déjà sur cette scène capitale.

— Et vous, mademoiselle Simonsen, qu'avez-vous fait ?

Alors que la belle Danoise s'apprêtait à répondre, Higgins perçut un bruit insolite qui rompit le silence feutré régnant dans le parc de Lindenbourne. Quelqu'un marchait, tout près. Il s'était arrêté et les observait, caché derrière une haie. Higgins et son interlocutrice parlaient trop bas pour être entendus. Aussi l'homme du Yard décida-t-il de ne pas débusquer l'importun sur l'identité duquel il avait une idée précise.

Audrey Simonsen accomplissait un effort considérable pour se remémorer une scène qu'elle avait sans doute voulu effacer de sa pensée.

— Je... j'ai voulu l'aider. Pietro m'a quittée, c'est vrai,

mais je l'aimerai toujours. Je l'ai soigné. Parce que c était moi, il a accepté. Il avait confiance.

Higgins n'éprouvait pas un goût prononcé pour les saules pleureurs. Il préférait la robustesse des chênes ou la droiture des hêtres. Mais il reconnaissait que le doyen des arbres de Lindenbourne possédait une noblesse et une fraîcheur appréciables.

— Avec quel produit l'avez-vous soigné, mademoiselle ?

— Avec quel... ?

La voix d'Audrey Simonsen s'était étouffée dans sa gorge, comme si elle se posait à elle-même une question effrayante.

— Mais simplement avec de l'eau oxygénée, inspecteur. C'est le meilleur désinfectant qui soit. La plaie de Pietro était minuscule. Il y avait plus de peur que de mal. Pietro tenait beaucoup à son intégrité physique. Il détestait la maladie et la souffrance. Supposer que sa formidable vitalité serait un jour diminuée lui était insupportable C'est pourquoi il a fait un tel esclandre à cause de cette blessure.

— Avez-vous conservé ce flacon d'eau oxygénée ?

— Ce flacon ?... bien entendu. Dans mon nécessaire à toilette, répondit Audrey Simonsen d'une voix un peu tremblante. Vous voulez le voir ?

Le ton était soudain devenu presque agressif.

— Rien ne presse, dit Higgins. Cet endroit est si agréable que l'on y oublierait volontiers les petitesses de l'espèce humaine. Mais un homme est mort, assassiné... et tant que le meurtrier n'aura pas été identifié, Lindenbourne ne retrouvera pas le repos. Ce serait grand dommage pour Mozart.

Surprise par les paroles de l'homme du Yard, Audrey Simonsen porta les mains à ses yeux, sans doute pour masquer des larmes naissantes.

— J'avais supplié Pietro de changer de vie, affirma-t-elle entre deux soupirs. S'il m'avait écoutée, il serait encore vivant.

Higgins, qui prenait des notes avec beaucoup de discrétion, éprouva une sensation étrange en entendant la dernière phrase prononcée par la belle soprano. Au cours d'une enquête, il y avait quelques moments privilégiés comme celui-ci où la vérité surgissait comme un éclair brisant les ténèbres, comme une intuition fulgurante ouvrant le chemin menant à la certitude. L'ex-inspecteur-chef sut qu'il venait d'obtenir une clé qu'il avait cherchée en vain jusqu'à cet instant. Restait à trouver la porte qu'elle ouvrait.

— J'aimerais vous poser une question très délicate, dit Higgins avec douceur. Me le permettez-vous ?

La lumière de ce milieu d'après-midi se faisait moins violente. La chevelure d'or d'Audrey Simonsen formait un îlot de blondeur presque noyé au cœur des feuilles de saule, dessinant un abri protecteur. Higgins fut tenté de clore là son enquête, de ne plus creuser la douleur de cette femme. Mais, en lui, l'homme du Yard ne tolérait pas de pareils passe-droits.

— Je vous en prie, inspecteur, répondit la jeune Danoise, si faiblement que l'ex-inspecteur-chef l'entendit à peine.

— Vous aimiez passionnément Pietro Giovanni. Vous saviez pourtant qu'il vous était infidèle.

L'assentiment muet d'Audrey Simonsen suffit à Higgins pour continuer.

— Ici même, à Lindenbourne, n'avait-il pas... ?

— Son ami, Gert Glinder, a pris soin de me révéler toutes ses passades pour m'humilier, intervint la belle soprano avec une fureur à peine contenue. Je suppose qu'il espérait ainsi m'écarter de lui à jamais. Mais le véritable amour est prêt à tout endurer, inspecteur, quand Dieu lui vient en aide. C'est en lui que je puise ma force. Ici même, c'est vrai, Pietro s'est comporté de la manière la plus méprisable. C'est lui qui a imposé au régisseur cette petite Graziella Canti. Il l'avait « repérée », selon ses propres termes, dans un opéra de province. Il voulait en faire sa nouvelle maîtresse... s'il n'y avait pas eu Ruben Carmino, il y serait parvenu sans peine. La petite lui aurait cédé en échange d'une belle carrière.

— Pietro Giovanni disposait-il d'une si grande influence dans les coulisses de l'opéra ? demanda Higgins.

Audrey Simonsen eut un pâle sourire.

— Pietro était l'homme le plus puissant du théâtre lyrique. Personne n'aurait osé lui déplaire. Son seul nom suffisait à remplir des salles. C'était aussi un homme d'affaires. Il siégeait dans les conseils d'administration des plus grands opéras du monde, faisant et défaisant les carrières. Je ne reproche rien à cette petite Italienne... recommandée par Pietro Giovanni, elle était certaine d'obtenir très vite des contrats importants.

Higgins préféra s'abstenir de toute remarque sur les milieux artistiques, de plus en plus persuadé que la vie dans son cottage de *The Slaughterers*, à l'écart du monde, du bruit et des perversions humaines, était la plus parfaite qui se puisse concevoir. Il s'en trouvait malheureusement bien loin et n'avait pas encore terminé l'un des interrogatoires les plus difficiles qu'il ait eus à mener.

Il lui fallait à présent poser la véritable question indiscrète qui mettrait Audrey Simonsen à rude épreuve.

— Je vous admire pour votre constance, madame. Vous ne considériez pas Graziella Canti comme une rivale bien dangereuse, soit. Mais Marylin O'Neill ?

Higgins n'avait jamais vu un sentiment d'épouvante aussi poignant s'inscrire sur un visage de femme. Audrey Simonsen se leva avec brusquerie et partit vers le fond du parc à pas précipités. Higgins observa la silhouette disparaître entre de hauts peupliers. Tenter de retenir la soprano danoise aurait constitué une faute de goût et une erreur professionnelle. Son silence avait été bien plus éloquent que n'importe quelle explication embrouillée.

Tout près, le gémissement d'une haie que l'on froisse au passage. L'espion quittait les lieux. Higgins feuilleta les pages de son carnet noir où les notes commençaient à s'accumuler, formant une mosaïque sans fil directeur. Mais grâce à cet entretien avec Audrey Simonsen, il pourrait commencer à séparer l'essentiel du secondaire.

Higgins n'eut pas le temps de mener à bien ce travail délicat. La vision qui s'inscrivait à quelques mètres de lui était du plus haut intérêt. Devant la statue du Commandeur, à l'entrée du « jardin enchanté », se promenaient Sir Brian Hall et l'inaccessible Marylin O'Neill.

CHAPITRE XII

Marylin O'Neill avait accepté le bras de Sir Brian Hall qui, dans la main droite, tenait la fameuse canne torsadée toujours présente sur ses photographies officielles. Sir Brian avait revêtu un costume marron en laine peignée. Marylin O'Neill portait un vaste chapeau mauve à larges rebords et une robe longue de soie rose pâle. En la regardant marcher aux côtés de l'aristocrate britannique, Higgins comprenait pourquoi cette femme d'une beauté distante, presque inhumaine, était devenue une très grande vedette de la scène, respectée et admirée de tous. Après avoir incarné une sublime Comtesse dans *Les Noces de Figaro*, portée au pinacle par la critique internationale, Marylin O'Neill avait poursuivi une carrière triomphale en devenant la plus remarquée des Donna Anna de sa génération. Higgins, qui avait entendu toutes les grandes interprètes du rôle, devait reconnaître qu'il avait été ébloui par Marylin O'Neill hors de la représentation de Lindenbourne. Elle faisait vivre Donna Anna avec une puissance naturelle qui s'accompagnait de la plus subtile des féminités, synthèse impossible voulue par Mozart qui exigeait du génie de la part de ses interprètes.

Marylin O'Neill et Sir Brian formaient un couple d'une dignité sans égale. Ils semblaient sortir d'un décor de théâtre, sans âge et sans époque. Ils passaient à travers cet après-midi d'été avec une élégance désincarnée qui les situait au-dessus du commun des mortels. N'était-ce pas le privilège de ceux qui vivaient les aventures des héros de Mozart ?

Higgins, qui ne jouissait pas de cet honneur, se contenta

de pratiquer son art d'ex-inspecteur-chef de Scotland Yard, fort heureux de rencontrer enfin celle qu'on appelait la « Greta Garbo de l'opéra ». Dans la mesure où Sir Brian connaissait déjà Higgins, ce dernier pouvait s'adresser à lui sans commettre d'impolitesse majeure.

Il se plaça donc sur le parcours du couple, s'arrangeant pour croiser leur chemin de manière à ce que Sir Brian et sa compagne comprennent qu'il ne s'agissait ni d'un hasard ni d'une agression.

— Inspecteur ! s'étonna juste ce qu'il fallait Sir Brian Hall, observant Higgins d'un regard oblique et plutôt dédaigneux. Vous désirez nous parler ?

— Cette rencontre inattendue, Sir, est pour moi une incomparable faveur du destin. Permettez-moi de m'incliner devant le talent et la beauté.

Comme il se devait, Marylin O'Neill tendit sa main gauche vers laquelle Higgins s'inclina pour la baiser. L'homme du Yard avait pris soin d'exécuter avec lenteur ce dangereux mouvement pour ne point déclencher un lumbago.

Marylin O'Neill avait quelque chose de surnaturel. Le visage de la merveilleuse soprano australienne était de couleur ivoire, avec des traits d'une pureté presque irréelle. Ses lèvres étaient animées d'un sourire à la fois tendre et nostalgique, exprimant l'âme la plus secrète de la musique de Mozart. On sentait la jeune femme totalement maîtresse d'elle-même, contrôlant la moindre de ses émotions.

— Heureuse de vous connaître, inspecteur. Le drame qui endeuille Lindenbourne est horrible. Je vous souhaite d'identifier le coupable au plus vite. Mon fiancé et moi-même aimerions gagner Milan sans tarder.

Higgins marcha aux côtés des deux illustres interprètes, réglant son pas sur le leur.

— Nous avons célébré nos fiançailles il y a six mois, dans la plus stricte intimité, précisa Sir Brian.

— Voici une heureuse nouvelle, souligna Higgins. L'annonce de votre mariage sera l'un des grands événements de l'année.

— Rien ne presse, inspecteur, déclara Marylin O'Neill, d'un ton souverain qui ne supportait aucune réplique.

Sir Brian Hall sembla apprécier médiocrement cette

sentence. Son visage se ferma. Un sourire de circonstance, destiné à sa bien-aimée, réapparut très vite.

— Je ne voudrais pas vous importuner, dit Higgins en s'adressant à Marylin O'Neill, mais j'aimerais avoir davantage de précisions sur ce qui s'est produit à l'entracte.

Sir Brian Hall ouvrit la bouche pour protester. Mais la pression discrète et ferme exercée par le bras de sa compagne lui imposa le silence.

— Vous devriez être plus direct, inspecteur, répondit-elle avec assurance. Je me trouvais au foyer des artistes lorsque Pietro Giovanni y est entré en se plaignant d'une grave blessure. Je lui ai offert mes soins. Il les a refusés.

— Pourquoi, à votre avis ?

— Inspecteur, intervint Sir Brian Hall, ce genre de question est inconvenant.

— Parce qu'il n'avait confiance en personne, ajouta Marylin O'Neill.

— De quel remède disposiez-vous ?

Sir Brian Hall regardait le soleil darder ses rayons sur le faite des peupliers. Peu à peu, il baissait sur l'horizon qu'encombraient à présent une dizaine de gros nuages.

— D'une banale teinture-mère d'arnica, répondit la cantatrice. Je suis une adepte de la médication par les plantes. Ma mère m'a tout appris dans ce domaine et cette thérapeutique m'a toujours réussi. Il n'est pas rare que nous subissions quelques chocs, pendant une répétition. L'arnica est souverain en pareil cas. Il supprime la douleur et ne laisse aucune trace sur la peau. C'est aussi un excellent remède contre les émotions.

— L'arnica est également un poison violent, avança Higgins.

— Pas sous cette forme, inspecteur. De toute manière, Pietro Giovanni ne l'a pas utilisé et n'en avait d'ailleurs pas besoin. Il souffrait d'une petite coupure, pas d'un choc.

Le trio progressait avec une majestueuse lenteur dans l'allée principale du « jardin enchanté ». Les graviers crissaient à peine sous les pas. Avec cette fin d'après-midi, les bruits s'estompaient.

— Vous avez retrouvé votre célèbre canne, Sir, interrogea Higgins.

Le ténor anglais perdit sa contenance habituelle.

— Retrouvé ? Que voulez-vous dire ?

— Lors de notre entretien, vous en étiez privé.
— Je... je l'avais oubliée, voilà tout.
Marylin O'Neill les conduisait en direction du lac.
— Si ce n'est pas trop demander, Sir, j'aimerais beaucoup examiner ce magnifique objet.
L'aristocrate, outré, se tourna vers sa compagne.
— Cela me paraît ridicule. Ma chère, nous devrions rentrer. Le temps tourne à l'orage.
— Je vous propose plutôt de nous asseoir quelques instants sur le banc de pierre qui se trouve devant la statue de Don Juan, insista Higgins. Nous y serons tranquilles pour régler quelques petits détails qui me préoccupent.
Sir Brian Hall aurait volontiers protesté contre ce qu'il considérait comme un abus de pouvoir, mais la soprano australienne se conforma aux instructions de l'homme du Yard.
— Votre canne, Sir, exigea Higgins en s'asseyant à côté de l'Anglais.
Sir Brian Hall s'exécuta de mauvaise grâce. Higgins soupesa l'objet. Il connaissait bien ce genre de canne et tenta de dévisser le pommeau. Son entreprise fut vite couronnée de succès. Il extirpa une superbe lame dont les reflets dansèrent dans les feuilles d'un tilleul tout proche.
— Admirable, Sir, apprécia Higgins. J'ai rarement contemplé une lame ancienne dans un pareil état de fraîcheur. Vous devez la nettoyer souvent..
Marylin O'Neill réajusta son chapeau. Sir Brian, abasourdi, mit un temps certain à réagir.
— Qu'est-ce que vous insinuez, inspecteur ?
— Comment vous y prenez-vous pour obtenir une lame aussi brillante ? continua Higgins. La nettoyez-vous vous-même ?
L'aristocrate releva le menton, comme s'il s'adressait à un subalterne un peu borné.
— Sachez, monsieur, qu'un objet familial de cette valeur ne passe pas entre les mains d'un domestique. J'entretiens cette canne-épée moi-même, en effet. La confier à quelqu'un est hors de question. Même Ruben Carmino, grand amateur d'armes blanches et excellent fleurettiste, n'a pu la regarder que de loin. Vous n'imaginez pas la faveur dont vous êtes l'objet. Dans quel siècle vivons-nous donc... ?

Higgins remit la lame dans son fourreau, reconstituant une canne bien innocente.

— Vous êtes-vous déjà servi de cette lame contre un agresseur quelconque, Sir ?

— Une seule fois, répondit Sir Brian. Pour mettre en fuite deux voyous, à Paris. Ils se sont enfuis sans demander leur reste.

— Je suppose que vous l'avez nettoyée très récemment... ce matin même, peut-être ?

La réponse de Sir Brian Hall mourut dans sa gorge. Il s'était repris juste à temps.

— Non... je passe un produit à base d'huile toutes les semaines... j'avais accompli cette tâche avant de revenir à Lindenbourne où je ne comptais séjourner que trois ou quatre jours avant de revenir chez moi et de repartir pour Milan.

— Vous n'avez donc pas emporté ce produit dans vos bagages, Sir ?

— Non, inspecteur.

Higgins se décala un peu pour s'adresser à Marylin O'Neill.

— Partiez-vous aussi pour Milan, mademoiselle ?

— Oui, pour y chanter à nouveau Donna Anna dans une mise en scène inédite de la Scala.

— Saviez-vous que la canne de Sir Brian dissimulait une épée ?

Pour la première fois, Marylin O'Neill regarda Higgins droit dans les yeux. Ce dernier en fut ravi, tant le visage de la belle Australienne était l'image de la vraie noblesse. S'il n'avait été obligé de mener à bien le travail entrepris, l'homme du Yard serait volontiers tombé en contemplation.

— Bien entendu, inspecteur. Tout le monde est au courant, dans notre milieu.

« Difficile de savoir, estima Higgins, si elle me prend pour un policier maladroit ou si elle me donne une information. » L'ex-inspecteur-chef penchait pour la deuxième solution, tant il accordait d'estime à son interlocutrice.

Un vent chaud se leva, faisant frémir les feuillages et se soulever le bas de la robe rose de Marylin O'Neill.

— Nous devrions rentrer, dit Sir Brian Hall. Un thé nous fera le plus grand bien.

Il se leva, offrant le bras à sa compagne.

— Un instant, intervint Higgins qui consultait son carnet noir. Pourriez-vous m'indiquer, mademoiselle O'Neill, la teneur de l'entretien que vous avez accordé à Pietro Giovanni, la veille de la représentation ?

La foudre lui tombant sur la tête aurait fait moins d'effet à Sir Brian que la question posée par Higgins. Une pâleur inquiétante envahit son visage. Il regarda Marylin O'Neill, tel un mourant en quête d'un ultime réconfort.

— Ma chère... niez immédiatement, je vous prie... cette calomnie est odieuse...

Marylin O'Neill prit le bras de Sir Brian et se leva à son tour avec une élégance de reine.

— L'information que détient l'inspecteur est tout à fait exacte, mon ami. Je méprise le délateur mais rien ne sert de nier la réalité.

— Mais comment... comment avez-vous pu... ?

Les deux fiancés s'adressaient l'un à l'autre comme si Higgins n'existait plus.

— Pietro Giovanni a forcé ma porte, mon ami. Soyez certain que je ne l'attendais pas et que je n'avais pas la moindre intention de lui accorder un entretien, si bref fût-il. Vous me connaissez suffisamment pour savoir que je ne fréquente pas ce genre de personnage.

Il y eut, dans la voix de Marylin O'Neill, une couleur différente, presque angoissée, quand elle prononça ces derniers mots. Tentait-elle de transmettre une confidence à Sir Brian ? Quoi qu'il en fût, ce dernier renonça à interroger davantage sa fiancée, au grand dam de Higgins qui se vit contraint d'entrer à nouveau dans l'univers si protégé de la belle Australienne.

— Pardonnez-moi d'insister, mademoiselle O'Neill, mais il paraît essentiel...

– Je n'avais pas oublié votre question, inspecteur, dit-elle avec une sérénité retrouvée, s'intéressant de nouveau à Higgins. Pietro Giovanni est venu me faire une proposition.

La peur de Sir Brian était perceptible. Plusieurs nuages avaient établi leur jonction dans le ciel. La brise ne tarderait pas à se transformer en vent d'orage.

— Pietro Giovanni souhaitait m'avoir comme « partenaire », selon sa propre expression, dans des opéras de Donizetti et de Bellini. Je lui ai expliqué que je vouais ma carrière à Mozart et que je n'avais pas l'intention de me dévoyer dans le *bel canto* italien. Il est entré dans l'une de ces violentes colères dont il est, paraît-il, familier. Je lui ai aussitôt ordonné de sortir de ma chambre. Etes-vous satisfait, inspecteur ?

— Autant qu'on peut l'être, répondit Higgins, énigmatique.

Une fugace lueur d'inquiétude passa dans les yeux de Marylin O'Neill.

— J'ai froid, dit-elle. Rentrons, mon cher.

Sir Brian Hall, toujours aussi pâle, se plia à la volonté de sa compagne qui l'obligea à marcher avec calme et dignité, comme si rien ne s'était passé, comme si Lindenbourne n'était rien d'autre qu'un paradis de la musique.

Les premières gouttes d'orage s'écrasèrent sur le perron du manoir.

***

Higgins pestait contre lui-même. Trop absorbé par sa réflexion, il n'avait pas réagi à temps. C'est pourquoi il parvint trempé au manoir après avoir subi de plein fouet la première ondée orageuse. Même son nœud papillon n'était plus qu'un tissu humide et exigeant de multiples essorages. Impossible de se changer, ses effets se trouvant à l'auberge de *L'Oie troussée.* Echapper à un refroidissement tiendrait du miracle d'autant plus que, trop confiant, l'ex-inspecteur-chef avait omis de se munir d'un tube d'influenzinum de chez Nelson. Malgré une humeur altérée par ces incidents dont il ne fallait pas mésestimer la gravité, Higgins eut une pensée anxieuse pour le superintendant Marlow dont la discrétion l'étonnait.

La vieille demeure était silencieuse. Higgins monta à l'étage et entra dans la chambre où travaillait Scott Marlow. Ce dernier, suspendu au téléphone, invectivait son correspondant.

— Incroyable, conclut-il, scandaleux ! Vous aurez de mes nouvelles !

Le superintendant raccrocha, furieux.

— Ah... Higgins, si vous saviez !

Scott Marlow semblait au désespoir. Un événement dramatique avait dû se produire, conférant une dimension supplémentaire au meurtre de Pietro Giovanni. Peut-être Scott Marlow avait-il fait l'objet de pressions.

— Je vous écoute, dit Higgins pour l'encourager.

Le superintendant se voila la face, ne supportant pas le regard de Higgins.

— C'était enfin Scotland Yard... je n'ai pas pu obtenir la moindre information depuis ce matin.

Qui faisait ainsi obstruction ? Higgins commençait à s'inquiéter.

— Que se passe-t-il, mon cher Marlow ?

— C'est affreux, Higgins... l'ordinateur est tombé en panne.

***

Après avoir réconforté Scott Marlow, obligé de demeurer auprès du téléphone, Higgins se dirigea vers le bureau du régisseur. Alors qu'il atteignait le bas de l'escalier, un bruit métallique attira son attention. Il provenait de la galerie des armures. L'ex-inspecteur-chef tendit l'oreille. Le bruit s'accentuait. On aurait juré que les armures se battaient entre elles.

Intrigué, Higgins s'engagea dans la galerie. L'orage battait son plein. A six heures du soir, il faisait presque nuit.

Soudain, toutes les lumières du manoir s'éteignirent. Dans la pénombre, Higgins vit une armure se dresser devant lui, prête à l'écraser de toute sa masse.

CHAPITRE XIII

Higgins, qui n'avait jamais été agressé par une armure médiévale, réagit avec une lenteur relative. Son réflexe, sans être d'une qualité exceptionnelle, fut suffisant pour lui permettre d'éviter la masse métallique qui s'effondra sur le sol dallé avec grand fracas. Des éclairs rageurs zébrèrent le ciel à cet instant. La foudre tomba, sa voix masquant le bruit causé par la dislocation de la vénérable pièce de musée.

« Regrettable de voir une si belle pièce en mille morceaux », estima Higgins qui, en s'accroupissant, entreprit une fouille sommaire de l'armure pour vérifier s'il ne restait personne à l'intérieur. Le résultat négatif de cette recherche aboutissait à deux hypothèses : ou bien quelqu'un avait poussé l'armure dans le dos pour tenter d'envoyer l'homme du Yard à l'hôpital, ou bien le fantôme s'était pris les pieds dans le bassinet en sortant de son habitacle. Tout un chacun aurait opté pour la première solution, mais Higgins avait appris à se méfier des déductions trop hâtives.

— Inspecteur ? Vous êtes blessé ?

Une haute silhouette, environnée de lueurs tremblantes se dirigeait vers Higgins qui se releva avec quelque peine. Refroidissement et lumbago le guettaient. Le chanteur allemand Gert Glinder également ; une torche à la main, il ressemblait à un spectre errant dans les sombres couloirs de Lindenbourne.

— Je suis sain et sauf, monsieur Glinder.

L'Allemand, étonné, s'approcha. Il éclaira les débris de l'armure.

— Que s'est-il passé ?

— Une chute d'armure, expliqua Higgins. Sans doute était-elle mal posée sur son socle. Vous arrivez à point.

Le regard de l'ex-inspecteur-chef n'était guère amène Gert Glinder cachait son visage derrière le flamboiement de la torche.

— Je passais là par hasard, indiqua-t-il. Comme j'ai peur du noir, je m'étais muni d'une lumière.

Les reflets hésitants dansaient sur les sévères armures du Moyen Age, formant une haie inquiétante.

— N'étiez-vous pas en train de m'espionner, monsieur Glinder ?

Le chanteur sursauta. Sa torche lui glissa entre les mains. Il la rattrapa de justesse.

— Bien sûr que non, inspecteur ! Pourquoi donc... c'est le hasard seul, je vous assure...

— Cessez de mentir, proféra soudain une voix grave venant de l'autre côté de la galerie, dans la direction du bar.

La silhouette de George Chairman, l'interprète du Commandeur, se détachait en ombre chinoise sur le mur. Higgins se sentait pris entre deux feux.

— Mentir ? Qu'est-ce que ça signifie, Chairman ?

Le Commandeur fit un pas en avant. Son visage austère, couronné par une impressionnante chevelure grise, fut un instant illuminé par la lueur vacillante de la torche.

— Vous êtes un personnage vil et méprisable, Gert, et vous le savez fort bien, dit George Chairman, martelant chacun de ses mots. Cessez votre jeu malsain. Il ne vous conduira à rien.

George Chairman se retourna avec lenteur. Sa déclaration était terminée.

— Gardez vos menaces pour vous, rétorqua vivement Gert Glinder. J'ai tout vu et je n'ai rien dit. Maintenant, je vais parler.

George Chairman se figea. Gert Glinder tendit la torche dans sa direction, comme une épée, manquant de brûler Higgins. Ce dernier crut que la seule présence physique de celui qui avait incarné le Commandeur suffirait à imposer le silence au baryton allemand.

Mais Gert Glinder, la gorge serrée, osa s'exprimer.

— Vous êtes un vieux prétentieux, Chairman. Vous

prenez tout le monde de haut parce que vous vous croyez très supérieur. Je suis sûr que vous n'avez pas parlé à l'inspecteur Higgins de votre violente querelle avec mon ami Pietro Giovanni.

Gert Glinder s'interrompit, le souffle court. Il frissonnait. Higgins attendit que George Chairman, tournant toujours le dos à son interlocuteur, protestât. Mais l'interprète du Commandeur demeura muet. Un formidable éclair zébra le ciel, illuminant quelques secondes la galerie des statues.

D'une voix tremblante, Gert Glinder continua :

— Ça se passait chez vous, à Londres, dans votre hôtel particulier rempli de vieilleries. J'étais venu chercher Pietro. Votre bonne m'a ouvert. Vous étiez dans le salon, avec Pietro. Vous l'accusiez d'être un individu sordide, un rapace, un bandit sans foi ni loi. Pietro vous a insulté. Vous lui avez promis que vous trouveriez les preuves qui vous manquaient et que vous l'enverriez en prison.

Gert Glinder observa Higgins, attendant félicitation ou approbation.

— Je vous méprise, dit George Chairman d'une voix plus caverneuse que jamais.

Rendu furieux par l'absence de réaction de l'homme du Yard, le chanteur allemand jeta sa torche sur le pavage. Elle grésilla avec des crépitements sinistres tandis que Gert Glinder disparaissait. George Chairman consentit enfin à se retourner. Higgins, sortant son carnet noir et son crayon, s'assit sur le socle où s'était dressée l'armure qui l'avait agressé.

— J'espère, inspecteur, que vous ne croyez pas un mot des allégations de ce sinistre personnage ?

Higgins prenait des notes. Les lueurs rasantes de la torche lui suffisaient pour écrire.

— Quelles sont les « vieilleries » auxquelles Gert Glinder faisait allusion ? demanda Higgins, intrigué. Seriez-vous collectionneur ?

George Chairman, qui n'avait pas perdu une once de sa maîtrise de soi, arpenta la galerie avec une infinie lenteur, comme s'il avait l'éternité devant lui. Le ciel n'était que ténèbres rugissantes.

— Je possède beaucoup d'objets anciens, en effet.

— Tous relatifs à la musique, si je me souviens bien du

grand article qui leur a été consacré dans le bulletin de la Société royale de musique ?

George Chairman réfléchit.

— Vous avez un goût prononcé pour les pièces uniques, continua l'ex-inspecteur-chef. Clavecins, violons, partitions...

— Exact, inspecteur. Mais ces trésors inestimables sont surtout utiles à la science musicale. Ils servent de références aux interprètes, aux musicologues et aux musiciens. Ma demeure est largement ouverte aux professionnels qui cherchent à approfondir leur art.

La torche se consumait. Les armures émettaient quelques grincements spasmodiques, faisant sans doute écho aux blessures subies par leurs défunts propriétaires sur les champs de bataille.

— De quelle époque datent vos manuscrits ?

— Essentiellement du XVIIIe siècle, répondit George Chairman sans hésiter.

— De quelles œuvres s'agit-il ? insista l'homme du Yard.

— Des oratorios, des sonates, des concertos... que sais-je encore ? Si elles vous intéressent, je serais heureux de vous accueillir un jour prochain. Rien ne me réjouit plus que la satisfaction d'un connaisseur.

— Soyez-en remercié, apprécia Higgins. Que reprochiez-vous donc à Pietro Giovanni ?

La question de Higgins, formulée sur un ton presque indifférent, faillit prendre George Chairman au dépourvu. Il s'arrêta un instant de marcher.

— Vous accordez donc quelque créance aux délateurs ? s'indigna-t-il. Comment pouvez-vous faire confiance à ce Glinder ?

Dehors, le crépuscule se glissait dans les masses nuageuses qui enserraient Lindenbourne. Une chouette hulula. L'interprète du Commandeur contemplait la lumière rougeâtre et vacillante émise par la torche qui accentuait la sévérité naturelle de ses traits, le faisant ressembler à un être de l'au-delà.

— Mon métier ne consiste pas à croire, monsieur Chairman, mais à connaître. Peu importe vers qui vont mes sympathies. Si calomnie il y a, son auteur la verra se retourner contre lui. Vous n'aimiez guère Pietro Giovanni... pourquoi l'avoir accueilli chez vous ?

George Chairman, à moitié dans l'obscurité, à moitié dans la lumière, fixait la flamme comme si elle contenait les réponses aux questions posées par l'homme du Yard.

— Parce que j'ai cru à sa bonne foi, inspecteur. Je l'ai invité à passer un week-end pour parler des problèmes d'interprétation posés par le *Don Giovanni* de Mozart. J'ai vu tant de soi-disant vedettes échouer lamentablement en tentant d'incarner le personnage de Don Juan et se décomposer sur scène quand le Commandeur apparaissait devant eux... Pietro Giovanni avait l'intelligence de se préparer avec soin pour aborder ce tournant majeur de sa carrière. Du moins le supposais-je.

Une nuance de tristesse avait assombri la voix du Commandeur.

— En quoi vous a-t-il déçu ? interrogea Higgins.

— L'appât du gain et du pouvoir : voilà ce qui le hantait. A travers la musique, il désirait gloire et fortune. Et c'est à Mozart, à son *Don Giovanni* qu'il osait demander la clé de voûte de son édifice matérialiste ! A Mozart dont l'œuvre entière est un appel à la purification et au détachement ! Le vrai coupable, inspecteur, c'est Mozart lui-même. C'est lui qui a tué Pietro Giovanni.

Higgins fut impressionné par les paroles de George Chairman. Il venait d'obtenir un nouvel élément essentiel pour résoudre le mystère. La vérité perçait peu à peu cette nuit d'orage.

— N'oubliez quand même pas, monsieur Chairman, l'intervention d'une main criminelle...

— Quelle importance, inspecteur ?

George Chairman posa le pied sur la torche mourante, plongeant la galerie des armures dans les ténèbres. Son geste, prompt et précis, avait surpris Higgins.

Résonnèrent les pas lourds de l'interprète du Commandeur sur le dallage, s'éloignant vers l'extrémité de la galerie située du côté de l'escalier principal.

Quand le silence revint, Higgins n'avait pas bougé. Travaillant à la manière d'un vieil alchimiste, il mûrissait en lui les informations constituant la « matière première » de son enquête. La solution, il le pressentait, était à la fois proche et lointaine. Il ne fallait pas la forcer à se manifester trop tôt, l'enfermer dans un raisonnement trop étroit qui conduirait à l'erreur. Higgins tentait d'imiter la manière de penser de son chat, le siamois Trafalgar : donner l'illusion de dormir, fermer les yeux au superflu, concentrer l'énergie en soi-même pour ne pas en perdre une miette, attendre sans impatience que la meilleure idée surgisse.

Au moment où Higgins ferma son carnet, la lumière revint dans tout le manoir.

L'ex-inspecteur-chef aurait volontiers médité plus longtemps si Scott Marlow, essouflé, le sang au visage, ne s'était pas précipité vers lui.

— J'ai croisé George Chairman dans l'escalier, dit le superintendant. Il m'a dit que je vous trouverais ici.

Higgins leva les yeux vers Scott Marlow dont l'agitation n'était que trop visible.

— Ça y est, Higgins, ça y est ! L'ordinateur est réparé ! Scotland Yard m'a appelé.

— Excellente nouvelle, l'interrompit Higgins en se levant, l'air songeur. Et qu'avez-vous appris ?

Scott Marlow parut soudain moins triomphant, presque honteux.

— Eh bien... je ne sais pas trop par quoi commencer.

— Par le pire, mon cher Marlow. Il faut toujours garder le meilleur pour la fin.

Cette recommandation soulagea le superintendant.

— Je n'ai rien pu apprendre, concernant les rapports... sentimentaux entre Sir Brian Hall et Marylin O'Neill. L'ordinateur n'enregistre pas les informations provenant de journaux à scandale.

« Un ordinateur pudibond est un mauvais outil pour un policier », estima Higgins, peu étonné de prendre, une fois de plus, la technique en défaut.

— Sans importance, superintendant.

— Parfait, soupira Scott Marlow. Sur la carrière de Pietro Giovanni, en revanche, j'ai une série de fiches très précises. Voilà... né à Rome, dans une famille de musiciens, il a commencé des études de piano puis s'est découvert un don pour le chant vers sa quinzième année. Formation scénique, théâtrale et lyrique très complète. Un travailleur acharné. Débuts à dix-huit ans. Voyages dans le monde entier, avec une prédilection pour l'Amérique du Sud où il a fait ses premières armes avant de s'imposer sur les plus grandes scènes, dans les rôles majeurs de l'opéra italien. Instructif, non ?

— Passionnant, assura Higgins, qui connaissait tout cela comme n'importe quel lecteur du *Times*. Rien d'autre ?

— Si, un incident regrettable, il y a six ans... Un très grave accident de voiture aux Etats-Unis. Il a été enregistré sur l'ordinateur parce que Pietro Giovanni est assuré à la Lloyds, comme la plupart des grandes vedettes.

L'œil de Higgins s'alluma.

— Des détails, superintendant ?

Scott Marlow, que le sujet n'intéressait guère, consulta sa fiche.

— Pietro Giovani a été reconnu responsable. Il y a eu un mort. On lui a retiré son permis de conduire. Rien de plus.

— Le nom de la victime? demanda Higgins, très attentif.

Le teint de Scott Marlow vira au rouge brique. Il avait omis de faire préciser ce point-là.

— Je téléphone tout de suite.

— Profitez-en, superintendant, pour établir une fiche de renseignements sur tous les interprètes, recommanda Higgins.

Quittant le couloir des armures, Scott Marlow remonta quatre à quatre vers la chambre qui lui servait de bureau.

Higgins n'eut pas longtemps à attendre. Lorsque le superintendant fut de retour, à bout de souffle, il était en proie à la plus vive émotion. Il s'exprima en bredouillant.

— La victime s'appelait... madame O'Neill.

CHAPITRE XIV

— Il faut immédiatement interroger Marylin O'Neill, poursuivit Scott Marlow. J'ai tout compris, Higgins. Elle a voulu se venger de la mort accidentelle de sa mère.

— Et que faites-vous de notre régisseur ?

Scott Marlow se tâta le menton, perplexe.

— C'est lui le coupable, j'en suis sûr... ce ne peut être que lui. Ils ont dû s'entendre. Elle lui a demandé d'assassiner Pietro Giovanni et il a accepté.

— Pour quelle raison, superintendant ?

La question embarrassa Scott Marlow qui ne se découragea pas pour autant.

— Je trouverai, Higgins, je trouverai.

— Il y a plus urgent, dit Higgins qui ne cessait de scruter les murs du couloir des armures.

Passant la main sur chaque pierre, l'ex-inspecteur-chef accomplissait un travail méticuleux. Il suivait chaque aspérité, tâtait chaque défaut. Scott Marlow, intrigué, le regarda faire un long moment.

— Vous avez perdu quelque chose, Higgins ?

— Plutôt quelqu'un, si l'on peut dire... je veux bien croire que le Commandeur surgisse de l'au-delà, mais pas son interprète, George Chairman.

Ne voulant pas laisser le superintendant Marlow sombrer dans une incompréhension angoissée, Higgins lui expliqua qu'il avait vu surgir George Chairman de nulle part. Il ne pouvait venir que d'un endroit du mur. La mémoire visuelle de Higgins l'avait rarement trompé.

— Mon cher Higgins, protesta Scott Marlow avec quelque véhémence, nous sommes tous deux très fatigués. Nous devrions boire un dernier verre et aller nous coucher.

— Poussez ce socle vers moi, demanda l'ex-inspecteur-chef. Je dois grimper dessus pour atteindre le haut du mur.

Désapprouvant le bien-fondé de cette tentative, Scott Marlow s'exécuta en maugréant. Higgins recommença son examen mais, désappointé, dut reconnaître son échec.

— Bizarre, dit-il. Je suis pourtant persuadé...

La lumière s'éteignit à nouveau, plongeant la galerie dans une obscurité presque totale. Il y eut un grand choc. Une armure tomba. Quelque chose grinça, de manière déchirante. Après un claquement sec, ce fut de nouveau le silence.

— Higgins ? Vous êtes là ?

Aucune réponse. Scott Marlow, inquiet, sortit un briquet de sa poche. La faible lueur éclaira un inquiétant champ de bataille : une hallebarde était étendue en travers d'une armure tombée sur les dalles, juste à côté du socle sur lequel était juché l'ex-inspecteur-chef.

— Montrez-vous, Higgins...

Scott Marlow fut obligé de se rendre à l'évidence : l'ex-inspecteur-chef avait disparu. Peut-être l'avait-on enlevé sous ses yeux. Le superintendant, par souci de méthode, souleva l'armure, redoutant qu'il ne fût écrasé sous elle. Mais il n'y avait personne.

— Superintendant...

Une voix sépulcrale, très lointaine. Scott Marlow tressaillit. Probablement une hallucination.

— Superintendant, je suis là...

La même voix. Elle possédait bien des intonations propres à celle de Higgins, mais elle provenait d'ailleurs, glaçant le sang de Scott Marlow. Ce dernier crut comprendre : un esprit malin avait capturé Higgins, à présent transformé en fantôme.

— Je suis de l'autre côté du mur, mon cher Marlow. Relevez la hallebarde.

Scott Marlow faillit prendre ses jambes à son cou. Presque malgré lui, il laissa son regard tomber sur ladite hallebarde. Il se baissa, s'approchant de l'étrange objet qui lui semblait aussi redoutable qu'un serpent venimeux.

— Prenez-la et relevez-la, insista la voix d'outre-tombe.

Le superintendant s'aperçut que la hallebarde était, en

réalité, une longue tige flexible dont l'extrémité inférieure était fichée dans le dallage. La main tremblante, hésitant encore à déguerpir, il osa l'empoigner. Ce n'était que du métal froid. Il tira la hallebarde vers lui.

Un crissement de pierres se frottant l'une l'autre lui fit grincer des dents.

— Toutes mes félicitations, dit Higgins, sortant des ténèbres. Vous avez parfaitement réussi.

Bouche bée, Scott Marlow avait vu le mur s'ouvrir, un pan de pierre pivoter et l'ex-inspecteur-chef apparaître.

— Où... où étiez-vous passé ?

— Un accident bienvenu, expliqua Higgins. Quand la lumière s'est éteinte à nouveau, j'ai perdu l'équilibre et je me suis agrippé à la hallebarde. Le panneau a coulissé au moment où je tombais en avant. Le temps de me relever, j'étais enfermé derrière le mur. Et c'est vous qui m'avez délivré, mon cher Marlow. Voilà un des plus beaux passages secrets d'Angleterre, si je ne m'abuse.

Scott Marlow se remettait de ses frayeurs.

— Après ces émotions, nous devrions absorber un petit remontant.

— Vous restez auprès de la hallebarde, indiqua Higgins, très concentré. Je descend voir où mène cet escalier.

— Mais... on devrait prévenir quelqu'un...

— Surtout pas, mon cher Marlow ! Personne ne doit savoir que nous savons. Vous me suivez ?

A tout hasard, le superintendant acquiesça. Higgins était trop têtu pour renoncer à son projet. Aussi Scott Marlow lui prêta-t-il son briquet.

L'exploration ne dura que quelques minutes. Revenu dans la galerie, Higgins manœuvra la hallebarde pour faire à nouveau coulisser le pan de mur. Le système était aussi efficace que rapide.

— Avez-vous trouvé quelque chose ? demanda le superintendant.

— Une superbe cave voûtée, avec des sièges et un clavecin. Une salle de musique très confortable. Sans doute le caprice d'un des anciens propriétaires du manoir.

— Pour le savoir, demandons-le au régisseur et...

Devant l'air contrit, mais indulgent, de Higgins, Scott Marlow sentit qu'il commettait une grave bévue.

— Ne croyez-vous pas, mon cher Marlow, que si le

régisseur connaît l'existence de cette cave alors qu'il ne nous en a point parlé, son comportement apparaîtra comme des plus curieux ?

Le superintendant ne se le fit pas répéter. Higgins apportait de l'eau à son moulin.

— Quelle heure est-il ? demanda Higgins.

— Pas loin de vingt heures, répondit Scott Marlow, consultant sa montre.

— Nous pouvons donc décemment importuner une grande dame, superintendant. Je vous propose de rendre une visite de courtoisie à Marylin O'Neill.

Abandonnant la galerie des armures et se guidant à la lueur du briquet de Scott Marlow, les deux policiers se dirigèrent vers le hall d'entrée d'où partait le grand escalier.

Une violente lumière les éblouit l'un et l'autre.

— Inspecteur ! C'est vous ? questionna une voix féminine, angoissée.

Audrey Simonsen, frémissant, braquait une lampe torche sur les hommes du Yard. Vêtue d'une robe de chambre bleu nuit, les cheveux blonds tombant en vagues sur les épaules, elle possédait le charme si particulier d'une femme apprêtée pour la nuit.

— C'est bien moi, répondit Higgins. Soyez assez aimable pour cesser de nous aveugler.

La belle Danoise abaissa le faisceau de sa lampe. Le hall d'entrée du manoir, d'ordinaire si accueillant, avait pris des allures fantomatiques peuplées d'ombres incertaines. Scott Marlow se demandait si chaque tenture ne dissimulait pas un passage secret, si chaque marche du grand escalier ne cachait pas une chausse-trape.

— Je ne comprends plus ! s'exclama Audrey Simonsen, à bout de nerfs. J'ai peur.

Le superintendant n'était guère rassuré, lui non plus.

— De quoi donc ? interrogea Higgins, tout prêt à réconforter la jeune soprano.

— La robe noire qu'on m'avait volée... elle est revenue ! Quelqu'un est entré dans ma chambre pendant que je prenais un bain et l'a accrochée dans la penderie. Je l'ai vue tout de suite en cherchant un peignoir.

« C'est le régisseur, pensa Scott Marlow, qui ne comprenait goutte à ces allées et venues d'une robe, mais qui tenait pour acquis que seul Jonathan Kelwing avait une connaissance suffisante du manoir pour y circuler sans bruit et y agir à sa guise.

Le régisseur apparut dans le hall, les cheveux en bataille, le col de chemise défait, le regard vague. Le superintendant ne lui laissa pas le temps d'inventer une quelconque explication.

— D'où venez-vous, monsieur Kelwing, et pourquoi êtes-vous ici ?

Victime d'un réflexe, Audrey Simonsen braqua sa lampe dans les yeux du régisseur. Ebloui, il vacilla.

— Je sommeillais dans mon bureau... J'ai cru entendre du bruit et je suis venu voir...

— Ne veniez-vous pas plutôt de l'étage ? demanda le superintendant.

— Mais pas du tout ! protesta le régisseur.

— Pouvez-vous le prouver ? Avez-vous des témoins ? surenchérit Scott Marlow, incisif.

Le régisseur demeura bouche bée.

— Des témoins, répéta-t-il, abasourdi... Mais pourquoi donc... ?

Le superintendant bougonna, d'une part parce qu'il ne savait trop quoi répondre de consistant, d'autre part parce qu'il préférait attendre les ultimes preuves pour porter le coup décisif.

Audrey Simonsen s'approcha de Higgins.

— On m'a prié de vous adresser une requête, inspecteur, susurra-t-elle de cette voix si tendre qui aurait dû retenir mille Don Juan auprès d'elle.

Higgins fit trois pas en direction de l'escalier, comprenant que le moment était à la confidence.

— Graziella Canti et Ruben Carmino m'ont demandé d'intercéder en leur faveur, inspecteur... ils ne supportent plus l'atmosphère étouffante de ce manoir. Ils voudraient sortir, ce soir, en amoureux.

Higgins prit un air navré.

— Désolé de les décevoir et de vous contrarier, mademoiselle Simonsen. La règle imposée par Scotland Yard doit être la même pour tous. Et j'ai déjà vu tant de criminels profiter de la moindre faille pour s'enfuir...

La belle Danoise sursauta.

— Criminels ? Cela signifie que vous les soupçonnez du meurtre ?

— Soupçon est un terme bien désagréable, précisa Higgins. Mademoiselle Canti est une jeune personne très séduisante qui incarne la plus vivante des Zerlina ; Ruben Carmino possède la fougue et la rudesse nécessaire pour caractériser un parfait Masetto.

Un profond étonnement emplit les yeux d'Audrey Simonsen.

— Vous ne répondez pas à ma question, inspecteur.

Higgins la regarda avec une douceur non exempte de sévérité.

— En êtes-vous bien sûre, mademoiselle ?

La soprano danoise évoquait un papillon pris au piège. Consciente de se débattre en vain, elle jeta une œillade furieuse et, utilisant sa lampe torche, grimpa rapidement l'escalier pour regagner sa chambre.

Le régisseur avait, lui aussi, quitté le hall. Puisque personne n'avait protesté à propos du dîner servi dans les chambres, son travail de la journée était terminé.

— J'aurais dû lui passer les menottes, maugréa Scott Marlow.

— Chaque chose en son temps, rétorqua Higgins. Tant que nous n'aurons pas élucidé le rôle de chacun dans cette affaire, il serait risqué d'arrêter un coupable.

Scott Marlow aurait bien demandé une explication à Higgins sur les mots qu'il venait d'utiliser, mais ce dernier, se munissant d'un chandelier à trois branches posé sur une console de marbre, le présenta au superintendant qui s'empressa d'allumer les bougies.

Avec cette allure digne et tranquille qui le caractérisait, l'ex-inspecteur-chef, suivi de Scott Marlow, entama l'ascension vers la chambre de Marylin O'Neill.

Le superintendant estimait que Higgins possédait l'étoffe d'un grand patron et qu'il aurait mérité de diriger le Yard. Mais il avait obstinément refusé les promotions qui l'auraient éloigné du « terrain » et de l'enquête proprement dite. Si Higgins avait pris une retraite anticipée, pensait Scott Marlow, ce n'était pas seulement — comme il le prétendait lui-même — pour jouir de son cottage, de sa pelouse, de ses vieux arbres, se promener et lire les bons auteurs, c'était surtout pour choisir SES affaires criminelles. Il savait bien que le Yard, en certaines circonstances particulièrement délicates, ferait appel à ses services, ne lui réservant que des cas compliqués et inextricables, autrement dit les seuls qu'il appréciât. Au fond, Higgins était un personnage inclassable, un original incorrigible pour qui les hiérarchies humaines, fussent-elles policières, n'avaient guère d'importance. Bien que cette attitude choquât Scott Marlow, il ne pouvait s'empêcher d'éprouver une certaine admiration pour la rigueur professionnelle qui conduisait Higgins vers la vérité, même si ses méthodes étaient parfois contraires à la logique la plus élémentaire.

Higgins frappa doucement à la porte de Marylin O'Neill, après avoir donné le chandelier à Scott Marlow.

— Qui est là ?

— Higgins, en compagnie du superintendant Marlow Pourriez-vous nous accorder un entretien ?

Un verrou fut tiré. Marylin O'Neill ouvrit largement sa porte.

Higgins demeura sur le seuil un long moment. Il accordait la plus grande valeur aux impressions qu'il éprouvait en découvrant un lieu pour la première fois. Il se laissa envahir par l'atmosphère régnant dans la chambre de la cantatrice, une superbe pièce aux poutres apparentes et aux boiseries sculptées. De lourdes tentures de velours grenat encadraient les fenêtres à petits carreaux. Le lit à baldaquin, une grande armoire en noyer, des fauteuils d'Ecosse, un délicat bureau Regency formaient un ensemble un peu austère, adouci par les couleurs chaudes d'un tapis d'Iran dont le motif central représentait un phénix.

— Désirez-vous vraiment entrer, inspecteur ?

S'arrachant à sa contemplation, Higgins s'inclina pour baiser la main que lui tendait la très belle Australienne, vêtue d'une robe de soirée en taffetas vert. Scott Marlow ne sachant trop comment se comporter, marmonna un « bonsoir » peu compréhensible et se glissa dans la chambre à la suite de Higgins.

— Permettez-moi, mademoiselle O'Neill, de vous féliciter pour votre beauté, dit l'ex-inspecteur-chef avec conviction, pendant que Scott Marlow se dissimulait vaguement derrière un fauteuil, choisissant un angle stratégique d'où il observait l'ensemble de la pièce en lui apportant la lumière du chandelier à trois branches.

— J'ai pris l'habitude de m'habiller chaque soir, indiqua Marylin O'Neill, même lorsque je suis assignée à résidence. C'est une sorte de pacte avec moi-même. Il en vaut bien d'autres, ne croyez-vous pas ?

— Certainement, approuva Higgins, songeant aux obligations vestimentaires que lui faisait subir, lors de chaque dîner, sa gouvernante Mary.

— Une urgence quelconque, inspecteur ?

Higgins dodelina de la tête.

— Plus ou moins. Le superintendant Marlow, au terme d'un long et patient travail, a obtenu une information troublante.

Marylin O'Neill accorda un regard hautain à Scott Marlow qui, très impressionné, se contenta de répondre par un sourire crispé.

- Allez droit au but, inspecteur, exigea la soprano. Je suppose que cette... « information » me concerne ?

— Pourriez-vous nous parler de vos parents, mademoiselle ?

Le ton de Higgins s'était fait presque acéré. Marylin O'Neill avait subi ce brutal assaut sans se dérober. Elle scruta son interlocuteur quelques instants, comme pour prendre sa mesure, cherchant à percevoir les intentions qui se cachaient derrière cette question d'apparence banale.

— Je savais que vous finiriez par apprendre la vérité, dit-elle avec gravité.

Elle se dirigea vers le bureau Regency, prit une clé dans un coffret de nacre, ouvrit un tiroir d'où elle sortit un dossier noir à côté duquel se trouvait un minuscule revolver incrusté d'or et d'argent, à crosse d'ivoire.

Marylin O'Neill, dont la noblesse naturelle était fascinante, tendit le dossier à Higgins.

— Voilà ce que vous veniez chercher, inspecteur. Cela vous évitera de fouiller ma chambre. Regardez, je vous prie.

S'estimant autorisé à consulter ces documents sans violer la conscience de leur propriétaire, Higgins s'approcha de Scott Marlow pour bénéficier de sa lumière. Il découvrit une série de coupures de journaux relatant l'accident mortel dont avait été victime la mère de Marylin

O'Neill. C'était Pietro Giovanni qui conduisait la Jaguar dans laquelle avaient pris place les parents de la jeune cantatrice. En état d'ivresse, il avait perdu le contrôle de son véhicule alors qu'il roulait à vive allure. Après avoir percuté un camion, il était sorti de la route, subissant plusieurs tonneaux avant de s'immobiliser. Lui en était sorti indemne, mais madame O'Neill était morte, les vertèbres cervicales brisées tandis que son mari, victime de multiples fractures et d'un très grave traumatisme crânien, avait survécu.

— Votre père est donc toujours vivant ? demanda Higgins, ému par les circonstances de ce drame.

— Si l'on peut dire, répondit Marylin O'Neill d'une voix triste. Il n'a jamais recouvré toute sa raison. Il me reconnaît parfois, quand je lui rends visite dans la maison de repos de Los Angeles où il séjournera jusqu'à la fin de son existence. Mon père adoptif était un homme d'affaires intelligent, sportif, débordant de vie. Aujourd'hui, il subit une déchéance pire que la mort.

— Votre véritable père est décédé il y a longtemps ? interrogea Higgins de manière feutrée, hésitant à rouvrir une plaie peut-être mal fermée.

Le visage de Marylin O'Neill, baigné par la lumière douce des bougies, demeura serein.

— Je ne l'ai pas connu. Il est mort dans un camp de concentration, en Allemagne. Mon véritable père est l'homme que Pietro Giovanni a réduit à l'état de cadavre vivant.

Scott Marlow fut surpris par la violence extrême qui perçait au travers des dernières paroles prononcées par Marylin O'Neill. Ses ennemis avaient tout à redouter d'elle, tant elle apparaissait comme une personnification de la vengeance prête à tout pour satisfaire le feu qui la rongeait.

— Votre mère, je suppose ? demanda Higgins en contemplant une photographie jaunie, dans un cadre doré posé sur le bureau.

— C'est elle, en effet. J'avais un an. Le cliché a été pris à Sidney.

On y voyait une jeune femme blonde portant un magnifique bébé dans les bras. Higgins fut frappé par l'extraordinaire ressemblance existant entre Marylin O'Neill et sa mère. On pouvait presque parler de sosies. C'est pourquoi, alors qu'une question fort banale lui montait aux lèvres, il s'abstint de la poser. Ce n'était pas à Marylin O'Neill de répondre, mais à des documents officiels.

— Auriez-vous une loupe, superintendant ?

Scott Marlow ne disposait pas de cet instrument. Il bredouilla une excuse, tandis que Marylin O'Neill, ouvrant plus largement le tiroir du bureau, prit une loupe à manche d'argent.

— Cela vous suffira-t-il, inspecteur ?

— Tout à fait, mademoiselle. Collectionnez-vous des timbres ?

— Non. Mais j'aime examiner les partitions originales dans leurs moindres détails. Mozart est très exigeant, inspecteur. Il ne supporte pas l'à-peu-près.

— Comme je le comprends, dit Higgins, scrutant à la loupe la photographie, puis notant une série de chiffres sur son carnet, au grand étonnement de Marylin O'Neill.

— Pourriez-vous m'expliquer, inspecteur...

Higgins dévisagea la très belle interprète de Donna Anna avec sévérité.

— Et vous, mademoiselle O'Neill, pourriez-vous m'expliquer la présence de cette arme ?

Scott Marlow se pencha en avant pour mieux distinguer le délicieux chef-d'œuvre d'armurier qui, malgré sa joliesse, possédait la caractéristique de tirer cinq balles aussi minuscules que mortelles.

— C'est fort simple, rétorqua la soprano avec détachement. Il s'agit d'un cadeau de Sir Brian. Il a été très marqué par une agression subie à Paris. Il estime que des personnages publics doivent s'entourer d'un minimum de sécurité.

— Vous êtes-vous déjà servi de cette arme ?

— Jamais, inspecteur. Et je n'ai pas l'intention de le faire. La violence me répugne autant qu'à mon fiancé.

Scott Marlow aurait aimé examiner le revolver de près, mais Higgins laissa Marylin O'Neill repousser le tiroir après y avoir rangé le dossier noir. L'ex-inspecteur-chef fit quelques pas pour se placer devant l'une des fenêtres à petits carreaux, battus par une pluie violente.

— Comment ne pas haïr un homme qui vous a infligé de

telles souffrances... A propos, mademoiselle, pourquoi ne vous trouviez-vous pas dans cette voiture maudite ?

Marylin O'Neill sembla prise au dépourvu. Bien qu'il lui tournât le dos, Higgins perçut son bref malaise.

— J'avais choisi de rester chez moi avec des amis. La compagnie de Pietro Giovanni me déplaisait. Il était beaucoup plus âgé que moi et je n'appréciais pas son comportement. Bien que débutante et alors qu'il jouissait déjà d'un certain renom, je n'éprouvais pas le besoin de solliciter auprès de lui une aide quelconque. Mes parents en avaient jugé autrement. Ils étaient tombés sous son charme de grand seigneur, avaient accepté une invitation à dîner dans un restaurant très chic pour parler de ma carrière.

Marylin O'Neill demeurait d'une parfaite dignité en évoquant ces pénibles souvenirs.

Higgins cessa d'observer le ciel tourmenté et se tourna vers elle.

— Soyez remerciée pour votre sincérité, mademoiselle, et permettez-nous de nous retirer.

Dotée d'un port de tête réservée aux plus grandes divas, la soprano australienne se contenta d'une approbation muette. Précédé de Scott Marlow qui marmonna un nouveau « bonsoir », Higgins sortit de cette chambre où il estimait avoir mis en place l'une des pièces les plus énigmatiques du puzzle mortel de Lindenbourne.

C'est en arrivant au bas de l'escalier que l'homme du Yard entendit, dans le lointain, un air étrange et familier, égrené au clavecin. Quelqu'un, dans la nuit oppressante du manoir, jouait l'*Ouverture* du *Don Giovanni* de Mozart.

CHAPITRE XV

Les tempêtes traversant la sombre *Ouverture* de *Don Giovanni* étaient comme feutrées, presque apaisées par le son aigre et métallique du clavecin, si distant que l'ouïe pourtant exercée de Higgins repéra avec peine l'endroit d'où provenaient les sons. Scott Marlow, qui n'avait rien entendu et qui tenait avec constance le chandelier à trois branches dispensateur de lumière, se demandait si Higgins n'était pas victime d'une hallucination.

— Par ici, indiqua celui-ci soudain.

Plus ou moins bien éclairé par le superintendant qui le suivait avec un léger temps de retard, Higgins emprunta un étroit couloir qui partait à gauche de l'escalier et, serpentant entre de vieux meubles collés aux murs, aboutissait à une porte basse, surmontée d'une arcature en pierre où le sculpteur avait représenté des feuilles d'acanthe.

Higgins poussa la porte. Scott Marlow éclaira la pièce, à l'instant où le claveciniste plaquait les derniers accords de l'*Ouverture*. L'homme du Yard reconnut le chef d'orchestre Lovro Ferenczy, vêtu d'un smoking grenat d'un parfait classicisme. Le clavecin du XVIIIe siècle se tenait au centre d'un assez vaste espace, pourvu de petites fenêtres grillagées placées presque au sommet des murs occupés par d'imposantes bibliothèques en acajou, dont les rayonnages étaient garnis de partitions et d'ouvrages d'érudition consacrés à la musique.

— Bonsoir, messieurs, dit le chef d'orchestre, encore sous le coup de l'émotion due à la sublime musique qu'il venait d'interpréter.

— Remarquable arrangement pour instrument à clavier, apprécia Higgins. Je ne le connaissais pas. Cet endroit est tout à fait charmant.

Ce n'était pas le sentiment de Scott Marlow qui, le bras fatigué, posa le chandelier sur le clavecin. Il y avait trop de livres, trop de partitions. Cette surabondance était étouffante.

— Le premier salon de musique de Lindenbourne, indiqua Lovro Ferenczy. C'est ici que l'idée du festival est née. Une entreprise tout à fait irréaliste, sans aucune chance de réussir. Mais la musique a déjà accompli tant de miracles...

— Comment parvenez-vous à jouer dans le noir ? s'étonna Scott Marlow.

Le chef d'orchestre sourit.

— J'ai l'habitude de diriger les yeux fermés... l'obscurité ne me gêne pas.

Higgins examinait avec intérêt les trésors rassemblés dans cette bibliothèque. Il tâtait les reliures avec cette jouissance tactile réservée aux amateurs passionnés d'ouvrages anciens, enfermant dans leur cuir tanné par les ans tant la pensée d'un auteur que les regards des lecteurs successifs.

— Si je ne m'abuse, avança l'ex-inspecteur-chef, la première représentation du *Don Giovanni* de Mozart a bien eu lieu à Prague ?

— Mais bien entendu ! rétorqua vivement Lovro Ferenczy, plutôt indigné par une semblable hésitation.

— Pardonnez mon ignorance, s'excusa Higgins en se tournant vers lui. Je ne fréquente Mozart que depuis peu de temps et j'ai encore tout à découvrir.

— Nous en sommes tous au même point, inspecteur. Voilà quarante ans que je joue Mozart et je commence à peine à le percevoir.

Higgins tira une reliure au hasard. Il s'agissait d'un exemplaire des *Mémoires* de Lorenzo Da Ponte, qui avait collaboré avec Mozart au livret de *Don Giovanni*.

— Prague est une ville fascinante, dit-il en feuilletant l'ouvrage avec une infinie délicatesse. Les alchimistes y fabriquaient encore de l'or lorsque Mozart y séjourna.

Scott Marlow craignit que Higgins ne se lançât dans un interminable discours rempli d'informations venues on ne savait d'où. Mais l'ex-inspecteur-chef s'interrompit, remettant l'ouvrage relié à sa place. Le chef d'orchestre, patient, l'observait.

— Pendant les heures qui ont précédé la représentation, n'avez-vous rien remarqué d'anormal, monsieur Ferenczy ?

Pondéré, plutôt lent dans son élocution comme dans ses gestes, Lovro Ferenczy effectua un visible effort de mémoire.

— Vraiment rien, inspecteur... à part la fausse disparition de Pietro Giovanni.

Higgins admira les touches noires et blanches du clavecin, l'élégance du clavier ancien. Il aurait volontiers joué une sonate de Scarlatti ou un prélude de Bach s'il n'y avait eu la présence d'un Maître de la stature de Lovro Ferenczy dont on disait qu'il était doué pour tous les instruments.

— Cela me gêne un peu de vous poser cette question, dit Higgins, contrit, mais... n'avez-vous pas observé quelques tiraillements entre les interprètes de ce *Don Giovanni ?*

Une nouvelle fois, Lovro Ferenczy prit beaucoup de temps avant de répondre.

— Il serait difficile de prétendre le contraire, inspecteur... j'ai rencontré le même phénomène dans tous les opéras du monde. Lindenbourne ne fait pas exception à la règle. Les grands interprètes ont souvent un caractère difficile, angoissé... certains sont ambitieux au point de se montrer odieux envers leurs confrères. Tout finit généralement par s'arranger sur scène.

— Pas cette fois, observa Higgins. L'un d'eux détestait suffisamment Pietro Giovanni pour l'assassiner. N'auriez-vous pas noté des comportements... inquiétants ?

Croisant les bras, le profil éclairé par la lumière des bougies, Lovro Ferenczy parut contrarié.

— Sachez, inspecteur, que je ne me mêle jamais de l'existence et du comportement d'autrui, surtout lorsqu'il s'agit de vedettes de l'art lyrique. Je ne les fréquente qu'à titre professionnel, dans le cadre des répétitions, et cela me suffit amplement.

Le buste bien droit, Lovro Ferenczy plaça ses mains au-dessus du clavier et, après plusieurs secondes d'une intense concentration, fit chanter les premiers accents de la poignante *Fantaisie en ut mineur* de Mozart. Le plus célèbre des grands chefs mozartiens n'était plus tout à fait sur terre. Seul, ne jouant pour personne, il laissait cheminer une musique divine à travers lui, sans opposer le moindre écran. Les affaires humaines ne le concernaient plus.

Higgins fit signe à Scott Marlow de s'éclipser discrètement.

Lorsque les deux policiers regagnèrent le grand hall, la lumière n'était toujours pas revenue. La coupure de courant risquait de durer jusqu'à la fin de l'orage dont la violence ne s'atténuait pas.

— Nous ferions bien d'aller nous coucher après nous être désaltérés, avança le superintendant à qui l'atmosphère de ce manoir hanté par des armures et des musiciens plaisait de moins en moins.

Higgins, pensif, fit mine de n'avoir rien entendu.

— Nous devons vérifier un détail important, mon cher Marlow. J'ai l'impression que plusieurs fils se sont emmêlés et qu'il faut les désenchevêtrer avant de pouvoir y voir clair. Auparavant... suivez-moi.

A contrecœur, le superintendant s'exécuta. Il ne comprenait pas où Higgins puisait cette énergie. Lorsqu'il travaillait « sur le terrain », il semblait n'éprouver ni fatigue ni lassitude.

L'ex-inspecteur-chef ouvrit sans bruit la porte du bureau du régisseur. Scott Marlow se tint en retrait, éclairant à peine la pièce. Un ronflement sonore prouvait assez que Jonathan Kelwing dormait à poings fermés, les pieds posés sur sa table de travail, la tête penchée sur l'épaule gauche, les bras ballants.

— Il simule, chuchota Scott Marlow.

— Je ne crois pas, dit Higgins. A présent équipons-nous pour une petite promenade.

— Pour aller où ? s'angoissa le superintendant.

— Voir le diable ou le bon dieu, mon cher Marlow. Nous verrons sur place lequel des deux nous a donné rendez-vous.

***

Malgré l'insistance de Scott Marlow, Higgins avait obstinément refusé de prendre une voiture. Il voulait quitter Lindenbourne dans le plus parfait silence. Le bruit d'un moteur aurait fatalement alerté l'une ou l'autre oreille. C'est pourquoi Scott Marlow, l'estomac dans les talons et l'ex-inspecteur-chef, après avoir passé le barrage constitué de policiers en uniformes, marchaient d'un bon pas sur une route détrempée et sous un ciel tourmenté. L'orage commençait à s'éloigner. La pluie avait enfin cessé, mais le courant électrique n'était pas rétabli.

Affligé d'un léger bourdonnement dans les oreilles et d'une irritation dans l'arrière-gorge, Higgins avait à présent la certitude qu'il pourrait difficilement enrayer le refroidissement dont il avait été victime. Mais il n'avait pas le temps de s'écouter comme il le faisait sur ses terres, devant un bon feu de bois, un plaid sur les épaules et le siamois Trafalgar blotti contre lui.

Higgins aimait cheminer dans la campagne silencieuse et endormie où le moindre frémissement d'une haie prenait un relief saisissant. Les rumeurs du jour s'étant tues, une nature secrète, tissant sa toile nocturne, avait déployé ombres et mystères.

— Mais enfin, protesta le superintendant, qui détestait l'exercice physique, où allons-nous ?

Mains croisées derrière le dos, emmitouflé dans un imperméable Macintosh un peu trop grand pour lui, Higgins progressait sans hésiter vers le but de cette expédition qu'il jugeait indispensable. Le superintendant, moins bien loti que Higgins, n'avait trouvé qu'un loden peu seyant dans la penderie principale de Lindenbourne. Il s'était muni d'un lourd parapluie au manche en forme de clé de fa, fantaisie d'un châtelain amateur de curiosités.

— Je crois, mon cher Marlow, que l'assassinat de Pietro Giovanni a répondu à des mobiles très complexes. Mais je n'en suis pas encore certain. La solution est peut-être d'une grande simplicité. Notre pèlerinage nous donnera un élément de réponse et évitera sans doute un autre meurtre.

Comme pour aider Higgins de sa clarté, la pleine lune perça un immense nuage et trôna au sommet de la voûte céleste.

— Le régisseur est effectivement capable de tuer quelqu'un d'autre, estima Scott Marlow. C'est un être fourbe et un comédien parfait. La manière dont il a supprimé Pietro Giovanni démontre sa cruauté.

— Je ne dis pas non, répliqua Higgins, mais quel était son mobile ? Nous butons là-dessus...

— J'ai réfléchi, affirma Scott Marlow avec gravité.

Jonathan Kelwing doit être amoureux de la petite Italienne, Graziella Canti. Comme elle était convoitée par Pietro Giovanni, il l'a fait passer de vie à trépas pour posséder seul la demoiselle.

Higgins dissimula un étonnement bien réel. Le superintendant n'était pas coutumier d'analyses psychologiques aussi fines. Décidément, la musique de Mozart avait opéré en lui des transformations spectaculaires.

— N'oubliez-vous pas Ruben Carmino, l'interprète de Masetto et l'amant officiel de Graziella Canti ? objecta Higgins. Dans l'opéra, Masetto n'abandonne pas sa Zerlina.

— Nous ne sommes pas dans l'opéra ! protesta Scott Marlow. Ruben Carmino a passé un accord avec le régisseur. Je l'imagine assez soignant Pietro Giovanni avec du poison que lui aurait fourni le régisseur.

— Cette hypothèse ne concorde pas avec le témoignage des différents interprètes sur ce qui s'est passé pendant l'entracte.

— Ils ont menti !

— S'il en est ainsi, conclut Higgins, méditatif, c'est qu'ils sont tous coupables...

— Jonathan Kelwing a forcément commis une faute, ronchonna Scott Marlow. Nous la trouverons.

— Si Dieu le permet, ponctua l'ex-inspecteur-chef qui savait se rapporter à la Providence, dans les cas litigieux.

Une dame blanche s'envola juste devant eux. La superbe chouette, déployant ses grandes ailes, vola lourdement jusqu'à un chêne creux.

— Nous approchons. Je vous recommande la plus grande discrétion, superintendant. Je pense que nous serons seuls, mais il vaut mieux être prêts à tout.

Scott Marlow vérifia qu'il portait bien sur lui son revolver réglementaire. Les sous-entendus de Higgins avaient de quoi inquiéter l'aventurier le plus intrépide.

— Vous... vous envisagez une action violente ?

Higgins quitta la route et coupa à travers champs. La lumière lunaire suffisait pour mettre en évidence les accidents de terrain, les clôtures ou les petits fossés. D'un pas très sûr, en habitué des longues promenades dans la campagne, l'ex-inspecteur-chef avançait inexorablement vers l'objectif qu'il s'était fixé.

Il s'arrêta devant un entassement de pierres taillées, sans doute un ancien oratoire païen indiquant l'emplacement d'une source.

— N'avez-vous rien entendu ? demanda-t-il à Scott Marlow.

Le superintendant tendit l'oreille.

— Non, rien...

— Curieux, dit Higgins, se tâtant le menton, geste témoignant d'une perplexité certaine. Je suis presque persuadé que nous sommes suivis. Croyez-vous aux signes, mon cher Marlow ?

De moins en moins rassuré, le superintendant scrutait le paysage sans y discerner une seule présence, fût-ce celle d'un chat en maraude.

— Aux signes... que voulez-vous dire ?

— La présence de cette dame blanche sur notre chemin, par exemple. Moi, j'y crois. A elle seule, cette chouette pourrait constituer un indice. Encore un effort, et nous y serons.

Scott Marlow se demanda si Higgins ne souffrait pas d'un coup de lune. Il n'eut pas le loisir de réfléchir sur ce thème, car l'ex-inspecteur-chef, tournant la tête de temps à autre, avait repris une progression rapide.

Enfin, le superintendant la vit. Une chapelle médiévale trapue, dont la silhouette se détachait à peine dans une zone de ténèbres créée par un cercle de hêtres au centre duquel se trouvait l'édifice. Il fallait s'approcher à quelques mètres pour en discerner l'existence. Il se composait d'un porche avec des arcatures romanes en forme de lignes brisées, d'une nef surbaissée sans bas-côtés, d'un transept à peine marqué et d'une abside pourvue d'étroits vitraux. Higgins s'aperçut que le monument était en bien mauvais état. Beaucoup de pierres se déchaussaient. Le sommet du portail menaçait ruine. Les seuils, recouverts de mousse, se désagrégeaient.

— Tout cela aurait besoin de sérieuses réparations, diagnostiqua Scott Marlow, dissimulant mal l'angoisse qui le prenait à la gorge.

— Nous sommes malheureusement un peu pressés, objecta Higgins, attentif aux nombreuses croix celtiques plantées en terre de part et d'autre de l'allée menant vers le portail.

— On croirait... on croirait un cimetière, dit le superintendant d'une voix étranglée.

— C'en est un. Les églises étaient autrefois construites au milieu des morts.

Une grande croix de pierre, de plus de trois mètres de haut, avait été érigée à côté d'un puits très abîmé. Son ombre immense recouvrait les deux policiers. Scott Marlow avait oublié sa faim.

— Cette fois, affirma Higgins en s'immobilisant à nouveau, il n'y a plus de doute... quelqu'un nous épie...

Scott Marlow avait, lui aussi, entendu un pas ou, peut-être, un soupir étouffé. D'un geste brusque, il sortit son revolver réglementaire et le pointa dans la direction de la grande croix.

— Faites attention, recommanda Higgins, vous pourriez nous blesser.

L'ex-inspecteur-chef, au cours de sa carrière, n'avait utilisé qu'une seule arme : son crayon Staedler Tradition B, soigneusement taillé. Beaucoup moins inoffensif qu'il n'y paraissait au premier abord, ce dernier s'était révélé suffisamment efficace pour éviter d'avoir recours à la violence. Scott Marlow n'en serra pas moins la crosse avec un sentiment de réconfort.

— Nous devrions aller voir derrière cette croix, estima Higgins.

— Est-ce bien nécessaire ? s'enquit Scott Marlow.

Higgins n'hésitant pas à prendre le risque, le superintendant se sentit obligé de lui prêter main-forte. Higgins contourna le monument avec lenteur, son collègue préférant regarder par-dessus son épaule.

Il n'y avait rien d'autre qu'un parterre d'herbes folles où avaient poussé des chardons.

Une rafale de vent fit frissonner le cimetière.

— Qui a parlé ? s'inquiéta Scott Marlow ? Qui est là ?

Higgins fronça les sourcils.

— Je n'ai rien entendu.

— Moi, si. Ça venait de là.

Le superintendant indiquait la direction de l'église.

— Il ne nous reste plus qu'à entrer, conclut Higgins, décidé.

En quelques enjambées, il atteignit la porte de bois

vermoulue dont le verrou disloqué ne tenait plus en place que par miracle.

— Un instant, intervint Scott Marlow. Ne voudrait-il pas mieux inspecter les environs ?

— Qui ne risque rien n'a rien, superintendant.

Higgins poussa la porte qui grinça de manière sinistre.

L'intérieur de la vieille église était encore plus délabré que l'extérieur. Par terre, des débris de pierre, des gravats. Les piliers étaient couverts de grattiti. Des fresques qui avaient autrefois recouvert les murs, il ne demeurait que de tristes lambeaux. Les chapiteaux avaient été plâtrés par des iconoclastes. L'absence de chaises et de prie-Dieu donnait à ce temple saccagé un caractère étrange et poignant.

— Il fait très froid, se plaignit Scott Marlow, qui eut la sensation d'entrer dans un tombeau.

« Voilà donc le triste endroit où est venue se réfugier la belle Audrey Simonsen », se rappela Higgins, quelque peu intrigué par ce décor sinistre. « Que cherchait-elle réellement dans un pareil endroit ? »

Le superintendant, après avoir vérifié qu'il n'y avait personne de suspect à l'intérieur de la chapelle, rangea son revolver. Voilà bien des années qu'il n'avait pas pénétré dans un lieu saint, fût-il désaffecté. Décontenancé, il ne comprenait pas comment Higgins, très calme, pouvait rester fidèle à ses habitudes en furetant de droite et de gauche.

— Il n'y a rien à découvrir ici, annonça le superintendant d'une voix torte, pour se rassurer lui-même.

— Détrompez-vous, répliqua Higgins qui s'attardait sur l'autel placé au milieu du transept, à l'entrée de l'abside dont les murs étaient lacérés de larges plaies.

L'autel était formé d'un bloc de granit monolithe posé sur un socle soutenu par quatre piliers trapus. Higgins mit un genou en terre, apparemment fasciné par ce dispositif d'une grande rareté.

— Voudriez-vous m'éclairer avec votre briquet, mon cher Marlow ?

Le superintendant, avant d'obtempérer, jeta un coup d'œil du côté du portail. Lui aussi, à présent, était certain que quelqu'un les épiait dans l'ombre.

— Projetez la lueur sur le quatrième pilier, je vous prie.

Le superintendant s'exécuta, se demandant à quelle diablerie se livrait Higgins.

— Voyez-vous comme moi une différence avec les trois autres piliers ?

Scott Marlow regarda avec attention.

— C'est évident, Higgins... les trois autres sont couverts de poussière et celui-là est presque aussi net qu'un penny qu'on vient de frotter sur sa manche.

Higgins adressa des félicitations silencieuses au superintendant. Il faisait preuve, au cours de cette enquête, de remarquables qualités d'enquêteur.

— Dans ces conditions, mon cher Marlow, il nous reste à manipuler ce quatrième pilier comme la personne qui nous a précédés ici.

Ils tirèrent, poussèrent, n'obtenant aucun résultat. Scott Marlow s'était essoufflé en pure perte. Higgins passa la main sur la pierre, de haut en bas. Au sommet, il décela une sorte d'anneau en saillie.

« J'aurais dû y penser plus tôt », se reprocha-t-il.

L'anneau était mobile. Higgins le fit tourner, déclenchant un mécanisme qui fit pivoter le plateau de l'autel.

Ebahi, Scott Marlow vit apparaître une profonde cavité. L'autel de granit était creux. A l'intérieur, une châsse en métal, de forme oblongue.

— Rien d'extraordinaire, commenta Higgins. Pour les Anciens, il était essentiel de préserver les reliques des fondateurs. Les pierres d'autel servaient souvent de caches.

— Qu'est-ce qu'il y a là-dedans ?

— Si la tradition est respectée, des ossements.

Scott Marlow blêmit.

— Ce serait... une violation de sépulture. Il nous faudrait une autorisation spéciale du Yard.

Higgins s'éloigna un peu de l'autel, commençant à déambuler.

— Si l'on se réfère à la lettre de la loi, vous avez parfaitement raison, superintendant. Une telle demande risque de nous faire gaspiller un temps précieux et de mettre en péril une ou plusieurs vies. Au nom de notre vieille amitié, accepteriez-vous de commettre un acte illégal dans l'intérêt de l'enquête ?

Scott Marlow se trouvait en proie à l'un des plus cruels dilemmes de sa carrière. Jamais il n'avait failli aux règlements qui faisaient l'honneur de Scotland Yard. Jamais non plus Higgins ne lui avait présenté semblable requête. Il n'y avait qu'une seule solution.

— Je ne peux pas accepter, Higgins. Mais je me retourne et je ne verrai rien.

Pendant que le superintendant effectuait un demi-tour, Higgins sortit le reliquaire de sa cache. Comme il s'y attendait, il était pourvu d'une serrure dans laquelle il engagea la petite clé en or qu'il avait prélevée sur le cadavre de Pietro Giovanni.

Scott Marlow entendit distinctement une clé tourner dans une serrure, un couvercle s'ouvrir puis, après une trentaine de secondes, se rabattre. Quand il se retourna, la pierre d'autel avait retrouvé son emplacement premier et Higgins tenait un épais dossier fermé par un ruban.

— Il n'y a pas eu violation de sépulture, annonça Higgins avec un bon sourire, puisque le reliquaire ne contenait aucun ossement. Nous ne sommes donc pas sortis du sentier de la légalité, mon cher Marlow.

Toute crispation s'effaça du visage du superintendant. Il avait eu raison, une fois de plus, de faire confiance à Higgins et de prendre ses responsabilités avec une franche détermination.

— Et... ce dossier ?

Higgins ôta le ruban et posa le lourd document sur l'autel. Lorsqu'il l'ouvrit, avec un soin extrême, Scott Marlow approcha la flamme de son briquet. Higgins l'arrêta.

— Pas trop près, recommanda-t-il.

Scott Marlow ne vit qu'une série de lignes auxquelles étaient accrochées des notes de musique.

— Une partition... pourquoi l'avoir cachée ici ?

— Parce qu'elle possède une valeur inestimable, répondit Higgins.

— Et... à qui appartient-elle ?

Higgins adopta une attitude méditative, presque recueillie.

— A l'assassin, au régisseur ? interrogea Scott Marlow avec agitation, sentant qu'ils approchaient de la solution.

Higgins demeura silencieux un long moment. Dans le ciel, à présent limpide, la lune brillait de tout son éclat. Ses rayons passaient à travers les arcatures des vitraux brisés, illuminant d'une clarté blafarde le sanctuaire abandonné

— A l'assassin, répéta-t-il, se parlant à lui-même. Mais n'y a-t-il qu'un assassin ?

CHAPITRE XVI

La porte de l'auberge de *L'Oie troussée* s'ouvrit avant que Higgins n'ait eu le temps de tirer le cordon actionnant la clochette. Mademoiselle Lipyncott, en tailleur vert pâle, se tenait sur le seuil.

— Bonsoir, inspecteur. Je vous ai gardé au chaud un peu de poulet à la menthe.

— Soyez-en remerciée, dit Higgins, légitimement inquiet à titre gastronomique mais ému par cette délicate attention.

Le regard de mademoiselle Lipyncott devint froid et distant.

— Par qui êtes-vous accompagné, inspecteur ?

Scott Marlow, qui se tenait en retrait, recula d'un pas.

— Mon collègue, le superintendant Marlow.

— Entrez, inspecteur.

Higgins n'avait pas le choix. S'excusant d'un regard navré auprès de Scott Marlow, il obtempéra. Prenant brusquement conscience qu'il risquait d'être obligé de retourner à pied à Lindebourne, le superintendant effectua une courageuse tentative auprès de la maîtresse de céans

— Je meurs de soif... pourrais-je avoir un petit remontant ?

Mademoiselle Lipyncott fusilla des yeux le policier.

— Mon auberge n'est pas un hall de gare. Bonsoir monsieur.

La porte de *L'Oie troussée* fut hermétiquement close pour le superintendant Marlow.

Higgins avait ôté son imperméable Macintosh mais hésitait à l'accrocher à un portemanteau.

— Mais vous êtes trempé ! s'exclama la vieille demoiselle.

Elle s'empara du vêtement et l'emporta à la buanderie. Comme elle appréciait le raffinement de ce monsieur Higgins ! Les jeunes gens avaient oublié ces manières-là. Ils allaient trop vite, passaient à côté des détails importants de l'existence. La véritable éducation se perdait, mettant en péril l'Angleterre et l'auberge de *L'Oie troussée*. Un seul Higgins, par bonheur, était capable d'endiguer le flot de barbarie incarné par des personnages tels que ce superitendant qui osait manifester ses exigences à une dame avec une incroyable muflerie.

*
**

Après avoir absorbé quelques granulés d'influenzinum pour lutter contre son refroidissement, Higgins se changea et descendit à la salle à manger où mademoiselle Lipyncott n'avait reçu, depuis la fondation de l'auberge, que de très rares privilégiés, jugés dignes d'entrer dans son intimité.

L'ex-inspecteur-chef dégusta le poulet à la menthe et un demi-pamplemousse avec lenteur et distinction. Il apprécia davantage un vin français, un muscadet que la vieille demoiselle avait remonté de sa cave.

— Délicieux, la félicita Higgins. Vous êtes un véritable cordon-bleu.

— Ce n'était rien, inspecteur, répondit-elle, un peu de rouge aux joues.

La salle à manger, au parquet impeccablement ciré, avait le parfum suranné de vieux meubles qui avaient vu vivre de nombreuses générations élevées dans le respect des traditions. On se sentait en sécurité, un peu à l'étroit.

— Sans votre collaboration, avoua Higgins, je serais incapable de résoudre cette énigme. J'ai encore beaucoup à vous demander.

Mademoiselle Lipyncott était ravie.

— Sollicitez, inspecteur.

Savourant une ultime gorgée de muscadet, qu'il aurait préféré un peu plus frais, Higgins commença à dévoiler son plan d'action.

— Je suis en possession d'un document exceptionnel que je voudrais vous confier. Il ne sera en sécurité qu'ici.

Acceptez-vous de le conserver jusqu'à la fin de mon enquête ?

Le front de mademoiselle Lipyncott se plissa d'une ride.

— Ce serait volontiers, mais...

— Vous redoutez le cambrioleur qui a visité la chambre de Pietro Giovanni ? Soyez sans crainte. Il ne reviendra pas.

L'affirmation de Higgins suffit à la vieille demoiselle. Un homme comme lui n'abusait pas les dames.

— Autre chose, poursuivit-il. Je dois expédier dès demain matin un certain nombre de télégrammes pour l'étranger et procéder à des appels téléphoniques. Le manoir de Lindenbourne me paraît un cadre fort peu approprié pour ce travail. Pourriez-vous me recommander un endroit discret ?

Mademoiselle Lipyncott, qui s'apprêtait à préparer une tisane, arbora un sourire satisfait.

— Rien de plus simple, inspecteur : ici même. Voilà bien longtemps que je fais office de bureau de poste.

Percevant l'étonnement admiratif de Higgins, la vieille demoiselle expliqua que, connaissant tout le monde dans la région et jouissant d'une parfaite réputation, elle avait été choisie, comme son arrière-grand-mère et sa grand-mère, pour servir de lien officiel avec le monde extérieur, désespérant l'administration de lui trouver un remplaçant.

Devenir le complice privilégié d'un inspecteur de Scotland Yard aussi bien éduqué ne la contrariait pas, à condition que le secret existant entre eux fût inviolable.

— Vous pouvez compter sur mon silence comme je compte sur le vôtre, inspecteur, murmura-t-elle, presque mutine.

Higgins but une délicieuse tisane de thym qui le revigora, le préparant à la longue nuit de réflexion qui l'attendait.

— Il est l'heure d'aller nous coucher, inspecteur. Auparavant, j'ai une petite surprise pour vous.

Mademoiselle Lipyncott posa sur la table une curieuse ampoule scellée.

— J'ai trouvé ceci dans la chambre de Pietro Giovanni. Cet objet était collé sous le lit par deux sparadraps. J'ai supposé qu'il vous intéresserait.

Higgins soupesa l'ampoule, la palpa.

— Remarquable trouvaille, mademoiselle. Je ferai appel au laboratoire dès demain. L'analyse de ce liquide devrait nous procurer une information très précieuse.

Mademoiselle Lipyncott rosit. Elle avait bien eu le sentiment de faire une découverte essentielle, mais la confirmation de l'homme du Yard la comblait d'aise.

— Pietro Giovanni aimait-il les chats? demanda Higgins.

— Il les haïssait. Ne pas voir de chat dans mon auberge était une condition impérative. Cela ne me posait guère de problèmes. Je n'élève que des poissons chinois.

Higgins souhaita une bonne nuit à son hôtesse et gagna ıa chambre de feu Pietro Giovanni. La vieille demoiselle avait tout remis en ordre avec une minutie digne d'éloges. L'auberge étant parfaitement silencieuse, l'ex-inspecteur-chef supposa qu'il devait être l'unique client admis par mademoiselle Lipyncott jusqu'à ce que le mystère de Lindenbourne fût élucidé.

Après s'être livré aux nécessaires ablutions vespérales qui rafraîchissaient le corps et l'esprit, Higgins s'installa confortablement dans son lit, se calant la nuque avec deux oreillers. Son cottage et Trafalgar lui faisaient cruellement défaut à l'instant d'examiner les éléments rassemblés au cours de l'enquête. Mais l'heure n'était pas à la nostalgie. Higgins ouvrit son carnet noir et plongea dans une lecture qu'il espérait décisive.

***

— Déjà levé, inspecteur? s'étonna la vieille demoiselle, vêtue d'un très strict tailleur beige, en voyant Higgins entrer dans le petit salon dont la pendule marquait sept heures du matin.

Ils échangèrent les salutations matinales. Elle apprécia l'élégance de l'homme du Yard dont le costume de flanelle gris perle était ajusté à la perfection. Le nœud papillon, d'un gris légèrement plus soutenu, avait été choisi avec un goût excellent.

— Je vous ai préparé du thé, inspecteur. Un mélange indien d'une grande rareté.

Higgins, dont la journée s'annonçait difficile, ne s'attendait pas à une aussi rude épreuve tôt matin. Comment échapper à ce maudit breuvage qui lui retournait l'estomac ? Point de plantes en pot à proximité pour l'y déverser.

— Disposez-vous de formulaires télégraphiques ? demanda-t-il avec amabilité.

— Je vais vous les chercher... mais je dois d'abord vous servir votre thé.

— Ne vous donnez pas cette peine, recommanda Higgins, auguste.

« Quel charme », estima mademoiselle Lipyncott pendant que Higgins dégustait un toast recouvert de marmelade. Au moment où elle quitta la pièce, il versa un fond de thé dans sa tasse. Ce camouflage devrait suffire.

La matinée s'écoula de manière studieuse. Higgins rédigea plusieurs télégrammes, à expédier dans plusieurs pays d'Europe avec demande de réponse urgente. Mise dans la confidence, mademoiselle Lipyncott trouva la stratégie fort ingénieuse.

Puis Higgins appela son vieil ami, le colonel Sir Arthur Mac Crombie qui en savait plus sur la dernière guerre mondiale que tous les services d'archives réunis.

— Ce cher Higgins ! tonna le colonel, reconnaissant la voix de l'ex-inspecteur-chef. Besoin de mes services ?

— Plus que jamais, Arthur. Est-ce que ce numéro vous évoque quelque chose ?

Higgins égrena avec clarté les chiffres qu'il avait notés sur son carnet noir. Bien qu'il refusât de le reconnaître, le colonel était un peu sourd.

— Pas de lettre devant le numéro ? demanda ce dernier.

— Si, mais presque effacée... M ou K, peut-être.

— M, évidemment. Vous vous intéressez à cette période sinistre, Higgins ?

— Uniquement dans le cadre de mon enquête, colonel.

— Je suppose que vous souhaitez connaître la signification de ce numéro ?

— Vous auriez mérité d'être à Scotland Yard, colonel.

— Vous auriez mieux fait de suivre la seule véritable carrière, celle de l'armée, grommela Sir Arthur Mac Crombie. Attendez une minute... je consulte mes listes.

Un quart d'heure plus tard, le colonel donna satisfaction à Higgins.

— Vous ne vous en tirerez pas comme ça, vieil anarchiste... il faudra me raconter cette histoire en détail. Mardi prochain, vous dînez chez moi. Exécution.

Quand le colonel raccrocha, Higgins estima qu'il devait payer fort cher certains renseignements. La cuisinière du vieux militaire avait un goût morbide pour les ragoûts indigestes. Mais le réseau d'amis de Higgins était d'une telle efficacité qu'il méritait bien quelques sacrifices.

Après avoir reposé le combiné, l'ex-inspecteur-chef ne put s'empêcher de murmurer : « C'est bien ce que je supposais... elle n'avait pas tout révélé... mais peut-être l'ignorait-elle... »

Le second appel téléphonique posait des problèmes de distance. Higgins jugea indispensable de consulter son hôtesse.

— Pour téléphoner aux antipodes, remarqua-t-elle, l'heure est peu appropriée.

— En effet, reconnut Higgins. C'est pourquoi je demanderai qu'on rappelle ici, en fin d'après-midi. Là-bas, il sera environ dix heures du matin. Les services administratifs auront eu le temps de consulter leurs dossiers. Il est hors de question, bien entendu, que cet appel échoue à Lindenbourne. J'espère être ici, mais il est possible que des événements inattendus me retiennent au manoir. En ce cas, puis-je vous prier de noter la réponse qu'on vous donnera et de la tenir absolument secrète ?

Comblée d'occuper le centre de la stratégie conçue par Higgins, la vieille demoiselle opina du chef, une expression de bonheur presque extatique dans les yeux. Même à l'époque où deux colonels rivaux de l'armée des Indes lui faisaient une cour assidue, elle n'avait éprouvé d'aussi poignantes sensations.

*
**

Un soleil de plomb diffusait une chaleur torride sur Lindenbourne. Gardant l'accès de la propriété, les policiers en uniforme de Scotland Yard demeuraient aussi impassibles que les statues du « jardin enchanté ». Higgins, après un sobre déjeuner pris en compagnie de mademoiselle Lipyncott, au cours duquel ils avaient évoqué le temps des crinolines, des voitures à cheval et des fêtes villageoises, s'était rendu à pied de l'auberge de *L'Oie troussée* au manoir.

Tout au long de son parcours, Higgins, trop absorbé par ses réflexions, n'avait guère apprécié les charmes d'une campagne estivale, prompte à divulguer ses couleurs chatoyantes pour mieux inciter à la langueur. Pour la première fois depuis que Pietro Giovanni avait trouvé sur scène une mort des plus extraordinaires, l'ex-inspecteur-chef entrevoyait une solution tenant compte de l'ensemble des éléments en sa possession et ne bousculant ni la logique de Mozart ni celle des hommes.

La méthode utilisée était unique dans l'histoire du crime et elle avait toutes chances de le demeurer.

Lorsque Higgins pénétra dans le grand hall du manoir, c'était l'heure de la sieste. Il frappa à la porte du bureau du régisseur. Aucune réponse. Il entra. Jonathan Kelwing s'était absenté. Les fenêtres donnaient sur la pelouse où pique-niquaient d'ordinaire les festivaliers. Plusieurs personnes disputaient une partie de croquet. Higgins identifia George Chairman, l'interprète irlandais du Commandeur, Audrey Simonsen, la belle Danoise prêtant sa voix à Donna Elvira, Sir Brian Hall, le fiancé de l'altière Marylin O'Neill qui observait le déroulement de la partie. Assis sur un banc de pierre, Lovro Ferenczy, le chef d'orchestre, lisait une partition. Un peu plus loin, le régisseur, Jonathan Kelwing, discutait avec la jolie soprano italienne, Graziella Canti.

La scène était des plus instructives. Higgins ajouta quelques notes sur son carnet noir.

*
**

La chambre du chef d'orchestre, Lovro Ferenczy, était située à l'extrémité d'un couloir, à côté de celle de Gert Glinder, l'interprète de Leporello. Assez sombre, même dans la journée, en raison de l'étroitesse des deux fenêtres qui dispensaient une lumière parcimonieuse, elle ressemblait un peu à une cellule monacale. C'était la plus ancienne chambre du manoir. Jonathan Kelwing avait tenu à conserver le rustique mobilier d'origine, datant de l'époque où Lindenbourne n'était qu'une fort modeste seigneurie provinciale. Un lit bas en merisier, deux sièges à dos droit et une lourde armoire en chêne massif habillaient cette pièce austère au sol dallé de marbre.

La poignée de la porte de style gothique tourna très lentement. Le visiteur inattendu entra dans la chambre à petits pas, silencieux comme un chat. Sans hésitation, il se dirigea vers l'armoire, l'ouvrit et en sortit une mallette de cuir dont il fit jouer les serrures. A l'intérieur étaient rangées trois baguettes de chef d'orchestre. Le visiteur les déroba et repartit comme il était venu.

*
**

— Entrez, dit le superintendant Scott Marlow, alors qu'on frappait à sa porte.

Higgins entra. Le superintendant était environné d'une multitude de fiches qu'il n'avait pas eu le temps de classer. Il semblait encore plus surmené que la veille.

— Je me suis couché très tard, expliqua-t-il. J'ai dû revenir à pied de cette maudite auberge. De plus, l'ordinateur a encore connu quelques problèmes de fonctionnement. Mais j'ai obtenu des renseignements. Regardez vous-même.

Il y avait une cinquantaine de fiches sur Jonathan Kelwing et une ou deux pour les autres protagonistes du drame. Higgins lut les documents avec attention, sans obtenir d'indications vraiment nouvelles.

— Qu'en pensez-vous, mon cher Marlow ?

Scott Marlow avait une mine dépitée.

— J'ai analysé les moindres détails de l'existence du régisseur... aucune anomalie. Il n'a jamais quitté Landonrow. Il est fils et petit-fils de régisseur. Célibataire, protestant, excellente moralité... une banalité affligeante. Quel démon l'a poussé à devenir assassin ?

Higgins comprenait aisément les affres dans lesquelles se débattait le superintendant.

— De mon côté, je possède un élément nouveau.

— Ah oui ? questionna Scott Marlow, intrigué.

— Voici l'arme du crime, dit sobrement Higgins, posant sur le bureau l'ampoule scellée découverte par mademoiselle Lipyncott.

Le superintendant, ébahi, mit quelques secondes à reprendre ses esprits.

— Vous l'avez trouvée chez le régisseur ?

— Pourriez-vous la faire parvenir au laboratoire ? J'aimerais avoir très vite les résultats de leurs analyses.

— Je m'en occupe immédiatement, affirma Scott Marlow.

Si Higgins n'avait pas voulu répondre à sa question, c'est qu'il avait une bonne raison. Scott Marlow la connaissait : la culpabilité du régisseur. Cela ennuyait sans doute l'ex-inspecteur-chef d'admettre que lui, Scott Marlow, s'était montré aussi prompt à identifier l'assassin.

Pendant que Scott Marlow mandait un de ses hommes comme courrier, Higgins se dirigea vers la fenêtre. Observer faisait partie de ses armes favorites. Seule l'attention presque permanente pouvait réduire la part de ténèbres au cours d'une enquête difficile. Se tenir devant une fenêtre et regarder ce qui se passait au-dehors procurait souvent d'intéressants résultats. Une fois de plus, Higgins ne fut pas déçu. Il avait noté l'absence, sur le terrain de croquet, de l'Allemand Gert Glinder, l'interprète de Leporello, et celle de l'Espagnol Ruben Carmino, jouant le rôle de Masetto.

Higgins voyait aussi la terrasse sur laquelle la jolie Graziella Canti aimait offrir au soleil son corps juvénile. A sa place se trouvaient précisément Glinder et Carmino, lancés dans une âpre discussion, si l'on en jugeait d'après les gestes nerveux de l'Espagnol. L'Allemand brisa l'entretien, énervé.

Essoufflé mais satisfait, le superintendant annonça à Higgins qu'un policier en tenue était parti à moto pour Londres avec un message signé de sa main. Le laboratoire traiterait l'ampoule scellée en extrême urgence. Scott Marlow prendrait, de plus, la précaution de confirmer par téléphone.

— Auriez-vous vu le régisseur quelque part ? demanda Higgins, énigmatique.

Scott Marlow ne cacha pas ses espoirs.

— Il s'est enfui, n'est-ce pas ?

— Vérifions, proposa Higgins.

Le superintendant, retrouvant une fougue de jeune homme, dévala l'escalier plus qu'il ne le descendit. Higgins, qui déplorait la précipitation en toutes circonstances, conserva son propre rythme. Marlow avait fait irruption dans le bureau du régisseur, regardant partout, soulevant des dossiers, écartant les rideaux.

— Il n'est pas là, constata-t-il, dépité, lorsque Higgins se présenta sur le seuil.

L'ex-inspecteur-chef posa un doigt sur ses lèvres, demandant à son collègue d'être silencieux. Scott Marlow, bien qu'il n'en perçût pas la nécessité, se plia à cette injonction et suivit Higgins qui se dirigea vers la galerie des armures.

— Trop tard, avoua Higgins, quand il vit apparaître le régisseur, Jonathan Kelwing, sortant de la galerie.

Voyant le visage fermé et agressif du superintendant, Jonathan Kelwing prit peur.

— Vous... vous me cherchiez, messieurs ?

— Exactement, intervint Scott Marlow. Où vous cachiez-vous ?

— Mais... nulle part ! s'indigna le régisseur. Je viens du petit salon où j'ai réparé le pied d'un fauteuil.

— Ah oui, ponctua Scott Marlow, regardant en direction de Higgins qui possédait certainement d'autres arguments pour obtenir les aveux de Jonathan Kelwing.

L'ex-inspecteur-chef, scrutait de droite et de gauche comme pour détecter l'éventuelle présence d'un indiscret qui aurait tenté de surprendre leur entretien.

— Il y a un problème délicat que le superintendant et moi-même ne parvenons pas à résoudre, monsieur Kelwing. Vous devriez pouvoir nous aider.

Le régisseur fronça les sourcils.

— Je suis à votre disposition, inspecteur.

A l'ouest, le ciel commençait à se couvrir. Les nuages arrivaient par grappes nonchalantes.

— Il s'agit de fil et d'aiguille, dit Higgins. Vous qui connaissez ce manoir dans ses moindres recoins, avez-vous remarqué un vol de cet ordre ?

Scott Marlow ne voyait pas pourquoi Higgins reliait ce matériel de couture à la culpabilité du régisseur, mais il lui fit confiance, d'autant plus que Jonathan Kelwing, d'abord étonné, fut très vite envahi par une colère sèche.

— Vous vous payez ma tête, inspecteur ! Je suis aux prises avec une meute de monstres sacrés qui menacent de me ruiner, je vais être obligé de signer l'arrêt de mort de Lindenbourne et vous me parlez d'aiguille et de fil ! Tout le monde est tombé sur la tête, ma parole !

— Vous feriez mieux de nous répondre, intervint Scott Marlow, tranchant. Où avez-vous dissimulé cette aiguille et ce fil ?

Cette fois, Jonathan Kelwing tint tête.

— Je ne suis pas une couturière. Il y a cent appels téléphoniques qui m'attendent. Vous feriez mieux de trouver l'assassin de Pietro Giovanni pour que cesse ce cauchemar.

— Accepteriez-vous de nous conduire à la chambre de Gert Glinder et d'assister, comme témoin, à notre perquisition ? demanda Higgins.

L'idée effraya le régisseur.

— Mais... c'est illégal !

— Allons-y, décréta Scott Marlow qui, pour confondre le meurtrier de Pietro Giovanni, était prêt à oublier la lettre de la loi.

Jonathan Kelwing se laissa entraîner par le superintendant, monta l'escalier malgré lui, protesta en arguant que jamais, à Lindenbourne, la chambre d'un grand interprète n'avait été l'objet d'une violation policière. Scott Marlow frappa quand même avant d'entrer et de constater l'absence du chanteur allemand.

Higgins, mû par une logique dont il ressentait la nécessité depuis le début de cette enquête, ne se perdit pas en vaines explorations. Il se contenta de prendre, sur le lit de Gert Glinder, la partition de *Don Giovanni.*

Une fine aiguille métallique, dans le chas de laquelle était engagé un fragment de fil noir, se trouvait au beau milieu de l'ouvrage. Higgins la saisit délicatement avec un mouchoir gravé à ses armes nobiliaires. Scott Marlow percevait mal l'intérêt du minuscule indice. Le régisseur entra dans un nouvel accès de fureur.

— Pourriez-vous m'expliquer pourquoi vous me faites perdre ainsi mon temps ? J'ai un travail d'Hercule qui m'attend pour tenter de sauver ce qui peut encore l'être, et vous m'exaspérez avec cette misérable perquisition !

— Les petits détails ont parfois une réelle importance, objecta Higgins, plutôt froid. Vous pouvez disposer, monsieur Kelwing. Merci de votre collaboration.

Aussi interloqué que Scott Marlow, Jonathan Kelwing fit un pas vers la porte, attendant d'être rappelé.

Higgins demeurant silencieux, il ne demanda pas son reste et décampa.

— Que voulez-vous prouver ? interrogea Scott Marlow, inquiet, pendant que Higgins pliait soigneusement le mouchoir contenant l'aiguille.

— Je dois obtenir une autre précision, dit l'ex-inspecteur-chef, dubitatif. Vous feriez bien d'interroger à nouveau l'ordinateur, mon cher Marlow. Je suis sûr qu'il ne vous a pas tout révélé.

Alors que Scott Marlow espérait encore, grâce à la technique moderne, grapiller un élément insolite qui permettrait d'inculper sur l'heure le régisseur, Higgins redescendit au rez-de-chaussée. S'avançant sur le perron, il constata que la partie de croquet continuait, avec une participante en moins, Graziella Canti. L'Allemand Gert Glinder et l'Espagnol Ruben Carmino continuaient à discuter de manière fort animée dans l'allée menant au « jardin enchanté ».

Higgins prit la direction de la terrasse, pressentant que la charmante interprète italienne du rôle de Zerlina avait abandonné le sport pour le bronzage. Il ne se trompait pas. Graziella Canti s'offrait bien à la lumière chaude de l'été, ayant omis, une nouvelle fois, de couvrir sa somptueuse poitrine. C'est pourquoi Higgins, les yeux dirigés vers l'azur, fut de nouveau contraint de toussoter.

Graziella Canti, cette fois, n'eut pas le moindre réflexe de pudeur. Sûre d'elle-même, comme une jeune sauvageonne, elle ne dissimula pas son irritation.

— Vous m'avez réveillée, inspecteur ! Qu'est-ce qu'il y a encore ?

— Désolé, s'excusa Higgins. Je ne serai pas long. On vous a bien volé une aiguille et du fil noir ?

— Oui, en effet..., répondit-elle, intriguée.

— Vous ne les avez pas retrouvés, par hasard ?

— Non, mais on en a déposé de semblables dans ma chambre.

Le ciel se couvrait, comme la veille. Un nouvel orage se préparait.

— Connaissez-vous la personne qui vous a rendu ce service, mademoiselle ?

— Cela n'a rien de mystérieux, inspecteur : Jonathan Kelwing, le régisseur.

CHAPITRE XVII

Higgins, au cœur de cet orageux après-midi d'été, avait adopté la technique du vieux sage chinois Lao-Tseu : le non-agir. Non seulement par goût personnel, mais aussi par nécessité, car des événements ne pouvaient manquer de se produire, à condition qu'il ne tentât point de les provoquer en forçant la nature humaine. Parfois, au cours d'une enquête, il fallait savoir perdre du temps, de sorte que la main criminelle commît une faute.

Les nuages noirs s'amoncelaient au-dessus de Lindenbourne. Le soleil avait disparu. Une chaleur moite, étouffante, rendait pénible le moindre mouvement. Higgins se contraignit pourtant à marcher à pas lents dans le « jardin enchanté » où, en compagnie des personnages en pierre appartenant à l'univers des opéras de Mozart, il laissa se former en lui les intuitions qui le conduiraient vers la vérité. Coupable, comparse, innocent... les protagonistes du drame de Lindenbourne appartenaient forcément à l'une de ces trois catégories. Pietro Giovanni, qui avait osé incarner Don Juan, ce Don Juan devant la statue duquel Higgins méditait, n'était-il vraiment qu'une victime ?

Soudain, elle apparut. Audrey Simonsen, l'interprète de Donna Elvira, venait à la rencontre de l'ex-inspecteur-chef. Vêtue d'une jupe noire plissée et d'un boléro rouge, le visage grave, tourmenté, elle avait la démarche poignante des êtres portant en eux un destin trop lourd.

— Je dois vous parler, inspecteur.

Les mains nouées devant elle à la hauteur de la poitrine, Audrey Simonsen se faisait suppliante.

— Souhaitez-vous que nous marchions jusqu'au lac ? proposa Higgins, apaisant.

De la calme surface d'eau émanait un peu de fraîcheur. Les deux promeneurs gardèrent le silence un grand moment. Ils empruntèrent un sentier longeant le lac vers le sud, aboutissant à un bras de rivière agité par des courants formant des spirales autour d'une petite île herbeuse.

Audrey Simonsen regardait droit devant elle, comme si elle discernait, à l'horizon, une présence invisible capable de l'épauler.

— Je ne vous ai pas dit toute la vérité, inspecteur, avoua-t-elle enfin.

— Rien d'étonnant à cela, la réconforta Higgins. La mémoire humaine suit parfois d'étranges méandres.

— Je suis venue ici, continua la belle Danoise, pour y jeter le flacon d'eau oxygénée dont je me suis servi pour soigner Pietro Giovanni.

Sur le lac, un couple de cygnes passa, silencieux, laissant derrière lui un sillon argenté.

— C'était la nuit de mon suicide raté... j'avais perdu la tête, je ne savais plus si je voulais vivre ou mourir. J'ai succombé à une réaction stupide. J'ai imaginé qu'on pourrait me soupçonner, qu'on pourrait croire que j'avais remplacé l'eau oxygénée par du poison.

La voix d'Audrey Simonsen ·adoptait de curieuses inflexions, tantôt angoissées, tantôt calmes.

— Même si j'admettais le caractère inconsidéré de ce geste, dit Higgins, je ne vous croirais pas. Vous êtes beaucoup trop intelligente, mademoiselle Simonsen, pour m'offrir une révélation inutile.

La belle Danoise sursauta.

— Que signifie... ?

— Allons, mademoiselle, la rabroua Higgins comme un maître d'école sermonnant une excellente élève coupable d'un écart, voyons la vérité en face. Si vous avez jeté ce flacon dans le lac, c'est qu'il contenait bien du poison.

Audrey Simonsen se réfugia une longue minute dans le mutisme. Higgins en profita pour admirer la promenade aquatique du couple de cygnes, indifférent aux soubresauts de l'humanité.

— C'est exact, inspecteur. Il contenait du poison. Je ne le destinais pas à Pietro, mais à moi-même. Jamais je n'aurais fait le moindre mal à Pietro, même si je désapprouvais sa conduite.

— Vous avez pourtant craint qu'on vous accuse de meurtre.

— En effet. J'avais mes raisons.

— Est-il possible de les connaître ?

Audrey Simonsen devint lointaine.

— Non, inspecteur. Ne comptez pas sur moi pour accuser quiconque. J'ai la délation en horreur. Jugez-moi comme vous l'entendrez.

Higgins s'aperçut que la partie de la propriété donnant sur le bras d'eau était assez mal entretenue. Les festivaliers ne venaient pas jusque-là. Près de la berge, cachée dans les hautes herbes, sommeillait une barque en bois à la peinture écaillée. Pour traverser le dangereux bras d'eau et atteindre la petite île, elle s'avérait indispensable.

— Pietro Giovanni aimait-il les chats ? demanda Higgins.

Audrey Simonsen ouvrit de grands yeux étonnés.

— Les chats ? Il les détestait !

— Pour quelle raison ?

— Comme beaucoup de grands interprètes, Pietro cédait volontiers à la superstition. Or, lorsqu'il est monté sur une scène d'opéra pour la première fois, un incident l'a presque rendu ridicule. Un chat, sortant des coulisses, a déboulé devant lui au moment où il entonnait un air. Le public s'est mis à rire. Il a fallu baisser le rideau, attraper le félin et attendre que le calme fût revenu. Depuis ce soir-là, les chats étaient la hantise de Pietro Giovanni.

Quittant la rive du lac, les deux promeneurs cheminèrent dans les allées bien entretenues du « jardin enchanté ». De loin, on aurait pu croire à la flânerie rêveuse de deux mozartiens égrenant les souvenirs de concerts illustres. Higgins déplorait que la réalité fût bien différente. Il sentait Audrey Simonsen tendue, nerveuse, inquiète de savoir ce qu'il pensait à son sujet.

— Je vous demande une faveur, déclara-t-il avec une certaine solennité. Pourriez-vous me confier votre robe noire, celle qu'on vous a dérobée et restituée ?

***

Higgins jugea fort élégante la robe de soirée qu'Audrey Simonsen avait discrètement apportée chez le superintentant Scott Marlow, suspendu au téléphone, aux prises avec une grève du personnel chargé de l'entretien des ordinateurs. Le préposé au traitement des fiches avait bloqué toute sortie d'information. La preuve de la culpabilité du régisseur était peut-être parmi elles.

— Par moments, mon cher Higgins, cette planète devient inhabitable.

Peu habitué aux envolées métaphysiques de Scott Marlow, Higgins estima nécessaire de le réconforter.

— Le progrès est truffé de caprices, superintendant. Il m'est arrivé d'avoir des ennuis avec un taille-crayon sophistiqué. Je suis revenu au canif. Tout est question de savoir-faire. Tenez donc l'extrémité de cette robe, je vous prie.

Scott Marlow, un peu maladroit, suivit les instructions de Higgins qui, passant l'index sur les coutures, ne tarda pas à remarquer que l'une d'elles était légèrement boursouflée. On avait cousu et recousu, avec beaucoup d'habileté. L'ex-inspecteur-chef défit les fils, mettant au jour une bande de papier très fin sur laquelle était inscrite une longue série de chiffres parsemée de lettres majuscules.

— On jurerait un code, estima Scott Marlow.

— Je vous suivrai volontiers sur ce terrain, approuva Higgins.

— Mais pourquoi l'avoir caché ainsi ?

Higgins était navré d'avoir mis à mal une aussi jolie robe, mais satisfait du résultat obtenu.

— Pourquoi ? reprit-il, songeur. Parce que le propriétaire de ce document n'a pas la mémoire des chiffres. Parce qu'il a voulu à la fois préserver son trésor et se protéger. Permettez-moi d'utiliser votre téléphone, superintendant.

Scott Marlow ne comprenait goutte aux explications de Higgins qui composait un numéro sur le cadran.

— Hartnell ? Ici Higgins. J'ai un service à vous demander, une urgence... oui, c'est cela. Pour demain soir ? Merveilleux. Je vous donne l'adresse. Faites pour le mieux... s'il y a des défauts, nous verrons plus tard. Mille mercis pour votre diligence.

Higgins passa un second appel. Il obtint la ligne directe, réservée à quelques très rares privilégiés, de Watson B. Petticott, l'une des têtes pensantes de la Banque d'Angleterre et l'un des camarades de collège de l'ex-inspecteur-chef, faisant partie de son cercle restreint d'amis indéfectibles. Watson B. Petticott, personnage austère et respecté, relation obligée du Premier ministre et des hommes politiques influents, avait un secret, un rêve inavoué et inavouable : il aurait désiré devenir inspecteur de police et se montrer aussi perspicace que Sherlock Holmes, loin des problèmes économiques et des finances publiques. Pour lui, Higgins était le prototype de l'homme idéal, vivant la plus passionnante des existences. Lorsque son ami voulait bien solliciter son aide lors d'une enquête, Watson B. Petticott n'avait de cesse de le satisfaire.

— Higgins ? Qui a été tué ? demanda-t-il avec une pointe d'excitation dans la voix.

— Pietro Giovanni.

— Le chanteur ?

— Lui-même.

— Fabuleux ! Quel scandale ! Tu connais déjà le coupable ?

— Eh bien...

— C'est forcément une femme, affirma péremptoirement Watson B. Petticott. Ce type était l'un des plus grands coureurs de jupons de la planète. Tu as besoin de moi, j'espère ?

Higgins lut la litanie de chiffres entrecoupés de lettres majuscules.

— Des numéros de clés de coffres, indiqua aussitôt Watson B. Petticott. La plupart suisses.

Higgins adopta un ton gêné.

— Je ne voudrais pas te causer des ennuis, Watson, mais...

— Je t'en prie, inspecteur ! protesta vertement le banquier. Entre professionnels, nous sommes obligés de nous rendre de menus services. Si le secret des coffres existait vraiment, comment les responsables des économies nationales pourraient-ils gouverner ? Je te rappelle dans une heure environ pour t'indiquer ce qu'il y a dans ces coffres-là. Bien entendu, je ne t'ai rien confié et tu n'as rien entendu. En échange, tu viens dîner chez moi jeudi prochain et tu me racontes tout. Promis ?

— Promis, accepta Higgins dont l'estomac serait mis à rude épreuve par la cuisinière de Watson B. Petticott, une Galloise spécialiste du coq au vin et de la charlotte au chocolat amer. Mais comment refuser une invitation à un homme de parole ?

Watson B. Petticott fut ponctuel, comme à l'ordinaire. Les coffres contenaient tous les mêmes documents, assortis de photographies scandaleuses, relatifs à la vie privée de Pietro Giovanni.

***

Le régisseur servit lui-même le thé à ses hôtes sur le perron du manoir. A dix-sept heures, une langueur certaine s'était emparée de tout un chacun. On n'échangeait plus un seul mot. Le temps s'était immobilisé. Visage fermé, l'Irlandais George Chairman, interprète du Commandeur, semblait perdu dans ses pensées. Audrey Simonsen, l'inoubliable Donna Elvira, contemplait l'horizon, serrant une tasse vide dans les mains. Ruben Carmino, chaleureux Masetto, ne cessait d'épier celle qu'il aimait, la jolie Italienne Graziella Canti dont la nervosité faisait peine à voir. Sir Brian Hall se tenait dignement aux côtés de sa fiancée, l'altière australienne Marylin O'Neill, au regard impénétrable. L'Allemand Gert Glinder, qui avait personnifié avec tant de brio le Leporello de Mozart, affichait une mine boudeuse.

Ils étaient tous là, s'ignorant les uns les autres, s'isolant chacun dans son monde, refusant de communiquer avec son voisin.

Seul manquait le chef d'orchestre, Lovro Ferenczy qui, gêné par le vent d'orage qui se levait, quitta son banc de pierre et revint vers le manoir, partition à la main. D'un signe de tête, il salua les vedettes de l'art lyrique et aborda Higgins qui se tenait adossé à l'un des piliers de l'entrée.

— Pourrais-je vous consulter, inspecteur ?

— Je suis à votre disposition, maître.

Les deux hommes pénétrèrent dans le hall. Higgins songea au calvaire de Scott Marlow qui négociait depuis plus d'une heure avec un représentant des grévistes pour tenter d'obtenir les fiches bloquées à la sortie de l'ordinateur.

— Je viens d'être victime d'un incident bizarre, inspecteur.

Lovro Ferenczy, d'ordinaire si calme, était presque bouleversé.

— Que s'est-il passé, maître ?

— Un très curieux cambriolage... on m'a volé des baguettes que je conservais dans une petite mallette.

— Avaient-elles une valeur particulière à vos yeux ?

— Non, aucune... c'étaient de simples instruments de travail. Je ne comprends pas la nature de ce larcin.

— Je crois que nous réussirons à l'éclaircir, avança Higgins, énigmatique.

— Vous soupçonnez quelqu'un ? s'enquit le chef d'orchestre.

— Je vous promets de retrouver vos baguettes, affirma Higgins. Mais il y a une question que je voulais vous poser depuis longtemps : que pensez-vous des interprètes de Don Juan qui en font un seigneur frivole mais néanmoins amoureux de Donna Anna et passionnément épris de Donna Elvira ?

Quelques grosses gouttes de pluie tombèrent, obligeant chanteurs et chanteuses à rentrer à l'intérieur du manoir.

— Je me contente de la musique de Mozart, répondit Lovro Ferenczy. Le reste n'est que mauvaise littérature.

Jonathan Kelwing, le régisseur, ne savait plus où donner de la tête. Graziella Canti avait renversé sa tasse de thé sur sa robe et réclamait de l'aide, Audrey Simonsen exigeait une serviette, le téléphone sonnait.

Se dégageant de cette agitation, l'Allemand Gert Glinder s'approcha de Higgins. Malgré sa virilité affirmée d'homme de trente ans dont la ressemblance avec le défunt Pietro Giovanni paraissait s'accentuer au fil des heures, une inquiétante veulerie transparaissait dans son attitude.

— Vous devriez lire ce document, inspecteur, recommanda Gert Glinder en glissant une lettre dans la main gauche de Higgins. Il a été égaré par Audrey Simonsen à Amsterdam, où elle poursuivait Pietro qui chantait un Verdi.

Un demi-sourire ironique au coin des lèvres, Gert Glinder imitant ses collègues, regagna sa chambre. Les premiers roulements du tonnerre crépitèrent. Higgins prit connaissance de la missive que lui avait remise le chanteur allemand. L'écriture était tourmentée, hachée.

Je n'ai pas encore trouvé le courage nécessaire pour te tuer. Je préfère mourir. Ma vie n'a été que tourments. Toi aussi, un jour, tu sentiras le feu d'un poison mortel se répandre dans tes veines.

Jonathan Kelwing, le régisseur, se planta devant Higgins.

— Inspecteur, il faut immédiatement faire le point ! Ça ne peut plus durer !

Higgins considéra Jonathan Kelwing avec une certaine désapprobation. Le régisseur ne s'était pas rasé et n'avait pas changé de chemise.

— Voudriez-vous me montrer un catalogue du festival, monsieur Kelwing ?

Le régisseur demeura interdit. Il venait parler à cet inspecteur de la situation dramatique dans laquelle il se perdait, et ce dernier se cantonnait dans des futilités.

— Ecoutez, inspecteur...

— Je vous écouterai volontiers, l'interrompit Higgins quand j'aurais consulté ce catalogue.

La volonté de Higgins était une force paisible à laquelle nul ne résistait. Plus têtu qu'un Ecossais, l'ex-inspecteur-chef émettait une sorte de magnétisme qui contraignait ses interlocuteurs les plus réticents à lui donner satisfaction. Quoique furieux, le régisseur ne fit pas exception à la règle. Il se rendit dans son bureau, y prit le catalogue du festival qui risquait d'être le dernier et le remit à Higgins qui l'ouvrit à la page comportant la photographie d'Audrey Simonsen, l'interprète de Donna Elvira. Comme les autres interprètes du *Don Giovanni* de Lindenbourne, elle avait rédigé une dédicace au public, reproduite à côté de son portrait. La comparaison de l'écriture avec celle de la lettre remise par Gert Glinder n'autorisait pas le moindre doute : Audrey Simonsen était bien l'auteur de cette dernière.

— Où sont rangées les chaussures que portaient les interprètes masculins lors de la représentation ? interrogea Higgins, dont le regard se fit perçant.

Jonathan Kelwing se troubla.

— Eh bien...

— Ne me dites pas, monsieur Kelwing, qu'elles ont disparu, comme l'épée et son fourreau ?

Le régisseur se troubla plus encore.

— Malheureusement, si... Ruben Carmino m'a posé la même question que vous, ce matin. Nous sommes allés ensemble jusqu'au magasin d'accessoires et nous avons constaté que toutes les chaussures d'homme étaient absentes.

— C'est fâcheux, estima Higgins. Beaucoup d'objets s'évanouissent sans laisser de traces. Existerait-il un fantôme, dans ce manoir ?

— Pas à ma connaissance, répondit Jonathan Kelwing, haussant les épaules. C'est votre seule hypothèse, inspecteur ?

— A la vérité, non, monsieur Kelwing. Mais aucune piste ne doit être négligée à ce stade de l'enquête.

Les joues du régisseur se creusèrent, son front se plissa. Un accès de colère s'emparait de son être. Il éclata.

— De qui vous moquez-vous, inspecteur ? Moi, je ne peux plus retenir ici cette pléiade de vedettes qui me réclament des indemnités ruineuses ! Pour payer ces gens-là, je vais être obligé de vendre les collections d'instruments anciens, les volumes de la bibliothèque, le mobilier et puis le manoir lui-même ! Scotland Yard, lui, ne risque pas la faillite... il se moque de la disparition de Lindenbourne !

Un premier éclair zébra le ciel.

— Calmez-vous, recommanda Higgins, sévère au point d'impressionner Jonathan Kelwing encore frémissant d'indignation. Mozart a fait naître Lindenbourne, Mozart a assassiné Pietro Giovanni, Mozart sauvera Lindenbourne.

Les yeux éberlués du régisseur interrogèrent en vain l'ex-inspecteur-chef, obligé d'admettre, en son for intérieur, que le troisième terme de son affirmation était loin d'être prouvé. Abandonnant le régisseur à ses angoisses, Higgins monta rejoindre Scott Marlow qui attendait le résultat d'un nouveau vote des grévistes.

— Puis-je à nouveau utiliser votre téléphone, superintendant ?

Scott Marlow semblait éreinté.

Higgins forma le numéro de l'auberge de *L'Oie troussée*. Mademoiselle Lipyncott décrocha presque aussitôt.

— Higgins à l'appareil. Avez-vous reçu l'appel que nous attendions ?... Oui ? Non, ne dites rien... j'arrive immédiatement.

Utilisant une voiture banalisée du Yard conduite par Scott Marlow, Higgins se trouva auprès de la vieille demoiselle moins d'un quart d'heure plus tard. Le superintendant resta au volant, ne se risquant pas à tenter de pénétrer dans l'auberge.

Quand Higgins en ressortit, les mains croisées derrière le dos, très concentré, le ciel était devenu d'un noir d'encre. Une nuit orageuse avait recouvert la région de Lindenbourne.

— La musique de Mozart n'a pas de frontières, dit Higgins en prenant place à côté de Scott Marlow. Voilà pourquoi Pietro Giovanni a été assassiné.

CHAPITRE XVIII

La pluie d'orage s'abattit avec une violence telle que la petite route allant de l'auberge au manoir fut inondée. Scott Marlow fut obligé de stopper devant une sorte de fondrière. La contourner s'avérait impossible. La voiture du Yard se rangea sur le bas-côté, les deux policiers préférant attendre que les intempéries s'apaisent un peu.

— J'ai rarement connu un assassin aussi diabolique que ce régisseur, observa Scott Marlow.

— Assez diabolique pour agir seul ? demanda Higgins qui ne se lassait pas d'admirer les hallebardes de pluie qui lui rappelaient les matinées froides et brumeuses pendant lesquelles, après le breakfast, il se promenait dans les bois, près de son cottage.

Scott Marlow, qui n'avait pas envisagé cet aspect du problème, pensa que Higgins avait une excellente idée. Ainsi, l'un des interprètes avait prêté main-forte à l'assassin... ce n'était pas pour étonner le superintendant qui savait assez l'immoralité de ces gens-là et la dégradation de leurs mœurs. Restait à identifier le complice de Jonathan Kelwing.

— Je crois que nous pouvons repartir, mon cher Marlow.

Roulant à très faible allure, Scott Marlow arriva sans encombre à bon port. L'électricité ayant été coupée une nouvelle fois, le manoir de Lindenbourne apparut comme un sombre spectre ancré dans la tourmente. Le superintendant sentit se nouer son plexus solaire, regrettant l'inconfort sécurisant de son bureau du Yard qu'il n'aurait jamais dû quitter.

Le vent soufflait en bourrasques. Les deux policiers

ouvrirent leurs portières avec difficulté. Ils se hâtèrent de grimper les marches du perron et de se mettre à l'abri dans le grand hall. Malgré la brièveté de ce passage à l'air libre, ils étaient trempés.

Un silence pesant régnait dans le manoir enténébré. Scott Marlow se hâta d'allumer les bougies du chandelier à trois branches. La lumière dispensa un peu de réconfort.

— C'est curieux, observa Higgins. On jurerait qu'il n'y a plus personne, ici.

L'anxiété de Scott Marlow décupla.

— Le régisseur s'est enfui, marmonna-t-il. J'aurais dû m'en douter.

Il se rua dans le bureau de Jonathan Kelwing. Sans interroger Higgins sur le bien-fondé de son initiative, il se précipita ensuite à l'étage, ouvrant les chambres les unes après les autres. Vides. Scott Marlow fulminait. Ils avaient tous profité de l'absence des deux policiers pour prendre le large. Les agents en tenue, chargés de la surveillance du manoir, se souviendraient du sermon que le superintendant allait leur adresser. Il entra sans frapper dans la dernière des chambres, celle du chef d'orchestre, persuadé qu'il l'avait désertée. Mais Lovro Ferenczy, assis sur une chaise à haut dossier, étudiait une partition.

— Vous... vous êtes là ? s'étonna le superintendant.

— Selon toute vraisemblance, oui, répondit le chef d'orchestre, surpris par cette irruption.

— Ne bougez pas d'ici. Pour plus de sécurité, je vous enferme.

Lovro Ferenczy se leva, irrité.

— Mais de quel droit... ?

Scott Marlow s'empara de la clé qui se trouvait dans la serrure, sortit et ferma la porte de l'extérieur, indifférent aux véhémentes protestations du chef d'orchestre.

Higgins, patient, attendait dans le hall.

— Il ne reste que le chef d'orchestre, annonça Scott Marlow, contrarié. Les autres sont partis.

Higgins contemplait la nuit, comme s'il y cherchait une réponse à ce nouveau mystère.

— Prévenez vos hommes, superintendant. Qu'ils ne laissent pénétrer personne dans l'enceinte du manoir. Mettez-vous en faction dans le hall. Donnons-nous rendez-vous ici.

Scott Marlow sourcilla.

— Que comptez-vous faire, Higgins ?

— Retrouver nos hôtes, bien entendu.

Pas une seconde, Higgins n'avait cru au départ massif des interprètes. Voyant que les deux policiers avaient quitté le manoir en voiture, sans doute s'étaient-ils décidés à se rencontrer en secret, loin de toute oreille indiscrète.

Il existait, dans le manoir, un endroit idéal pour ce genre de confrontation.

Avec sérénité, les yeux habitués à l'obscurité, Higgins s'aventura dans la galerie des armures et, sans beaucoup d'hésitation, s'arrêta devant la hallebarde qu'il manœuvra pour faire fonctionner le mécanisme d'ouverture donnant accès à l'escalier de la cave. Les pierres glissèrent les unes sur les autres sans le moindre bruit. Avec la discrétion qui lui était coutumière, Higgins commença à descendre les marches. La lueur provenant de la cave s'accroissait au fur et à mesure qu'il progressait. A mi-parcours, les voix devinrent distinctes. Higgins s'installa donc le plus confortablement possible, contraint de surprendre un entretien auquel il n'avait pas été convié.

— Voilà une demi-heure que nous sommes réunis à l'instigation du régisseur, proféra la voix de George Chairman, l'interprète du Commandeur, et nous n'avons pas avancé.

L'impressionnante cave voûtée était illuminée par de grands cierges dont les clartés ondoyantes nimbaient d'étranges auréoles les participants à ce tribunal, assis sur les bancs de pierre longeant les murs. Au fond se tenait George Chairman dont l'autorité n'était contestée par personne. Sur sa gauche, le régisseur, Jonathan Kelwing. Un peu plus loin, l'Espagnol Ruben Carmino, l'Italienne Graziella Canti et l'Allemand Gert Glinder. Sur sa droite, la soprano australienne Marylin O'Neill, Sir Brian Hall et la Danoise Audrey Simonsen.

— La situation actuelle ne peut plus durer, indiqua Jonathan Kelwing, nerveux. Je vous remercie d'avoir accepté de prendre en considération l'avenir de Lindenbourne.

— Il n'y a pas que l'argent et la carrière qui comptent, dit Marylin O'Neill. Notre vie, c'est avant tout la musique.

— Parlez pour vous, rétorqua Gert Glinder, acide. Les bons sentiments ne nourrissent pas leur homme. Je ne resterai pas une journée de plus à Lindenbourne, Scotland Yard ou non.

— Gardez votre sang-froid, exigea la blonde Audrey Simonsen, fougueuse. La police ne nous laissera pas partir tant que nous n'aurons pas une solution qui la satisfera.

— C'est bien pourquoi nous devons prendre une option claire, indiqua avec force Sir Brian Hall.

— Votons, proposa Ruben Carmino, approuvé par Graziella Canti.

Les uns et les autres se consultèrent du regard. Le silence tint lieu d'approbation.

— Qui regrette la mort de Pietro Giovanni ? demanda avec solennité George Chairman.

Personne ne prit la parole.

— Puisqu'il en est ainsi, reprit George Chairman, ne faisons pas semblant de pleurer sur la mort de ce détestable personnage qui a gravement nui à tous ceux ici présents. Etes-vous d'accord pour prendre une décision commune nous permettant de quitter librement Lindenbourne ?

Chacun des participants hocha la tête en signe d'approbation.

— Il faut donc en venir à l'essentiel, annonça George Chairman, plus Commandeur que jamais.

Les participants frémirent en entendant cette voix qui, inexorablement, allait les mettre en face de la réalité.

— L'un d'entre nous a tué Pietro Giovanni, dit le chanteur irlandais. Chacun s'est probablement fait une opinion sur l'identité du coupable. Je propose que nous notions son nom sur un papier. Nous verrons si une majorité se dégage.

L'acoustique de la cave était d'une exceptionnelle profondeur. Chaque mot résonnait avec une puissance presque insupportable.

— Que demanderons-nous à celui ou à celle qui seront ainsi désignés ? interrogea Gert Glinder, l'interprète de Leporello.

— De se dénoncer à la police, intervint Marylin O'Neill. Mais nous lui fournirons ensuite des alibis pour l'innocenter. L'assassin de Pietro Giovanni doit échapper aux tribunaux. Il s'est fait l'instrument de la justice divine.

Plusieurs conciliabules s'engagèrent. Ils furent de courte

durée. La procédure préconisée par George Chairman fut appliquée. Ce dernier déplia les papiers plus ou moins soigneusement pliés. Le chanteur irlandais fut vite édifié.

— Chacun s'est contenté d'inscrire son propre nom, moi compris, révéla-t-il, mécontent. Cette méthode ne mène à rien.

— Que le coupable se dénonce, exigea l'Espagnol Ruben Carmino. Il nous doit bien ça. Nous l'aiderons à s'en sortir.

Personne n'intervint. Un silence crispé s'installa.

— Il ne reste qu'une solution, déclara Graziella Canti, la délicieuse interprète du rôle de Zerlina. Puisque monsieur Kelwing est tellement attaché à la survie du festival de Lindenbourne, qu'il prenne ses responsabilités. Le coupable idéal, c'est lui. S'il se dénonce, Scotland Yard le considérera comme un parfait assassin.

Les regards des interprètes se concentrèrent sur le régisseur qui se leva, livide. Son visage était à moitié dans les ténèbres, à moitié dans la lumière. Il tremblait.

— Cette proposition est insensée... je ne suis pas coupable... je n'ai tué personne...

— Peu importe, intervint l'Allemand Gert Glinder avec véhémence. Graziella a raison. C'est à vous de vous dénoncer. Vous êtes un sédentaire, un administrateur sans problèmes de voyages et de contrats à respecter. La représentation du *Don Giovanni* de Milan est essentiellement pour nous tous. Nous devrions déjà être en répétition.

— J'approuve entièrement mes camarades, déclara la Danoise Audrey Simonsen. Ce stratagème me paraît parfait.

Jonathan Kelwing, terrorisé, se sentait pris dans un étau dont les mâchoires se refermaient avec une injuste cruauté.

Aucune voix ne s'éleva pour le défendre.

— C'est tout à fait impossible... je suis innocent, je ne mentirai pas !

Ruben Carmino se leva à son tour et s'approcha du régisseur.

— Reprenez-vous, mon vieux. Nous sommes tous dans le même bain et nous sommes là pour vous prêter main-forte. Il ne s'agit pas de vous sacrifier mais de s'entraider pour sortir de là.

Jonathan Kelwing fut ébranlé par la détermination de l'Espagnol dont la puissance physique l'impressionnait.

— Si vous consentez à nous offrir votre concours, déclara Sir Brian Hall avec conviction, nous prendrons toutes les précautions nécessaires. Chacun d'entre nous signera une déclaration selon laquelle nous vous avons obligé à vous dénoncer pour nous permettre de quitter Lindenbourne et de remplir nos contrats.

— Cette stratégie me paraît respecter les intérêts de chacun, jugea George Chairman.

— Pas du tout ! protesta le régisseur, dans un sursaut de tout son être. Scotland Yard m'enverra en prison !

— Tout à fait exact, renchérit Higgins, apparaissant au bas de l'escalier.

CHAPITRE XIX

— Vous n'irez d'ailleurs pas seul en prison, poursuivit Higgins. Quiconque aurait participé à de fausses déclarations vous rejoindrait.

L'apparition de Higgins avait glacé de stupéfaction les interprètes réunis dans la cave voûtée. Le régisseur se colla contre le mur, comme s'il pouvait espérer se confondre avec la pierre.

— Votre tribunal se trompe de procès, indiqua Higgins dont le vif mécontentement était tout à fait perceptible. Vous vous comportez de manière irresponsable. Croyiez-vous vraiment abuser Scotland Yard ?

Au terme d'un rapide examen de conscience, les interprètes furent bien obligés d'admettre l'inanité de leur entreprise.

— Vous vous trompez aussi de lieu, ajouta l'homme du Yard, déambulant dans la cave éclairée par la lumière des cierges. L'heure est venue de faire la clarté sur cette affaire.

Jamais Lindenbourne n'avait connu d'aussi étrange procession que celle qui monta l'escalier de la cave pour déboucher dans la galerie des armures. Higgins laissa passer devant lui les protagonistes du drame, l'Irlandais George Chairman en tête, le régisseur Jonathan Kelwing fermant la marche.

Ce dernier se retourna vers Higgins.

— Inspecteur, j'aimerais vous parler.

— Plus tard, refusa l'ex-inspecteur-chef.

Alors qu'il commençait son ascension, après s'être assuré que rien de suspect ne demeurait dans la cave, un cri fusa. Celui poussé par Audrey Simonsen, nez à nez avec le canon du revolver tenu par Scott Marlow. Entendant des bruits dans la galerie, le superintendant était accouru pour faire respecter l'ordre.

Le calme revenu, Higgins demanda à chacun de se diriger vers la salle où se donnaient les opéras du festival de Lindenbourne, celle-là même où Pietro Giovanni avait vécu sa dernière heure. Ce théâtre lyrique était unique au monde. Il ne s'agissait pas d'un classique théâtre à l'italienne, mais d'une ancienne chapelle transformée en salle de spectacle. L'austérité des murs de pierre avait été atténuée par de grandes draperies à motifs floraux.

Scott Marlow, sur la recommandation de Higgins, fit jaillir la lumière de candélabres qui éclairèrent la salle silencieuse et vide. Privée des rumeurs du public et de la magie de la musique, elle évoquait un sépulcre peuplé de fantômes inquiétants. Higgins, dont la familiarité avec ces derniers allait croissant, s'avança le premier dans l'allée moquetée de rouge conduisant vers la scène.

Soudain s'éleva la voix chaude et puissante de Pietro Giovanni.

Les interprètes furent frappés de stupeur. Higgins monta sur la scène.

— Mais... il est vivant! s'exclama Audrey Simonsen, l'Elvira passionnée du Don Giovanni de Lindenbourne, des larmes dans les yeux.

— Ce n'est qu'un disque, révéla avec froideur George Chairman, aussi impavide que le Commandeur qu'il avait l'habitude d'incarner.

L'ex-inspecteur-chef fit lui-même taire l'illustre voix qui, en retournant au néant où elle séjournait désormais, causa un intense malaise chez tous ses confrères vivants, peu habitués à se trouver ensemble dans une salle inanimée, contemplant une scène d'où les observait un inspecteur de Scotland Yard.

— Prenez place, je vous prie.

L'invitation de Higgins prenait l'allure d'un ordre. Personne ne s'y trompa. A présent, Higgins était le maître du jeu.

— Mon cher Marlow, pourriez-vous libérer Lovro Ferenczy? J'aimerais que tous les témoins du drame fussent ici présents.

Lorsque le superintendant revint, accompagné du chef

d'orchestre, ce dernier était partagé entre l'indignation et la surprise.

— Que se passe-t-il ? interrogea-t-il, dévisageant les interprètes.

— Nous sommes réunis pour percer le mystère de Lindenbourne, déclara Higgins, un rien théâtral. Veuillez vous asseoir.

Le régisseur s'était installé derrière George Chairman. A sa droite, Marylin O'Neill, Sir Brian Hall et Audrey Simonsen. De l'autre côté de l'allée, Gert Glinder, Ruben Carmino et Graziella Canti. Devant ces derniers, au premier rang, près de la scène, Scott Marlow et Lovro Ferenczy.

Par l'un de ces hasards dont le ciel n'est pas avare, l'invitation de l'ex-inspecteur-chef se confondit avec un violent roulement de tonnerre. L'orage se déchaîna, écho des foudres divines qui avaient annoncé, puis accompagné la mort de Don Juan.

Le superintendant Marlow n'en menait pas large. Ce théâtre sans comédiens et sans spectacle l'impressionnait plus encore que les autres pièces du manoir. Il avait hâte que Higgins donnât les preuves permettant d'inculper le régisseur.

L'ex-inspecteur-chef commença à faire les cent pas sur la scène.

— Il est toujours indispensable de revenir sur les lieux d'un crime, expliqua-t-il. Pietro Giovanni avait reçu des menaces de mort, mais il ne se croyait pas en danger. Il avait tort. Scotland Yard lui avait offert une protection qu'il a refusée. Une fois ici, nous pensions qu'il était en sécurité. Nous nous trompions lourdement. La première question que je me suis posée était : « qui a menacé Pietro Giovanni ? Une ou plusieurs personnes ? Etait-ce avec des intentions malveillantes ou bienveillantes ? ». Un assassin sadique aurait goûté le plaisir d'effrayer sa future victime, mais un ami ne souhaitant pas apparaître aurait essayé de le mettre en garde. J'ai été incapable de répondre à cette question jusqu'à aujourd'hui.

— Personne ne souhaitait prêter assistance à ce monstre, intervint l'Espagnol Ruben Carmino. Si l'assassin l'a fait trembler, tant mieux.

Il suffisait au bouillant interprète de Masetto de songer à feu Pietro Giovanni pour se mettre en rage.

— Désolé de vous décevoir, monsieur Carmino. Je crois que Pietro Giovanni n'a jamais eu peur de mourir. Lorsqu'il s'est blessé, en tirant l'épée hors du fourreau au moment du duel avec le Commandeur, il a hésité sur une note. Une simple écorchure au pouce gauche. On l'a accusé d'être douillet. En réalité, le contact de la peau avec le poison a dû être douloureux sur l'instant.

— Il a cru à un attentat, déclara avec émotion la blonde Audrey Simonsen. A l'entracte, quand nous lui avons tous proposé nos soins, il a affirmé : « On a voulu me tuer. »

— Il ne se trompait pas, mademoiselle Simonsen. On ne visait que lui. Pietro Giovanni était le seul gaucher. Bien que l'arme supposée du crime ait mystérieusement disparu, comme tant d'autres objets liés à cette affaire, je suis persuadé que le poison avait été déposé avec beaucoup de soin sur le pommeau de l'épée. Cette dernière a été dérobée, n'est-ce pas, monsieur Kelwing ?

L'attention se porta sur le régisseur, assis derrière George Chairman.

— C'est la vérité, inspecteur, affirma Jonathan Kelwing d'une voix incertaine. On l'a volée dans l'armoire du foyer des artistes.

— Il est fort regrettable qu'une arme de cette valeur soit aujourd'hui absente du patrimoine artistique de Lindenbourne, regretta Higgins. Mais peut-être la retrouvera-t-on un jour.

Scott Marlow, qui connaissait bien Higgins, était certain qu'il avait découvert l'emplacement de cette rapière de collection. Pourquoi ne l'avait-il pas récupérée pour la confier au laboratoire ?

— L'épée n'est qu'un instrument accessoire, précisa l'ex-inspecteur-chef. La véritable arme du crime, c'est le superintendant Marlow qui la détient.

Scott Marlow se demanda un instant si Higgins n'était pas en train de l'accuser de meurtre. Puis il réalisa que son collègue faisait allusion à l'ampoule scellée qu'il lui avait confiée à fins d'expertise. Le laboratoire central du Yard, par bonheur, n'était pas en grève.

— Pietro Giovanni a été empoisonné, déclara le superintendant, superbe, braquant un regard accusateur en direction du régisseur qui s'abritait derrière George Chairman. L'assassin a utilisé une substance toxique, d'origine indienne, dont la composition a été analysée par le laboratoire central du Yard. Voulez-vous les dosages ?

— Merci, l'interrompit Higgins, dont la lente déambulation, semblant réglée par un métronome, donnait le tournis à son collègue. Le poison retrouvé dans le corps de Pietro Giovanni est le même que celui contenu dans une ampoule cachée dans sa chambre, à l'auberge de *L'Oie troussée.* C'est ce qui m'a permis de comprendre comment l'illustre baryton a été assassiné.

Chacun retint son souffle. Higgins avait dit « comment », non « pourquoi » et n'avait prononcé aucun nom.

« Sans doute, pensa Scott Marlow, le régisseur s'effondrera-t-il en voyant sa machination mise à nu. »

— Pourquoi Pietro Giovanni avait-il dans ses bagages un poison aussi dangereux ? Pour empoisonner des chats.

Graziella Canti poussa un petit cri horrifié.

— Deux personnes, mademoiselle Lipyncott et Audrey Simonsen, m'ont confirmé et expliqué cette haine morbide qu'il éprouvait à l'égard des félins. Il les considérait comme des animaux de mauvais augure pour sa carrière et ne supportait pas d'en voir rôder autour de lui. A l'auberge, il était tranquille. Au manoir, il a exterminé les malheureux matous qui s'y aventuraient. La preuve manque encore, malheureusement, puisque M. Kelwing a brûlé les dépouilles de ces malheureuses bêtes.

— Simple mesure d'hygiène ! protesta le régisseur.

Scott Marlow tâta l'acier de son fétiche, une paire de menottes dont il ne manquait jamais de se munir. L'empoisonneur commençait à comprendre qu'il n'échapperait pas à la justice.

— J'ai d'abord cru, continua Higgins, indifférent à l'intervention du régisseur, que la main criminelle avait testé le poison sur les chats pour s'assurer de son efficacité. Mais peut-être existait-il une explication plus simple. Et si Pietro Giovanni avait été son propre assassin ? S'il s'était suicidé ?

— C'est impossible ! cria Audrey Simonsen, l'interprète de Donna Elvira, animée par une vague de passion. Pietro adorait la vie ! Jamais il n'aurait mis fin à ses jours.

— A moins qu'il n'ait eu une idée derrière la tête, avança l'Allemand Gert Glinder sur un ton mielleux.

— Laquelle ?

— Nous faire tous suspecter de meurtre pour briser notre carrière.

Cette hypothèse sema le trouble dans l'assistance. Scott Marlow vit son coupable lui échapper.

— Votre analyse ne repose sur rien de solide, monsieur Glinder, rétorqua Higgins sans animosité. Un homme épris de l'existence, du succès, de la puissance, ne se supprime pas avec l'unique intention de jouer un mauvais tour à des gens qu'il déteste. J'en suis arrivé à la conclusion que la technique de ce meurtre relevait d'une assez prodigieuse intelligence. Pietro Giovanni a été empoisonné avec son propre poison, celui qu'il avait probablement rapporté de ses nombreux voyages en Amérique du Sud. Lui, l'assassin impitoyable des chats, a été assassiné avec l'arme qu'il utilisait pour donner la mort.

L'intime conviction de Higgins se révéla communicative. Chacun parut éclairé par cette explication qui, en effet, révélait une stratégie criminelle d'envergure inhabituelle.

— J'ai vu, comme vous tous, Pietro Giovanni mourir sur scène, dit Higgins. Chacun a constaté qu'il fut excellent dans la première partie de l'opéra et devint de plus en plus hésitant dans la seconde, après l'entracte. Sachant comment il avait été assassiné, je me suis demandé à quel moment le poison lui avait été administré. A l'instant où il a dégainé l'épée, certes, et où il a émis une fausse note, inexplicable autrement ; mais que s'est-il passé pendant l'entracte ? Le coup de grâce ne lui a-t-il pas été donné au foyer des artistes ?

George Chairman prit la parole au nom de ses collègues.

— Je me porte garant du comportement parfaitement honorable des personnes présentes. Certaines d'entre elles ont même tenté de porter secours à Pietro Giovanni.

Scott Marlow s'avança vers l'interprète du Commandeur.

— N'avez-vous pas perdu de vue Jonathan Kelwing ? N'a-t-il pu commettre un geste qui vous aurait échappé ?

Le régisseur se tassa sur son siège, tentant d'échapper au regard inquisiteur du superintendant.

— Pour ma part, je n'ai rien constaté d'anormal, témoigna le chanteur irlandais.

Dument interrogés sur ce point par Scott Marlow, ses collègues donnèrent des réponses identiques. Personne n'avait vu le régisseur s'approcher de Pietro Giovanni ou tenter une action quelconque contre lui.

— J'ai analysé avec soin les déclarations relatives à ce qui s'est produit au foyer des artistes, reprit Higgins. Elles se recoupent et se corroborent les unes les autres de façon parfaite. Si parfaite qu'un doute s'est insinué dans mon esprit : n'auriez-vous pas mis au point un alibi collectif ?

— Absurde, protesta l'Allemand Gert Glinder. Nous ne nous entendons pas assez bien pour ça.

Higgins cessa de déambuler pour fixer avec acuité l'interprète de Leporello.

— Vous vous êtes pourtant bien entendus pour désigner monsieur Kelwing comme coupable provisoire... il vous permettait de quitter Lindenbourne et de disparaître. Mais cette théorie repose sur une participation active de votre part, monsieur Kelwing, accusa-t-il en se tournant vers le régisseur. Vous vous êtes forcément mis d'accord avec les interprètes pour cautionner leurs faux témoignages.

Scott Marlow jubilait. Dans quelques secondes, il sortirait la paire de menottes.

— C'est... c'est faux, inspecteur ! Complètement faux ! Je n'ai jamais passé le moindre accord de ce genre ! Je vous jure que tout s'est bien passé comme ils le prétendent !

Jonathan Kelwing, dans un état d'agitation extrême, s'agrippait au rebord du fauteuil où était assis George Chairman.

— J'ai tendance à vous croire, dit Higgins, conciliant. La manière dont vous vous êtes comporté, dans la cave, prouve assez que vous n'étiez pas de connivence avec les autres témoins.

Jonathan Kelwing poussa un discret soupir de soulagement. Scott Marlow ne dissimula pas sa déception.

— Avez-vous pensé, monsieur Kelwing, que vous pourriez tomber dans un piège ? Si les grands interprètes ici présents s'étaient arrangés pour faire de vous un bouc émissaire, sans doute n'auraient-ils jamais signé de lettre vous innocentant.

George Chairman se leva, vivante image de l'honneur bafoué.

— Je proteste contre ces allégations, inspecteur. Je n'ai qu'une parole. Cette lettre aurait comporté toutes nos signatures.

La profonde voix de basse du chanteur irlandais, qui avait fait frémir des salles entières, portait en elle une puissante force de conviction.

— Je veux bien l'admettre, monsieur Chairman. Mais le rôle exact joué par certains d'entre vous demeure des plus étranges.

Higgins descendit de la scène avec précaution. Le petit escalier de bois était plutôt raide. Il avança dans l'allée centrale, dépassant Scott Marlow et le chef d'orchestre, et s'arrêta devant le chanteur espagnol Ruben Carmino, l'interprète du bouillant Masetto.

— Pietro Giovanni ne vous aimait pas beaucoup, si j'ai bonne mémoire ?

L'Espagnol banda ses muscles, comme s'il se trouvait au cœur d'une arène, prêt à affronter un gladiateur. Scott Marlow n'aurait pas aimé être à la place de Higgins. Si le chanteur se laissait aller à la colère, il était capable de bousculer l'ex-inspecteur-chef, voire de lui infliger des sévices physiques. George Chairman s'était assis, peu soucieux du sort de Ruben Carmino. Sir Brian Hall serrait tendrement la main droite de Marylin O'Neill. Audrey Simonsen paraissait plongée dans une profonde méditation. Jonathan Kelwing se tassa davantage sur son siège. Gert Glinder, le baryton allemand, s'écarta au maximum de son voisin espagnol, comme si ce dernier était brusquement devenu pestiféré. Graziella Canti, en revanche, se serra contre lui, comme pour le protéger.

— Je haïssais Giovanni et je ne l'ai jamais caché, ragea l'Espagnol.

— Habile présentation des faits, commenta Higgins. En affichant votre animosité, vous estimez être un coupable trop voyant pour être crédible.

Ruben Carmino agrippa les accoudoirs de son siège avec une telle violence qu'il faillit les arracher.

— Coupable de quoi ? Vous m'accusez d'être un assassin ?

Alors que Ruben Carmino était en proie à une excitation

croissante, Higgins demeurait d'un calme imperturbable. L'Espagnol attendait une réaction de sa part, mais elle ne vint pas.

— Pourquoi avoir voulu apposer une compresse sur la plaie de Pietro Giovanni ? demanda l'ex-inspecteur-chef.

— Un... un réflexe naturel.

Ruben Carmino avait buté sur les mots. Graziella Canti le serra un peu plus fort contre elle.

— Vouloir soigner un homme qu'on déteste fait preuve d'une belle grandeur d'âme, monsieur Carmino. Feu Pietro Giovanni n'avait-il pas tenté de vous voler votre fiancée ?

Rougissante, la jolie Graziella Canti mit la main sur la bouche de son bouillant fiancé.

— Il s'agit de notre vie privée, inspecteur... nous ne tenons pas à l'étaler en public.

Higgins la considéra avec un air navré.

— Il le faudra pourtant, mademoiselle... d'autant plus que vous avez déjà commencé vous-même.

Brutal, Ruben Carmino écarta la jeune Italienne.

— N'essayez pas de nous provoquer, inspecteur ! C'est vrai, cette ordure de Pietro Giovanni convoitait Graziella. Mais c'est elle-même qui me l'a avoué.

La délicieuse soprano baissa la tête, presque honteuse.

— N'avez-vous pas commis une faute grave en manifestant votre... affection mutuelle de manière trop ostentatoire ?

Ruben Carmino redressa le buste, fier comme un matador.

— Je n'avais pas à cacher mes sentiments. Pietro Giovanni ne m'effrayait pas.

— Vous étiez prêt à vous battre avec lui pour garder mademoiselle Canti auprès de vous.

— Oui, affirma fièrement l'Espagnol. Il s'est enfui devant moi.

— Pas tout à fait, monsieur Carmino.

Cette fois, l'insinuation de Higgins déclencha la fureur de l'interprète de Masetto. Sa virilité était en jeu. Le front plus bas que jamais, il allait se jeter sur l'ex-inspecteur-chef pour le saisir de ses énormes avant-bras lorsque Graziella Canti, ayant perçu son intention, s'interposa.

— Il est jaloux de son honneur autant que de moi-même ! expliqua-t-elle.

Dans cette salle recueillie, traversée d'ombres mozartiennes, Higgins s'était préparé à rencontrer de farouches oppositions à la manifestation de la vérité.

— Pietro Giovanni, indiqua-t-il, n'a opéré qu'une retraite stratégique pour mieux vous frapper dans le dos. N'avez-vous pas reçu un télégramme vous annonçant que vous n'obtiendriez pas le rôle espéré dans la prochaine représentation de *Don Giovanni*, à la Scala de Milan ?

Tendu, presque tétanisé, Ruben Carmino ressemblait à un automate au mécanisme brisé.

— Détail fort troublant, insista Higgins, ce télégramme vous est parvenu avant la représentation du *Don Giovanni* de Lindenbourne.

L'Allemand Gert Glinder, gêné, observait Ruben Carmino. Il attendait au moins une protestation. Mais l'interprète de Masetto n'osa pas nier.

— Pietro Giovanni a brisé votre carrière, monsieur Carmino. A Lindenbourne, vous chantiez pour la dernière fois un rôle important. Un rôle désespéré qui pouvait vous conduire à commettre un acte de désespoir en supprimant celui qui assassinait votre vocation.

— Non, inspecteur, non...

La vie tumultueuse coulant dans les veines de l'Espagnol s'était figée.

— Vous avez bruyamment fêté la mort providentielle de Pietro Giovanni, rappela Higgins. C'était pour vous un événement des plus heureux. Un hasard qui tombait à pic.

Scott Marlow connaissait quelques inquiétudes. Si Ruben Carmino était l'assassin, le régisseur était innocent. Mais Higgins n'avait encore fourni aucune preuve, se contentant de ruiner la belle assurance de l'Espagnol.

— N'êtes-vous pas un grand amateur d'armes blanches, monsieur Carmino ?

— J'ai participé à des compétitions de sabre, en effet...

— Avez-vous eu en main l'épée de Sir Brian Hall ?

— Jamais... il a même refusé de me la montrer.

Sir Brian Hall n'intervint pas. La conversation ne semblait pas le concerner. Il accordait toutes ses attentions à Marylin O'Neill.

— N'avez-vous pas nettoyé l'épée historique utilisée par Pietro Giovanni dans l'opéra ?

Le front de Ruben Carmino se plissa.

— Bien sûr que non...

— Que cherchiez-vous dans l'armoire au foyer des artistes où monsieur Kelwing avait rangé cette épée avant qu'elle ne disparaisse ? interrogea Higgins, évoquant le moment où il avait surpris le chanteur espagnol.

— Rien de particulier...

— Vous n'avez donc rien trouvé... de particulier, conclut Higgins, dubitatif.

Ruben Carmino approuva d'un hochement de tête.

— Et si vous aviez caché cette épée sur laquelle vous auriez déposé un poison mortel ?

— Je n'ai pas tué ce maudit séducteur ! hurla Ruben Carmino, se levant, rouge de fureur.

Graziella Canti se suspendit à son bras droit, tentant de l'apaiser.

— Comment avez-vous été choisie pour interpréter le rôle de Zerlina, mademoiselle Canti ? demanda Higgins, ignorant le courroux de l'Espagnol.

Ruben Carmino, pris au dépourvu, considéra sa maîtresse avec anxiété. La jeune Italienne lâcha son amant.

— Je suppose que mon talent a suffi, inspecteur.

— Ça m'étonnerait, susurra l'Allemand Gert Glinder. Nous savons tous que mademoiselle Graziella a été imposée dans la distribution par Pietro Giovanni lui-même.

Ruben Carmino leva le poing, bien décidé à frapper le persifleur.

— Cela suffit, ordonna Higgins, sévère. Je vous prie de vous calmer, monsieur Carmino.

Autant il savait se comporter en confesseur doux et subtil, autant Higgins savait aussi jouer d'une autorité naturelle qui ne souffrait pas de réplique. L'Espagnol interrompit son geste, jetant néanmoins un regard assassin en direction de l'Allemand.

— Pietro Giovanni n'était pas homme à donner sans espoir de retour. Qu'attendait-il de vous, mademoiselle, en échange de ce premier grand rôle ?

Ruben Carmino refrénait avec peine son bouillonnement intérieur. Graziella Canti prit une attitude de petite fille effrayée.

— Je crois qu'il m'appréciait beaucoup... il me faisait la cour, mais il ne m'a jamais touchée.

— Il n'éprouvait pas une grande confiance en vous,

rappela Higgins. Il n'a même pas accepté le sparadrap que vous lui proposiez pour l'apposer sur sa blessure. Il a prétexté une allergie, je crois ?

Le fin minois de l'Italienne se durcit quelque peu.

— C'est possible. Je ne m'en souviens plus. Pietro n'avait confiance en personne.

Le nez mutin, les taches de rousseur et les boucles brunes faisaient de Graziella Canti un être au charme prenant, voire captateur, hésitant entre enfance et adolescence.

— Vous l'avez beaucoup déçu en vous affichant avec Ruben Carmino. Ne supportant pas cette infidélité, il vous a annoncé que votre jeune carrière prendrait fin à Lindenbourne, que Zerlina serait votre premier et votre dernier rôle. En me le révélant avec une belle spontanéité, mademoiselle Canti, vous m'offriez une excellente raison de vous suspecter.

Graziella Canti adressa à Higgins un sourire attendrissant.

— Je n'y ai pas pensé une seconde, inspecteur.

— Certains assassins, reprit Higgins, croient se dédouaner en révélant le motif de leur crime. Vous haïssiez suffisamment Pietro Giovanni pour le tuer, n'est-ce pas ?

Le jeune Italienne changea de physionomie. Une inhabituelle expression de gravité s'inscrivit sur son visage.

— C'est exact, inspecteur. Mais je ne l'ai pas fait.

— Votre comportement m'a étonné, mademoiselle. Vous aviez pris l'habitude de vous enfuir quand les sujets abordés devenaient gênants. La première fois, Ruben Carmino me révélait que Pietro Giovanni vous convoitait. Pourquoi refuser ainsi la réalité ?

Une moue boudeuse tint lieu de réponse.

— Ignorez-vous vraiment, demanda Higgins, qui vous a volé l'aiguille et le fil ?

Ruben Carmino souhaitait venir en aide à Graziella Canti mais, dérouté par les questions de Higgins, il ne savait comment s'y prendre. Le superintendant Scott Marlow était la proie d'une perplexité identique.

— Je n'en sais rien et je m'en moque ! protesta-t-elle, nerveuse. Laissez-moi tranquille !

La jeune Italienne se cacha le visage dans les mains.

— Je me suis demandé, continua Higgins avec placidité, si cette aiguille n'avait pas servi à piquer Pietro Giovanni pour lui inoculer une dose supplémentaire de poison. Vous n'avez aucune idée sur ce sujet, bien entendu ?

Graziella Canti demeura prostrée.

— Pourquoi avoir jeté la suspicion sur Ruben Carmino en me révélant l'existence du télégramme qui mettait fin à sa carrière ?

Le chanteur espagnol tourna vers sa maîtresse des yeux courroucés.

— Tu as fait ça ?

Paniquée, Graziella Canti se dressa d'un bond et se réfugia derrière Higgins.

— Tu as fait ça..., répéta Ruben Carmino, serrant les poings.

— Une dernière fois, exigea Higgins, calmez-vous. Vous imaginez peut-être, monsieur Carmino, que Graziella Canti vous a trahi pour mieux s'innocenter elle-même ? J'ai envisagé cette hypothèse, moi aussi. Mais votre belle amie est trop intelligente pour avoir commis une pareille naïveté. La manœuvre était plus subtile. Mademoiselle Canti a voulu me faire croire qu'elle ne vous aimait pas, qu'elle était capable de vous désigner comme un criminel possible, étant persuadée que vous n'aviez pas tué votre rival.

La fureur de Ruben Carmino tomba. Graziella Canti, féline, osa regagner sa place.

— Si mademoiselle Canti a choisi cette tactique, expliqua Higgins, très concentré, ce n'était pas sans raison. Il lui fallait cacher une vérité dangereuse.

Higgins s'interrompit. Cette fois, tous les interprètes étaient suspendus à ses lèvres. L'atmosphère s'était brusquement tendue.

— Mademoiselle Canti, monsieur Carmino, n'étiez-vous pas complices pour assassiner l'homme qui brisait vos deux carrières ?

CHAPITRE XX

— Vous êtes devenu complètement fou! s'exclama Ruben Carmino, serrant Graziella Canti dans ses bras pour la protéger.

— Vous vous trompez, renchérit-elle d'une voix mal assurée, une larme perlant au coin de l'œil.

Higgins avait une assez longue habitude des interrogatoires pour constater que la jolie Italienne était bouleversée. L'ex-inspecteur-chef, à la surprise générale, se détourna d'elle, traversa l'allée, passa devant Audrey Simonsen et s'arrêta devant Sir Brian Hall, l'aristocrate britannique qui avait interprété le rôle de Don Ottavio. Très digne, racé, vêtu d'un costume croisé pied-de-poule, ce dernier parut presque choqué de voir l'homme du Yard s'intéresser à lui.

— J'ai besoin de quelques informations, Sir, dit Higgins avec un léger sourire, plutôt engageant.

— Je suis à votre disposition, rétorqua froidement l'Anglais.

Higgins se gratta le menton avec élégance, comme s'il hésitait à poser sa première question.

— Vous êtes très sincèrement épris de mademoiselle O'Neill, Sir.

L'aristocrate, furibond, considéra Higgins avec un franc étonnement.

— Je ne vous permets pas d'en douter, inspecteur!

— Je n'en douterai donc point, Sir, d'autant plus que vos fiançailles ont été officiellement célébrées. Mais pourquoi différer un mariage auquel rien ni personne ne s'opposent?

Si l'aristocrate britannique avait eu la chance de vivre

quelques décennies plus tôt, il aurait souffleté Higgins pour le provoquer en duel et venger son honneur bafoué. Marilyn O'Neill, imperturbable, demeurait lointaine.

— Les sentiments qui m'unissent à mademoiselle O'Neill ne concernent que nous seuls. Ils n'intéressent nullement votre enquête, affirma Sir Brian Hall avec vivacité, espérant mettre un terme au débat.

— Je suis seul juge de ce dernier point, indiqua Higgins.

Scott Marlow, tâtant l'acier de ses menottes, se demandait pourquoi son collègue perdait autant de temps avant d'arrêter le régisseur dont il guettait le moindre des mouvements. Jonathan Kelwing, amorphe, se terrait toujours derrière la haute silhouette de George Chairman, comme si l'interprète du Commandeur pouvait le mettre à l'abri des foudres policières.

— Je me demande, avança Higgins, si vous n'avez pas assassiné Pietro Giovanni par jalousie.

L'accusation formulée par l'ex-inspecteur-chef laissa Sir Brian Hall sans réactions. Il demeura quelques instants la bouche ouverte, asphyxié, quêtant l'air qui lui manquait.

— Ma chère, parvint-il enfin à articuler, ma chère... avez-vous entendu cette infamie...

Marilyn O'Neill demeura de marbre.

— Ne pourrait-on imaginer, échafauda Higgins avec douceur pour ne pas traumatiser davantage l'aristocrate, que vous ayez surpris l'arrivée de Pietro Giovanni au manoir et que vous l'avez vu s'introduire dans la chambre de votre fiancée ? Atterré, bafoué, malheureux, vous avez pris la seule décision qui s'imposait : supprimer cet odieux rival.

A la dérive, Sir Brian Hall chercha le regard de celle qu'il aimait. Marilyn O'Neill, sans prononcer un mot, sans se départir de sa froideur altière, prit sa main droite entre les siennes.

— Deux indices m'ont troublé, poursuivit Higgins. D'abord, vous avez tenté de soigner Pietro Giovanni avec une compresse. Ensuite, vous avez essayé de dissimuler l'existence de votre canne-épée.

L'insinuation de Higgins redonna du mordant à Sir Brian Hall.

— De la dissimuler ? Jamais de la vie ! D'où tenez-vous cette ineptie ?

— Lors de notre premier entretien, Sir, vous aviez oublié de prendre avec vous cette canne qui ne vous quitte jamais. Pour me la faire oublier ? Pas seulement. Ne veniez-vous pas de nettoyer une lame imprégnée de poison ?

L'homme du Yard crut que le rigide Anglais allait tourner de l'œil. Scott Marlow, qui perçut le malaise du ténor, fut persuadé qu'il était sur le point de l'arrêter.

— De poison, de poison, balbutia Sir Brian Hall.. comment pouvez-vous énoncer une telle monstruosité ?

Higgins, avec un bon sourire, tenta de réconforter son interlocuteur sans pour autant cesser de traquer la vérité.

— Vous m'avez vous-même précisé, Sir, que vous étiez le seul à nettoyer votre épée, un très précieux objet de famille. Je me demande si vous ne l'avez pas échangée avec celle prévue pour le spectacle. Ensuite, vous avez dérobé cette dernière pour la faire disparaître. Puis votre propre épée, dûment nettoyée, est réapparue.

Sir Brian Hall, effaré, contemplait Higgins comme s'il était le diable. Le superintendant ne doutait plus que le mécanisme du crime fût élucidé.

— Pourquoi, Sir, m'avoir confié que Ruben Carmino était grand amateur d'armes blanches, sinon pour orienter les soupçons vers lui et détourner mon attention de votre propre rôle ?

L'Allemand Gert Glinder arborait un sourire en coin. Ruben Carmino, se voyant définitivement innocenté, serra plus fort Graziella Canti dans ses bras.

— Vous faites fausse route, dit Marilyn O'Neill avec un calme imperturbable. Sir Brian est tout à fait incapable de dénigrer qui que ce soit. La perfidie lui est étrangère. De plus, il est un adepte inconditionnel de la non-violence et participe avec une générosité sans borne à des œuvres humanitaires de haute qualité.

La belle soprano australienne s'était exprimée avec une surprenante force de conviction qui avait ébranlé Scott Marlow.

— N'oubliez-vous pas, mademoiselle O'Neill, que Sir Brian s'est battu avec des voyous, à Paris, et n'a pas hésité à utiliser sa canne-épée ?

— Cas de légitime défense, inspecteur, où pas une goutte de sang n'a été versée, rétorqua la diva sans se troubler. Vous auriez agi exactement comme lui. Mon fiancé est un homme incapable de la moindre bassesse. Il incarne la noblesse même. Jamais il n'aurait donné la mort, même à son pire ennemi. Cessez de le tourmenter en vain.

Higgins éprouva une réelle admiration pour la sincère passion qu'une femme aussi rayonnante savait manifester avec tant de pudeur. Mais un serviteur du Yard n'avait pas le droit de s'en tenir à ses penchants personnels.

— Si j'agis ainsi, mademoiselle O'Neill, se justifia Higgins, c'est pour obliger l'assassin à revendiquer ses responsabilités. Je n'ai pas d'autres moyens pour le faire avouer et je serai probablement obligé d'aller jusqu'au bout de ma démonstration.

Ces paroles, prononcées sans la moindre animosité, semèrent le trouble parmi les interprètes. Chacun sentit qu'il n'échapperait pas à la curiosité professionnelle de l'homme du Yard, se demandant si son voisin n'était pas coupable. Higgins, croisant les mains derrière le dos, fit deux pas sur la droite de Sir Brian Hall, s'arrêtant face à la blonde Danoise Audrey Simonsen, l'interprète de Donna Elvira. Son teint clair, presque pâle, était mis en valeur par un chemisier vert tendre. Tête un peu baissée, les yeux dans le vague, elle s'était réfugiée sur l'île déserte de son désespoir.

— Pardonnez-moi d'interrompre votre méditation, dit Higgins en s'adressant à elle avec une certaine tendresse, mais j'aimerais savoir pourquoi vous êtes intervenue pour me demander d'autoriser Ruben Carmino et Graziella Canti à sortir du manoir. Aviez-vous conclu un pacte avec eux ?

Audrey Simonsen releva lentement la tête. Son regard traduisait une incompréhension.

— Devant mon refus, vous vous êtes même enfuie. Pourquoi donc ?

— Parce qu'elle nous avait promis qu'elle réussirait, expliqua Graziella Canti. Elle était très déçue pour nous. Audrey est une femme de cœur, inspecteur. Il n'y a rien de suspect sur ce point.

La jeune Italienne, rassurée par la puissance physique de son compagnon, avait volé avec fougue au secours de la soprano danoise.

— Merci de m'avoir éclairé, mademoiselle Canti. Mais cela ne m'explique pas, remarqua Higgins en regardant

Audrey Simonsen avec acuité, pourquoi vous nous avez suivis, le superintendant et moi, lorsque nous nous sommes rendus à la chapelle désaffectée.

La belle Danoise semblait hypnotisée par l'ex-inspecteur-chef. Pas un mot ne sortit de ses lèvres.

— Quelqu'un nous a épiés, dans l'ombre, pendant tout notre parcours. Une personne habile, légère, se déplaçant sans bruit. J'ai songé à vous quand j'ai vu s'envoler une dame blanche tout près de nous. Elle me rappelait cette même dame blanche qui m'était apparue dans la nuit au « jardin enchanté » de Lindenbourne et cette femme mystérieuse, en habit de théâtre, venue à l'auberge de *L'Oie troussée.*

Les yeux d'Audrey Simonsen ne démentaient pas les propos de Higgins.

— Mademoiselle Lipyncott vous a vue entrer dans la chambre de Pietro Giovanni, révéla l'ex-inspecteur-chef. Quand vous en êtes sortie pour vous diriger vers la chapelle, elle vous a suivie. Qu'alliez-vous faire dans un pareil endroit ?

— Prier, inspecteur, répondit avec gravité Audrey Simonsen. Prier Dieu pour qu'il me rende Pietro, pour qu'il lui fasse comprendre que j'étais la seule à pouvoir l'aimer.

— Cherchiez-vous quelque chose de précis dans cette chapelle ?

— Je viens de vous le dire, inspecteur : avoir moins froid dans le cœur, sauver mon amour. Mais Dieu ne m'a pas écoutée. Il a choisi de châtier Pietro en le rappelant à Lui.

Une étrange lumière animait de l'intérieur la soprano danoise. Elle vivait son mysticisme avec une intensité presque effrayante.

— Que s'est-il passé, entre vous, lors de cet entretien à l'auberge ?

— Je l'ai supplié à genoux de changer de vie. Je lui ai appris que ma décision était prise et que mon destin était tracé. Ou je parvenais à le convaincre de m'aimer à nouveau, ou je montais pour la dernière fois sur une scène.

— Chantage au suicide, mademoiselle Simonsen ?

La soprano se concentra, joignant ses mains dans un geste de prière.

— Si vous voulez, inspecteur. Je n'avais plus le choix des

arguments. Pietro savait, en effet, que j'allais mettre fin à mes jours s'il refusait plus longtemps mon amour.

— Pourquoi nous avoir suivis ?

— Je ne vous suivais pas. J'allais de nouveau à la chapelle. Cet endroit m'impressionnait au plus haut point. Je m'y sentais proche de Dieu, loin de ce monde de souffrances.

— Comment avez-vous découvert cet édifice ?

— Par hasard. Lorsque je suis sortie de l'auberge, j'étais désespérée. J'ai marché. J'ai vu cette chapelle, j'y suis entrée, persuadée qu'il s'agissait d'un signe de Dieu.

La douleur éprouvée par Audrey Simonsen ne semblait pas feinte. Elle parlait avec solennité, comme si elle se confessait, se déchargeant d'un fardeau trop lourd pour elle.

— Vous étiez l'épouse légitime de Pietro Giovanni, n'est-ce pas ?

— Oui, inspecteur, et j'en suis aussi fière que malheureuse. Lui mort, il ne me reste plus qu'à disparaître.

Higgins parut fort contrarié. Il s'éloigna, fit quelques pas dans l'allée, puis revint devant Audrey Simonsen.

— Je voudrais bien vous croire, mademoiselle, mais pourquoi avoir raté un suicide aux barbituriques alors que, selon vos propres dires, vous disposiez d'un poison mortel ?

Audrey Simonsen mit les mains sur ses yeux pour cacher les larmes qui montaient en elle à l'évocation de ces terribles souvenirs.

— Je l'ignore, inspecteur... j'ignore pourquoi j'ai agi ainsi, pourquoi j'ai reculé devant la mort...

Higgins déplia une feuille de papier.

— Monsieur Glinder a eu l'obligeance de me remettre ce document, mademoiselle Simonsen. Il porte un message de votre main à l'intention de Pietro Giovanni : « Toi aussi, un jour, affirmez-vous, tu sentiras le feu d'un poison mortel se répandre dans tes veines. » Reconnaissez-vous être l'auteur de ce texte ?

La jeune femme hocha la tête affirmativement.

— Je suis persuadé que vous aimiez Pietro Giovanni avec passion, dit Higgins. Avec tant de passion que ses conquêtes successives étaient pour vous des coups de poignard de plus en plus douloureux. Pourtant, malgré sa liaison avec Graziella Canti, vous étiez encore persuadée de pouvoir sauver votre couple. Ce ne serait qu'une maîtresse de plus, supposiez-vous. Mais lorsque vous avez vu votre mari entrer dans la chambre de Marilyn O'Neill...

— Non ! hurla Audrey Simonsen, se mordant les poignets pour étouffer son cri.

— ... vous avez compris que cette rivale serait beaucoup plus dangereuse que toutes les autres. Pietro Giovanni finirait par la conquérir mais, cette fois, il risquait d'être conquis à son tour et de vous oublier à jamais. C'était plus que vous ne pouviez en supporter. Il ne vous restait qu'une solution : assassiner celui que vous aimiez pour qu'il n'appartienne pas à une autre. Lors de l'entracte, Pietro Giovanni n'accepta des soins que de vous. Vous étiez le seul être en qui il avait confiance. Il était persuadé que vous l'aimiez trop pour lui faire du mal.

Le regard d'Audrey Simonsen clama que c'était là l'absolue vérité.

— Pourtant, c'est un poison mortel que vous avez appliqué sur sa plaie, mademoiselle Simonsen, et non de l'eau oxygénée.

Scott Marlow n'en croyait pas ses oreilles. Marylin O'Neill et Sir Brian Hall semblèrent épouvantés. Graziella Canti laissa échapper une exclamation attristée.

— Non, inspecteur, non, protesta faiblement Audrey Simonsen, incapable de poursuivre sa phrase.

Higgins ne se comportait pas en accusateur. Eprouvant de la compassion à l'égard de la belle Danoise, il ne tentait pas de l'accabler. Mais il était contraint d'aller jusqu'au terme de son hypothèse.

— La nuit où nous nous sommes rencontrés, poursuivit donc l'ex-inspecteur-chef, vous reveniez du lac situé au-delà du « jardin enchanté ». Vous veniez d'échapper à la mort, mais vous m'avez vous-même avoué que vous aviez jeté dans le lac le flacon contenant le poison que vous vous destiniez. Trouvez-vous vraiment ces explications crédibles, mademoiselle Simonsen ? D'abord, vous m'avez menti par omission ; ensuite, vous avez essayé de me faire croire que le flacon dont vous vous êtes débarrassée ne contenait que de l'eau oxygénée ; enfin, vous avez joué le jeu de la vérité. C'est du poison qui s'est mêlé aux eaux du lac. Un poison que le laboratoire du Yard ne pourra plus analyser pour le comparer avec celui trouvé dans le corps de Pietro Giovanni.

Même George Chairman, qui ne fondait son jugement que sur des faits concrets, était troublé. L'interprète de Leporello, l'Allemand Gert Gliner, s'amusait de la situation. Audrey Simonsen, à la jalousie féroce, ne faisait-elle pas une parfaite coupable ?

— Votre justification n'en était pas une, reconnut Higgins, presque à regret. Vous avez agi ainsi, prétendiez-vous, pour ne pas risquer d'être accusée de meurtre. N'était-ce pas le comble du machiavélisme, mademoiselle Simonsen ?

— Non, inspecteur, non, répéta-t-elle, brisée.

La détresse d'Audrey Simonsen était poignante. Le superintendant Marlow regretta d'être obligé d'arrêter une si jolie personne, mais la culpabilité de la soprano s'avérait de plus en plus évidente. Une banale affaire de jalousie, au fond, si elle n'avait pas mis aux prises deux monstres sacrés de l'art lyrique.

— Un détail m'intrigue, reconnut Higgins : votre robe noire volée puis restituée. Vous me l'avez confiée spontanément lorsque je vous l'ai demandée. Vous ignoriez donc qu'on avait dissimulé un document dans l'une de ses coutures.

Higgins n'eut qu'à traverser l'allée centrale pour se placer devant l'Allemand Gert Glinder qu'il regarda avec sévérité.

— Tout le monde l'ignorait, affirma l'ex-inspecteur-chef. Sauf vous, monsieur Glinder, puisque vous avez volé fil et aiguille chez Graziella Canti pour découdre la robe que vous aviez dérobée chez Audrey Simonsen. Avec beaucoup d'habileté, certes, vous avez inséré un très fin morceau de papier dans cette robe que vous avez ensuite remise à sa place.

Le visage de l'interprète de Leporello se ferma. Véritable sosie de Pietro Giovanni, il ne possédait pas sa puissance naturelle, tant sa virilité était affadie par une sorte de mollesse confinant à la veulerie.

— Pure invention, grommela-t-il.

— Ne vous enferrez pas, monsieur Glinder, l'aida Higgins. J'ai découvert moi-même fil et aiguille dans votre chambre, cachés dans la partition de *Don Giovanni*. A quoi correspondait le code de chiffres et de lettres que vous avez dissimulé ?

Gert Glinder lissa son épaisse moustache. Les autres interprètes n'étaient pas mécontents de le voir à son tour dans l'embarras.

— Affaires personnelles... de l'argent placé à l'étranger.

— C'est ce qu'un examen superficiel aurait pu laisser croire. Malheureusement pour vous, j'ai obtenu des renseignements plus précis. Les coffres concernés par ce code ne contenaient ni titres ni valeurs mais des photographies, des lettres, des notes concernant la vie privée de Pietro Giovanni. De remarquables dossiers pour exercer un chantage. Vous pouviez étaler sur la place publique des scandales auxquels même un homme comme lui n'aurait pas résisté. Vous fréquentiez Pietro Giovanni depuis de nombreuses années, monsieur Glinder. En devenant une sorte de domestique, toujours prêt à satisfaire ses quatre volontés, vous connaissiez tout de lui. Depuis quelque temps, vous en aviez assez de demeurer dans l'ombre de votre patron. Vous aussi souhaitiez occuper le devant de la scène et tenir le rôle dont chaque note, chaque attitude, vous étaient familières : celui de Don Juan. J'en ai eu la certitude en vous entendant chanter à merveille *l'air du champagne,* un morceau de bravoure d'une très grande difficulté technique que redoutent les meilleurs interprètes de Don Juan.

— Simple goût d'interpréter une merveilleuse musique, objecta Gert Glinder.

Higgins n'apprécia pas cette réponse formulée avec trop de désinvolture.

— Vous avez tort de vous défendre aussi maladroitement, monsieur Glinder. Vous vous êtes violemment querellé avec Pietro Giovanni, votre prétendu ami, à l'auberge de *L'Oie troussée.* Mademoiselle Lipyncott a été le témoin de cette altercation. Quel en était le motif réel ?

— Un problème d'interprétation, je vous l'ai déjà dit...

— Non, monsieur Glinder. Ce jour-là, vous avez abattu vos cartes. Vous avez sommé Pietro Giovanni d'user de son influence pour vous permettre d'obtenir le rôle de Don Juan. Sinon, vous communiquiez vos dossiers confidentiels à la presse et vous ruiniez son image de marque. Pour lui, ce chantage était insupportable. Il vous considérait comme un être inférieur. Vous accorder un tel privilège l'a plongé dans une rage folle. Sans doute avez-vous pris peur. Vous avez pensé que, si vous ne le supprimiez pas, c'est lui qui vous tuerait.

— Ridicule ! s'exclama l'Allemand, les lèvres déformées par un rictus qui ne parvenait pas à se transformer en sourire.

Le superintendant Marlow tâta à nouveau ses menottes. L'identité de l'assassin ne faisait plus mystère.

— Pourquoi avoir inscrit cette kyrielle de chiffres et de lettres sur un papier ? Voilà une question qui m'a embarrassé, avoua Higgins. L'un des éléments de la solution était simple : une précaution contre un défaut de mémoire. Vous en possédez pourtant, monsieur Glinder, mais elle était occupée par d'autres chiffres : ceux du « catalogue » de Leporello où le valet de Don Juan énumère les conquêtes féminines de son maître dans les différents pays. Mais il y avait un deuxième motif que je qualifierai d'ignoble : faire accuser Audrey Simonsen. Pietro Giovanni mort, la sordide documentation que vous avez accumulée devenait plus difficilement négociable et risquait de faire peser sur vous de graves soupçons. Mieux valait donc mettre le code à l'abri en sachant que s'il était découvert, votre collègue danoise serait considérée comme sa propriétaire. Cette misérable stratégie est le signe d'une grande lâcheté, monsieur Glinder.

Le teint verdissant, Gert Glinder commença à déplier son grand corps, faisant mine de se lever. Sentant peser sur lui le regard peu amène de Higgins, il préféra se rasseoir.

— Vous n'avez aucune preuve, inspecteur...

— N'oubliez pas, continua Higgins, que vous m'avez remis une lettre où Audrey Simonsen promettait à Pietro Giovanni, au moins en apparence, de l'empoisonner. Une pièce décisive au tableau que vous aviez décidé de peindre pour tracer le portrait de la coupable idéale.

— Je voulais simplement aider la justice, inspecteur, dit le baryton allemand d'une voix sucrée.

— Comme vous souhaitiez aider votre grand ami Pietro Giovanni, lors de l'entracte, en appelant un médecin qui ne viendrait pas. Vous avez passé votre temps à dénigrer vos partenaires, à répandre sur eux un maximum d'insinuations malveillantes et même à m'épier.

Saisissant les accoudoirs de son fauteuil, l'Allemand se pencha en avant, tendant le cou.

— Comment, vous épier ?

— Monsieur Glinder ! s'étonna Higgins, réprobateur. Croyiez-vous vraiment passer inaperçu lorsque vous vous cachiez derrière les haies pour surprendre mon entretien avec Audrey Simonsen ou bien lorsque, depuis la fenêtre de votre chambre, vous guettiez les allées et venues des uns et des autres ? Vous m'espionniez jusque dans la galerie des armures afin qu'aucun élément de mon enquête ne vous échappe. Mais votre méthode n'est pas au point. Vous manquez par trop de discrétion et abandonnez derrière vous des indices compromettants. Connaissez-vous ceci ?

Higgins présenta au chanteur allemand une boucle de chaussure carrée en laiton.

— Pas du tout, répondit très vite Gert Glinder... je veux dire, pas celle-là.

Scott Marlow, intrigué par cette réponse embrouillée, se plaça aux côtés de Higgins. Il craignait que l'Allemand ne déployât sa grande carcasse pour s'enfuir.

— J'ai découvert cette boucle dans la chambre que Pietro Giovanni occupait à l'auberge de *L'Oie troussée.* Elle provenait de la chaussure du cambrioleur qui l'a perdue en s'enfuyant. Une chaussure de théâtre appartenant à l'un des interprètes masculins de *Don Giovanni,* Ruben Carmino exclu, puisqu'il portait des sabots de paysan Le voleur, particulièrement pressé dès que le décès de Pietro Giovanni fut connu, n'avait pas eu le temps de se changer. Il me suffisait donc d'examiner les chaussures de scène portées par George Chairman, Sir Brian Hall et vous-même, monsieur Glinder, pour connaître l'identité du cambrioleur. Malheureusement, les chaussures avaient disparu. Vous les cherchiez, monsieur Carmino, quand je vous ai surpris en train de fouiller l'armoire du foyer des artistes.

L'Espagnol repoussa une nouvelle fois Graziella Canti pour faire face à l'ex-inspecteur-chef.

— Pas du tout, je voulais... je voulais...

Doté d'une faible imagination, Ruben Carmino renonça à inventer une explication. Higgins lui en sut gré.

— Vous soupçonniez Gert Glinder d'avoir commis quelque action obscure, monsieur Carmino, et vous étiez en quête d'un indice. Sans doute l'aviez-vous vu revenir en voiture de l'auberge et aviez-vous été intrigué par ce déplacement bizarre le soir même de la mort de Pietro Giovanni.

Rugueux, bourru, l'Espagnol admit l'évidence.

— C'est vrai, inspecteur, mais je ne me sentirai pas le droit de faire accuser un camarade tant que je n'obtiendrai pas de certitude. J'ai vu Gert ôter ses chaussures en pénétrant dans le manoir. J'ai voulu comprendre pourquoi, mais je n'ai pas réussi à mettre la main sur les escarpins de scène. Le régisseur s'est également montré incapable de les retrouver.

Higgins se tourna vers Gert Glinder.

— Je suppose que vous vous êtes débarrassé de toutes les chaussures, y compris de celle à qui manquait la boucle accusatrice ? Ne les avez-vous point jetées dans le lac ?

L'Allemand se cala au fond de son siège, croisant les doigts. Il se décontractait, apparaissant brusquement très sûr de lui.

— J'ignorais qu'un inspecteur de Scotland Yard eût une telle imagination. Votre histoire est amusante. Avez-vous inventé d'autres épisodes ?

— Il y en a au moins un dont vous ne contesterez pas la réalité, répliqua Higgins : votre entretien très animé avec Ruben Carmino sur la terrasse.

Gert Glinder haussa les épaules.

— Banale discussion entre amis, inspecteur.

Ruben Carmino s'estima obligé d'intervenir.

— J'ai demandé à Gert de ne plus tourner autour de Graziella.

— Tu es aveuglé par ta jalousie, répliqua le chanteur allemand. Garde-la, ta fiancée.

Higgins s'interposa entre les deux hommes, sentant que Ruben Carmino était prêt à en venir aux mains.

— Le but de cette confrontation n'est pas de vous opposer, messieurs. J'espère que vous ne me jouez pas une magnifique comédie et que vous n'étiez pas complices pour assassiner Pietro Giovanni.

Ruben Carmino et Gert Glinder se dévisagèrent, incrédules.

— Moi, m'associer à ce rustaud ? ricana l'Allemand.

— Je te ferai ravaler ta morgue, promit Ruben Carmino,

levant le poing, tandis que Graziella Canti se suspendait à son cou.

— Il n'y aura plus d'autre mise en garde, prévint Higgins, cassant. La prochaine fois, le superintendant Marlow fera intervenir ses hommes.

Se renfrognant, Ruben Carmino décida de ne plus tenir compte de l'existence de Gert Glinder et de l'inspecteur Higgins. Il ne s'occuperait dorénavant que de Graziella Canti.

— Je n'avais pas terminé mon récit, poursuivit Higgins. L'épisode qui suit vous concerne tout particulièrement, monsieur Glinder. J'avais trouvé une clef en or sur le cadavre de Pietro Giovanni. Bien entendu, je comptais la confier au Yard comme pièce à conviction, mais j'en ai décelé l'usage auparavant. Elle servait à ouvrir une sorte de reliquaire caché à l'intérieur de l'autel mobile de la chapelle où Audrey Simonsen s'était rendue pour prier. Il contenait un inestimable trésor : le manuscrit du *Don Giovanni* joué pour la première fois à Prague. Voilà ce que le cambrioleur était venu voler dans la chambre de Pietro Giovanni. Voilà ce que vous cherchiez en vain, monsieur Glinder.

La décontraction du chanteur allemand fondit comme neige au soleil.

— J'ignorais l'existence de ce manuscrit, protesta-t-il, son teint virant de nouveau au verdâtre.

— Vous mentez, accusa Higgins. Vous saviez parfaitement que votre ami Pietro Giovanni avait volé ce trésor à un homme respectable et respecté. N'est-ce pas la vérité, monsieur Chairman ? demanda Higgins, franchissant l'allée et se dirigeant vers l'interprète du Commandeur.

CHAPITRE XXI

La haute stature de George Chairman ne vacilla pas d'un pouce. Dans son costume anthracite, il semblait n'avoir pas quitté le rôle et les attributions du Commandeur.

— Vous l'avez sans doute compris lors de notre conversation dans la galerie des armures, inspecteur ? demanda-t-il de sa voix très grave aux inflexions couleur d'outre-tombe.

— En effet, répondit Higgins. Gert Glinder a assisté à la violente altercation qui, à votre domicile londonien, vous a opposé à Pietro Giovanni. Vous l'accusiez d'être un voleur ce qui, dans votre bouche, n'était pas une accusation lancée à la légère. Qu'avait bien pu vous dérober ce grand chanteur, au risque de mettre sa carrière en péril ? C'est votre qualité de collectionneur et la petite annonce parue à plusieurs reprises dans le *Times* qui m'ont permis d'élucider le mystère de la chapelle : « Offre 100 000 £ à qui me rapportera le W. A. Prague 29.10.87. » W. A., c'est-à-dire Wolfgang Amadeus, les prénoms de Mozart. Prague 29.10.87, la date de la première représentation de *Don Giovanni* à Prague, en novembre 1787. Vous n'aviez aucune preuve du délit commis par Pietro Giovanni, mais vous ne doutiez pas de sa culpabilité. Quand vous avez appris que vous seriez partenaires à Lindenbourne, vous lui avez fait une proposition anonyme par l'intermédiaire du *Times.* Pietro Giovanni a certainement accepté, puisqu'il est arrivé trois jours avant la date prévue à l'auberge de *L'Oie troussée,* le précieux manuscrit dans ses bagages. Il l'a caché dans la chapelle qu'il avait repérée lors d'un précédent séjour. Pietro Giovanni était prêt à accepter cette transaction avantageuse qui, de plus, le libérait de son passé. Lorsque je vous ai posé des questions, monsieur Chairman, vous avez fait une omission significative en citant les principales pièces de vos collections. Vous n'avez pas parlé de vos manuscrits rares pour éviter de faire allusion à celui de *Don Giovanni.*

Un silence total s'établit. Ebahi, Scott Marlow ne parvenait pas à croire que cet homme austère, à la noble chevelure grise, pouvait être un assassin.

— Votre reconstitution est parfaitement exacte, inspecteur, dit George Chairman, sans se départir de sa sérénité. Il n'y manque pas un détail.

— Gert Glinder a dû entendre citer le manuscrit de *Don Giovanni* comme étant l'objet volé par son ami lorsqu'il a surpris votre discussion. Sans doute attendait-il une occasion propice pour s'emparer de ce trésor et vous le vendre. Quand le décès de Pietro Giovanni a été constaté, il s'est précipité à l'auberge, persuadé que ce dernier avait dissimulé le manuscrit dans sa chambre. Ce fut votre erreur, monsieur Glinder. Pietro Giovanni était plus précautionnieux que vous ne l'imaginiez. Vous avez fouillé avec hargne, sachant que votre absence devait être de courte durée pour ne pas attirer l'attention. En arrivant au manoir, vous vous êtes rendu compte qu'il manquait une boucle à l'une de vos chaussures. Vous avez dû agir vite pour faire disparaître l'ensemble des chaussures de scènes. Vous étiez essoufflé lorsque vous avez regagné votre chambre. En passant, vous vous êtes rendu compte que la porte de la chambre d'Audrey Simonsen était ouverte. Annoncer qu'elle souffrait d'un malaise vous fournissait un excellent alibi pour expliquer votre trouble, mais vous l'avez tout de même sauvée. Pour cela, il vous sera beaucoup pardonné, monsieur Glinder.

Le chanteur allemand préféra se taire. Il craignait de commettre un impair en ajoutant quelque chose.

— De votre point de vue, reprit Higgins en s'adressant à George Chairman que nulle émotion ne semblait atteindre, la mort de Pietro Giovanni était un juste châtiment. Sa vie dissolue devait se terminer de manière tragique. C'est vous qui avez dirigé le tribunal constitué dans la cave. Quand vous êtes sorti de cet endroit, après y avoir préparé votre réunion, vous avez fait tomber une armure qui m'a raté de peu et vous avez entendu mon entretien avec Gert Glinder qui n'a pas manqué de jeter ensuite la suspicion sur vous. Vous n'avez d'ailleurs pas caché que vous n'éprouviez que du mépris pour l'homme Pietro Giovanni, même si le chanteur vous avait agréablement surpris.

George Chairman leva les yeux vers le plafond du théâtre, comme si son regard dépassait à jamais les turpitudes humaines.

— Soyez plus direct, inspecteur. Je suppose que vous m'accusez d'avoir assassiné Pietro Giovanni ?

Scott Marlow était fasciné par la personnalité de l'interprète du Commandeur. Il revoyait la scène du duel entre Don Juan et le Commandeur. Dans l'opéra, le premier tuait le second en lui perçant le cœur de son épée. La réalité n'avait-elle pas interverti les rôles ?

— Je n'ai pas proféré un seul mensonge de toute mon existence, affirma George Chairman. Je n'ai pas tué Pietro Giovanni.

Higgins sentit que l'Irlandais ne ferait pas d'autre déclaration. Les doigts de la main droite crispés sur ses menottes, le superintendant Marlow attendait un signe de son collègue pour intervenir. Mais l'ex-inspecteur-chef contourna le siège où était assis George Chairman pour s'installer à côté de Jonathan Kelwing, le régisseur.

— Je ne vous avais pas oublié, monsieur Kelwing, dit Higgins avec aménité. Peut-être avez-vous perçu que mon collègue, le superintendant Marlow, trouvait votre comportement fort curieux ?

Le régisseur continua à regarder devant lui, évitant de se tourner vers Higgins dont les paroles le tétanisaient.

— J'ai même le sentiment, poursuivit l'homme du Yard, que Scott Marlow vous considère comme coupable de meurtre.

Cette fois, Jonathan Kelwing, piqué au vif, protesta.

— Je suis innocent ! Totalement innocent !

— Apaisez-vous, recommanda Higgins. Je comprends tout à fait votre surmenage, dû aux grands problèmes que vous avez à résoudre. Vous passez par des phases d'excitation et de dépression qui ne valent rien pour votre équilibre intérieur.

Jonathan Kelwing fut surpris par ce discours qu'il ne prévoyait pas.

— Monsieur Kelwing est le meilleur des comédiens, affirma Scott Marlow, se dirigeant vers le régisseur avec une joie presque sauvage.

— C'est bien vous qui avez choisi Pietro Giovanni pour tenir le rôle de Don Juan ? demanda Higgins.

Le régisseur, très crispé, parla de manière hachée.

— Oui... je savais que c'était un pari osé, mais j'étais certain qu'un grand chanteur comme lui le gagnerait et que son succès rejaillirait sur Lindenbourne.

— Je n'en doute point, nota Higgins, mais Pietro Giovanni n'était pas un acteur facile à diriger.

Un léger sourire anima le visage un peu triste de Jonathan Kelwing.

— Ah ça ! Aucune possibilité de répéter avec lui... il a même exigé qu'on finisse l'opéra sur sa disparition en enfer, en supprimant une scène entière ! Son caractère impossible était bien connu dans le milieu de l'art lyrique. Je m'attendais à mille difficultés, mais l'aventure valait la peine d'être vécue. J'ai été bien puni pour ma naïveté...

En parlant de son métier, le régisseur manifestait une énergie nouvelle.

— Vous avez estimé que Pietro Giovanni s'était blessé par maladresse, excluant d'emblée une action criminelle, puis attribuant sa mort à l'agissement d'un fou ou d'un maniaque. Auriez-vous des présomptions sur l'identité de l'assassin, monsieur Kelwing ?

— Pas du tout, inspecteur... ce n'étaient que des paroles en l'air.

Scott Marlow jugea bon d'intervenir.

— Le faisceau d'indices majeurs converge vers vous, assena-t-il avec détermination. Vous avez fait brûler les cadavres des chats parce qu'ils auraient permis d'identifier le poison ; vous n'avez pas cessé d'espionner mon collègue et moi-même pour vous tenir informé des progrès de notre enquête ; vous faisiez semblant d'être endormi ou vous simuliez des absences pour mieux vous cacher... et je ne cite pas mille autres preuves de votre culpabilité.

Au bord de la syncope, Jonathan Kelwing se tourna vers Higgins. Il puisa au tréfonds de lui-même la force de contre-attaquer.

— Mille autres preuves ? Mais citez-les donc ! Citez-les !

Le superintendant Marlow ne s'attendait pas à cette réplique. Par bonheur, Higgins vola à son secours.

— C'est bien vous, monsieur Kelwing, qui avez remis fil et aiguille à mademoiselle Canti après qu'on lui eut dérobé les siens ?

— Mais oui, inspecteur. Satisfaire les désirs de mes hôtes fait partie de mes devoirs.

— Bien entendu, vous ignoriez tout de la robe volée puis restituée à Audrey Simonsen et du manuscrit dérobé par Pietro Giovanni ?

Le régisseur baissa la tête, contrarié.

— Oui, j'ignorais tout de ces turpitudes. Elles me surprennent et me blessent. L'opéra est mon univers. Je ne croyais pas que des interprètes de cette qualité pouvaient déchoir ainsi. C'est pourquoi je ne regrette pas l'initiative que j'ai prise en demandant son aide à George Chairman pour réunir mes hôtes et sauver Lindenbourne. Vous et le superintendant avez d'ailleurs failli me surprendre quand je remontais de la cave où je venais de disposer des candélabres. Je vous ai entendu dire « trop tard ». J'avais mis tous mes espoirs dans ce... tribunal. Il n'en est sorti qu'une mascarade... me demander, à moi, de me dénoncer comme criminel !

— Vous avouez ? interrogea Scott Marlow.

Jonathan Kelwing sursauta.

— Mais non ! Je n'avais aucune raison d'assassiner la vedette de mon spectacle !

Scott Marlow avait eu le temps de réfléchir. Il porta un coup qu'il estimait décisif.

— Mais si, vous en aviez une. Vous étiez amoureux de Graziella Canti. Avec elle, vous avez manigancé un plan diabolique pour écarter Pietro Giovanni qui convoitait celle que vous aimiez. Vous avez manipulé Ruben Carmino pour parvenir à vos fins.

Effaré, Jonathan Kelwing regarda en direction de Ruben Carmino qui, de l'autre côté de l'allée, contemplait sa fiancée avec stupeur. Higgins n'attendit pas les protestations des uns et des autres. Profitant de l'état de choc du régisseur, il lui posa une question, presque à voix basse.

— Pourquoi m'avoir révélé que Gert Glinder s'était violemment querellé avec Pietro Giovanni, à l'auberge de *L'Oie troussée* ?

La tête en feu, tel un boxeur ayant reçu trop de coups, le régisseur semblait prêt à accepter les pires allégations le concernant.

— Montrez-vous raisonnable, conseilla Scott Marlow. Un crime passionnel obtient généralement l'indulgence du jury.

Jonathan Kelwing était au bord des larmes.

— Je vous jure que je ne suis pas coupable et que je ne connais pas l'identité de l'assassin... je vous le jure sur le festival de Lindenbourne, ma seule raison de vivre...

A la surprise générale, Higgins se désintéressa du régisseur, contourna à nouveau George Chairman et s'immobilisa devant la très belle Marylin O'Neill, la merveilleuse interprète de Donna Anna.

— Croyez-vous à la culpabilité du régisseur, mademoiselle O'Neill ?

La chanteuse australienne, vêtue d'un ensemble mauve en soie sauvage, orienta très lentement son regard vers l'ex-inspecteur-chef, si lentement que le temps sembla s'arrêter. Higgins savoura ce moment avec une certaine volupté. Il n'était pas fréquent, pour un modeste policier, de devenir l'objet de prédilection, même très passager, de la plus admirable cantatrice de son époque.

— Ce problème ne relève pas de ma compétence, inspecteur.

Sa voix était fruitée, ensoleillée. Higgins était désolé d'être obligé d'accomplir son travail jusqu'au bout.

— Vous êtes la personne présente qui a le plus souffert à cause de Pietro Giovanni, déclara-t-il. C'est lui qui est responsable de l'infirmité de votre père et de la mort de votre mère dans un accident de voiture. Cet événement vous a tellement marquée que vous conserviez toujours avec vous les coupures de presse le relatant. Je crois que vous n'avez pas oublié ce que vous considériez comme le meurtre de vos parents et que vous n'avez jamais accordé votre pardon à l'assassin.

Le regard très clair de Marylin O'Neill ne se troubla pas.

— Vous avez raison, inspecteur. Qui pourrait occulter pareille souffrance ?

— J'en conviens, mademoiselle. Tout en respectant la profondeur de vos sentiments, j'ai dû creuser mon raisonnement. Votre vie privée est réputée impénétrable. Ni potins, ni ragots, ni articles à scandale. Des fiançailles avec un lord anglais des plus honorables. Et pourtant, il y a eu cet... incident. Cette incroyable visite que vous a rendue, dans votre chambre, l'homme que vous haïssiez le plus au monde : Pietro Giovanni.

Si Higgins n'avait pas eu l'expérience des interrogatoires les plus ardus, sans doute n'aurait-il pas perçu le très léger frémissement de l'âme qui contraignait Marylin O'Neill à puiser dans ses ultimes ressources de maîtrise de soi pour afficher une physionomie parfaitement sereine.

— Je vous ai déjà répondu sur ce point, inspecteur.

— J'ai noté votre déclaration, reconnut l'ex-inspecteur-chef et je comprends volontiers que vous ayez refusé de galvauder votre talent pour chanter le bel canto en compagnie de Pietro Giovanni. Je vous ai entendue proclamer, dans la cave : « Il n'y a pas que l'argent et la carrière qui comptent. Notre vie, c'est avant tout la musique. » Je ne doute pas une seconde de votre amour sincère pour Sir Brian Hall qui, comme musicien et comme homme, est digne de votre affection. Mais vous ne m'avez pas tout dit, mademoiselle. Je suis persuadé que Pietro Giovanni était amoureux de vous depuis fort longtemps, qu'il avait convaincu vos parents de la profondeur de ses sentiments et qu'il vous poursuivait à distance de ses assiduités. Votre rencontre musicale de Lindenbourne lui offrait l'occasion rêvée de réaffirmer sa flamme et de vous convaincre de l'épouser pour former le couple le plus étincelant de l'opéra. Voilà bien la plus grave injure que pouvait vous adresser un homme dont vous souhaitiez ardemment la mort. Une mort que vous aviez demandée à votre fiancé, Sir Brian Hall, comme cadeau de mariage, si j'en crois la phrase que vous avez écrite sur le document que m'a remis Graziella Canti : « Quand te décides-tu ? Tu sais que notre amour est à ce prix. » Tant que Pietro Giovanni demeurait vivant, tout bonheur vous semblait impossible. Après son intrusion dans votre chambre et son impudente demande en mariage, Sir Brian lui-même a dû comprendre que l'envahissant personnage ne vous laisserait pas en paix tant qu'il n'aurait pas obtenu satisfaction.

Ni Marylin O'Neill ni Sir Brian Hall ne se révoltèrent. Le plus désappointé était le superintendant Scott Marlow, contraint de constater qu'il ne disposait d'aucune preuve suffisante contre le régisseur et que la nouvelle piste empruntée par Higgins prenait de plus en plus de consistance.

— Divers indices ont failli m'égarer, admit Higgins. Vous aimiez vérifier les partitions à la loupe, mademoiselle O'Neill ; aviez-vous connaissance du vol commis par Pietro Giovanni et désiriez-vous le châtier également pour ce méfait-là ? Votre petit revolver, si discret et si mortel... vous hésitiez à l'utiliser, faisant confiance à Sir Brian pour accomplir sa mission. Votre connaissance des plantes médicinales, enfin. Mais vous ne vous êtes pas approchée de Pietro Giovanni pendant l'entracte et la teinture-mère d'arnica que vous possédez est effectivement un excellent remède pour soigner les traumatismes. Tout cela m'est apparu comme secondaire. Il y avait beaucoup plus important, je crois l'avoir démontré. Comme membre du tribunal présidé par George Chairman, vous avez émis le vœu que l'assassin échappe à la justice. S'il s'agit de Sir Brian, ce souhait s'explique à merveille.

« A présent, pensa Scott Marlow, la vérité est aveuglante. Marylin O'Neill a commandité le crime. Son fiancé, Sir Brian Hall, l'a exécuté afin de pouvoir épouser celle qu'il aime. »

Le voisin de Marylin O'Neill, George Chairman, était accablé par ces révélations. Audrey Simonsen tenait son visage enfoui dans ses mains, incapable de regarder Sir Brian Hall, l'assassin de l'homme qu'elle avait tant aimé. L'Allemand Gert Glinder ne ricanait plus. Ruben Carmino et Graziella Canti ne songeaient même plus à s'étreindre.

— Marylin O'Neill n'est pour rien dans ce crime, déclara Sir Brian Hall avec émotion. J'ai agi seul, sans qu'elle fût au courant. Jamais elle ne m'a demandé de tuer Pietro Giovanni. J'ai effectivement vu ce dernier entrer dans sa chambre. Voir entaché l'honneur de ma fiancée me fut insupportable.

La courageuse confession publique de l'aristocrate mettait un terme à la mystérieuse affaire de Lindenbourne. Jonathan Kelwing, le régisseur, ne cacha pas son soulagement.

— Où avez-vous dissimulé l'épée meurtrière ? interrogea Higgins.

— Je... je l'ai jetée dans le lac.

L'ex-inspecteur-chef tourna les talons et, à pas lents, vint s'adosser à la scène.

— Marylin O'Neill n'est effectivement pour rien dans ce crime, conclut-il. Et vous non plus, Sir. Le véritable assassin ne s'est pas encore manifesté. N'est-ce pas votre avis, maître Lovro Ferenczy ?

CHAPITRE XXII

Higgins faisait face au chef d'orchestre, Lovro Ferenczy, dont le front haut se froissa de quelques rides. Scott Marlow, ne sachant plus où donner de la tête, regarda tour à tour les différents interprètes avant de fixer son attention sur le chef d'orchestre dont la personnalité l'impressionnait autant que celle de George Chairman. Le plus grand chef mozartien vivant, avec son fin collier de barbe blanche, sa prestance naturelle, ne semblait nullement destiné à l'univers du crime.

— Désirez-vous, maître, demanda Higgins, que je dévoile votre mobile ?

Scott Marlow n'avait jamais vu un homme devenir aussi pâle que Lovro Ferenczy.

— Je vous en prie, inspecteur... si vous avez vraiment découvert la vérité, ne m'infligez pas cette épreuve-là.

Il y avait de l'effroi dans les yeux du chef d'orchestre.

— Venez avec moi, maître.

Scott Marlow s'interposa.

— Vous n'allez pas sortir, Higgins... il fait un temps épouvantable... et il pourrait vous échapper !

Lovro Ferenczy se leva. Ses mains tremblaient un peu.

— Ne craignez rien, superintendant. Je ne sortirai pas de l'enceinte de Lindenbourne. Vous avez ma parole.

— Je connais Lovro Ferenczy depuis de nombreuses années, intervint George Chairman. C'est un homme d'honneur. Je me porte garant de sa promesse.

Vaincu, Scott Marlow laissa partir Higgins et Lovro Ferenczy.

*
**

La pluie avait cessé, mais de puissants éclairs zébraient encore le ciel. On approchait de minuit. Côte à côte, les deux hommes descendirent les marches du perron, se dirigeant vers le « jardin enchanté ». Lovro Ferenczy ne parvenait pas à retrouver sa légendaire sérénité.

— Comment m'avez-vous soupçonné? demanda-t-il, bouleversé.

— A cause de Mozart, maître. George Chairman affirmait que le véritable assassin n'était autre que l'auteur de *Don Giovanni* lui-même. Il parlait en tant que Commandeur, bien sûr, mais ce jugement symbolique m'a mis sur la voie. Une étrange intuition m'a persuadé, dès le début de cette enquête, que sa clé se trouvait dans l'opéra. Je me suis forcément intéressé à vous, puisque vous dirigiez tant l'orchestre que les interprètes de *Don Giovanni* et que vous étiez ainsi un témoin privilégié du meurtre. Je vous ai observé. Vous ne vous mêliez pas aux autres, justifiant votre réputation : amour de la solitude, peu de goût pour les artistes et les comédiens. Mais vous étiez aussi aux prises avec un drame intérieur, comme le prouvaient les œuvres tragiques que vous jouiez au clavecin, dans la bibliothèque, si loin de cette terre... Pendant l'entracte, vous êtes resté neutre. A aucun moment, vous ne vous êtes occupé d'une manière ou d'une autre de Pietro Giovanni. Vous n'avez pas colporté le moindre ragot, vous n'avez jeté la suspicion sur personne, vous n'avez rien remarqué d'anormal dans le comportement de quiconque.

Malgré l'amoncellement de nuages noirs lents à se dissiper, quelques étoiles perçaient la nuit. Les deux interlocuteurs progressaient très lentement.

— Cette neutralité vous a desservi, continua Higgins, dans la mesure où elle a mis en relief l'unique incident qui vous a inquiété : la pseudo-disparition, très théâtrale, de Pietro Giovanni entre l'auberge et le manoir. Rien de plus facile à comprendre : si, par une fantaisie d'artiste dont il était coutumier, il avait décidé de ne plus chanter à Lindenbourne, votre plan s'effondrait. Vous avez aussitôt alerté le régisseur de sorte que l'on retrouve au plus vite votre future victime. Audrey Simonsen m'a, elle aussi, beaucoup aidé sans le savoir, en me révélant pourquoi

Pietro Giovanni ne pouvait échapper à la mort. « J'avais supplié Pietro de changer de vie, m'a-t-elle confié; s'il m'avait écoutée, il serait encore vivant. » L'assassin était donc un être d'une grande rigueur morale, persuadé que Pietro Giovanni ne se modifierait réellement... qu'en mourant.

Un silence odorant et chaud régnait dans le « jardin enchanté » de Lindenbourne où les deux promeneurs avançaient paisiblement.

— Cela ne constituait qu'un faisceau d'intuitions éparses, inspecteur. Vous bâtissiez sur des fondations bien fragiles.

— Exact, maître, jusqu'à l'instant où je me suis enfin rappelé la raison pour laquelle j'avais éprouvé un réel malaise pendant la scène finale de votre *Don Giovanni.* Il y avait la défaillance de Pietro Giovanni, certes, mais elle masquait un autre fait plus subtil. Une incroyable erreur musicale de votre part : l'accélération brutale des tempi. Jamais un chef tel que vous n'aurait commis pareille bévue sans une intention particulière. Quelle était-elle, sinon de faire coïncider la mort de Pietro Giovanni avec celle du personnage qu'il incarnait ? De votre place de chef, vous étiez le mieux placé pour suivre l'évolution d'une agonie qu'il ne soupçonnait pas lui-même. Vous rendant compte qu'il déclinait très vite, trop vite, vous avez accéléré le rythme... et omis de me le signaler lorsque vous avez établi la liste des impairs musicaux ayant contrarié cette représentation.

— Superbe analyse, inspecteur. Je ne m'attendais pas à ce que l'enquête fût dirigée par un mozartien averti.

— Tous les mozartiens le sont d'instinct, maître. Dès que j'ai acquis la certitude que vous étiez mêlé à ce meurtre, j'ai tenté de cerner de plus près votre personnalité. En me remémorant ce que j'avais lu sur vous, je me suis rendu compte que votre existence entière était vouée à la musique de Mozart. Aucun autre compositeur ne trouvait grâce à vos yeux, à l'exception de Bach et de Monteverdi. Votre biographie se résumait à votre travail. Pourtant, pour diriger aussi bien Mozart, il faut en percevoir l'esprit entre les notes, avoir connu les plus grandes joies comme les plus grandes douleurs. Le secret ne pouvait résider que dans votre passé, que dans cette période obscure précédant votre arrivée aux Etats-Unis, à la fin de la Seconde Guerre mondiale. Vous êtes apatride, maître, mais d'origine tchèque. Pourquoi être demeuré sans réaction quand je vous ai parlé de Prague ?

Au sortir du « jardin enchanté », les deux hommes se dirigèrent vers le lac.

— Parce que certains souvenirs vous serrent un peu trop la gorge, inspecteur. Je suppose que vous me comprenez...

— A présent, oui, répondit Higgins, mais il m'a fallu expédier des télégrammes pour vérifier les états civils des différents protagonistes du drame... à l'exception du vôtre, inaccessible. C'est une photographie qui a trahi votre secret. Celle de la mère de Marylin O'Neill que cette dernière vénérait. J'ai remarqué un numéro étrange gravé dans sa peau. L'hypothèse qui m'est venue à l'esprit a été confirmée par mon ami, le colonel Mac Crombie. Il s'agissait bien d'un numéro de déportation. En recoupant les informations, dont celle provenant d'un appel téléphonique en provenance d'Australie, j'ai appris que O'Neill était le nom du père adoptif de Marylin. Sa mère, l'une des rescapées du camp de Mauthausen, était tchèque, comme vous. Puisque vous avez refusé que j'expose ma théorie en présence de Marylin, maître, c'est que vous êtes le père qu'elle croyait mort.

Après avoir longé le lac, Higgins et Lovro Ferenczy avancèrent du même pas vers le bras de rivière, agité par des courants formant des spirales dans l'eau nocturne.

— Marylin est bien ma fille unique, avoua le chef d'orchestre. Ma femme et moi savions que nous allions être arrêtés et déportés, donc séparés à jamais. Elle était enceinte. Au seuil du néant, nous nous sommes fait un serment : si l'un de nous survivait et s'il demeurait sans nouvelles de l'autre pendant plus de trois ans, qu'il l'oublie et refasse sa vie. Je ne me faisais aucune illusion ni pour ma femme ni pour moi. Pourtant, j'ai survécu. Pendant des années, j'ai mené de vaines recherches avec le fol espoir que les nazis avaient peut-être épargné une femme enceinte. Espoirs toujours déçus. Et puis, voilà cinq ans, j'ai éprouvé un formidable choc en dirigeant *La Flûte enchantée* à Salzbourg : l'une des trois servantes de la Reine de la Nuit était le sosie de ma femme ! Cette merveilleuse cantatrice, promise à un fabuleux avenir était... Marylin O'Neill, ma fille.

La voix de Lovro Ferenczy était à peine audible.

— J'ai voulu tout savoir d'elle. J'ai appris qu'elle était australienne, qu'elle était arrivée aux antipodes à l'âge de un an, avec sa mère. Ma femme s'était remariée avec un certain O'Neill. J'ai respecté mon serment. Je ne voulais pas briser ce bonheur. Mais j'ai favorisé par tous les moyens, et sans qu'elle le sache, la carrière de ma fille. Ce ne fut d'ailleurs pas difficile, tant elle possède de talent.

— Et Pietro Giovanni est entré dans sa vie...

— Oui, inspecteur. Je n'éprouve ni confiance ni admiration pour ceux qu'on nomme des « artistes ». Ce sont généralement des individus vils et méprisables, préoccupés de leur seule vanité. Mais celui-là dépassait tous les autres réunis. A leurs défauts cumulés, il ajoutait la puissance et une ambition féroce. Il voulait tout conquérir. J'ai appris son rôle exact dans la mort des... des parents de Marylin et j'ai su, par les bruits de coulisses, qu'il avait juré d'en faire sa femme.

— Pourquoi ne pas vous être dévoilé et avoir redonné son vrai père à votre fille ?

— Parce que j'avais décidé d'assassiner Pietro Giovanni. Jamais crime ne fut prémédité d'aussi longue date, inspecteur. Il n'y avait aucun autre moyen pour éviter qu'il ne la plonge dans le malheur. Si forte fût-elle, elle n'aurait pas réussi à lui résister. J'ai suivi leurs traces, à tous deux. Quand Giovanni a épousé Audrey Simonsen et que ma fille s'est fiancé à Sir Brian Hall, que j'estime beaucoup, j'ai espéré que le destin m'éviterait d'en venir aux pires extrémités. Mais Pietro Giovanni a trompé sa femme deux jours après le mariage et, plus la réputation de ma fille grandissait, plus il tenait à gagner le pari. Quand j'ai su qu'ils allaient chanter ensemble un opéra de Mozart à Lindenbourne, j'en suis tombé malade. Grâce au répertoire mozartien, ce sinistre matamore acquerrait une nouvelle dimension. Et si Marylin parvenait encore à lui résister et à le chasser, il n'hésiterait pas à briser sa carrière pour l'humilier, la voir le supplier de lui permettre à nouveau de chanter. Pietro Giovanni n'était pas seulement une vedette adulée, mais aussi l'un des hommes les plus puissants du milieu de l'opéra. Lorsque j'ai appris que l'œuvre choisie était *Don Giovanni,* j'ai senti que le moment était enfin venu de sauver ma fille. Je connaissais tout de Pietro Giovanni, de ses goûts, de son aversion pour les chats, des poisons qu'il transportait avec lui pour les tuer partout où il passait. J'éprouve une réelle tendresse pour ces félins, inspecteur. C'est ce qui m'a donné l'idée de le châtier avec ses propres armes.

— C'est vous, n'est-ce pas, qui avez écrit les lettres de menace à Pietro Giovanni ?

— En effet, inspecteur. J'espérais qu'elles le dissuaderaient de venir à Lindenbourne. Mais cet homme n'avait peur de rien. Dieu ne m'a pas permis d'éviter ce crime. Ma fille ignorera à jamais qui j'étais réellement : son père est un assassin. Me faire reconnaître d'elle avant de la débarrasser de Giovanni, c'était mettre son bonheur en péril en m'empêchant de devenir un criminel. Après le meurtre, c'était lui briser le cœur.

Les deux hommes approchaient de la berge où, cachée dans les hautes herbes, dodelinait sur l'eau la vieille barque à la peinture écaillée. La lune, sortant de derrière un nuage, éclaira la petite île sise au milieu du bras de rivière.

— Un autre détail m'a beaucoup intrigué, ajouta Higgins. La prochaine représentation de *Don Giovanni.* Les vedettes ici présentes y tenaient beaucoup, chacune espérant y briller. Personne ne m'a parlé du chef qui devait diriger. Son nom n'était donc pas encore connu. Un télégramme à la Scala m'a permis de lever le voile sur ce petit secret. C'était bien vous, maître ?

— Un très beau projet, inspecteur...

— Où Pietro Giovanni ne tiendrait pas le rôle principal, précisa Higgins.

— Il ne serait jamais devenu un grand Don Juan, inspecteur. Il n'avait pas l'âme mozartienne. Le brio, la technique, la présence scénique ne suffisent pas. Il faut aussi un goût inné pour la perfection du phrasé, la pureté du chant, il faut se mettre au service de la musique et non se servir d'elle pour briller. Pietro Giovanni aurait fait échouer cette représentation en me privant des interprètes présents à Lindenbourne pour une sorte de répétition grandeur nature. Ils ne savaient pas, en effet, que je les dirigeais à la Scala et que je les observais avec minutie pour corriger leurs derniers défauts et préparer l'enregistrement du *Don Giovanni* idéal. Ce monstre de Pietro Giovanni ne s'occupait que de lui, de ses passions, de sa gloire. Pas de Mozart. Il aurait écarté Ruben Carmino, Audrey Simonsen, Gert Glinder, Sir Brian Hall, ma fille... tous ceux qui, à leur insu, convergeaient vers Milan pour y recréer un chef-d'œuvre tant ils approchaient de la perfection dans leurs rôles respectifs. Pietro Giovanni ne s'était aventuré dans l'univers de Mozart que pour séduire ma fille. Il n'y avait rien de sincère dans sa démarche. Pour vivre Mozart, inspecteur, il ne faut pas être souillé de l'intérieur.

Les deux interlocuteurs s'immobilisèrent sur la berge. Les grandes herbes mouillées battaient au vent.

— La musique de Mozart n'a pas de frontières, maître. C'est ce qui m'a permis de comprendre que Pietro Giovanni poursuivrait votre fille à travers le monde entier. De plus, en raison de sa puissance, aucun opéra de quelque importance ne lui refuserait ses faveurs.

Lovro Ferenczy, le visage fatigué et vieilli, regarda Higgins au fond des yeux.

— Vous savez donc pourquoi j'ai été obligé de tuer... pourquoi je ne veux pas que ma fille apprenne un jour que son père était un criminel.

Higgins aurait aimé être Dieu, juste un instant, pour absoudre cet homme, remonter le temps, permettre à un père de tenir sa fille dans ses bras et de l'aimer, loin de ce monde. Mais l'ex-inspecteur-chef n'était qu'un modeste policier du Yard, sans compétences divines particulières.

— Pourrais-je vous poser une question, inspecteur ?

— Je vous en prie, maître.

— Savez-vous qui a volé mes baguettes de chef d'orchestre ?

— Moi-même, maître. Acte illégal, je le reconnais. Je voulais vous mettre à l'épreuve, voir si vous m'en parleriez ou bien si, affolé par votre crime, vous préféreriez vous terrer dans le silence pour ne pas attirer l'attention sur vous. Vous vous êtes comporté de la manière la plus naturelle qui soit, parce que vous n'êtes pas un assassin ordinaire. Vous auriez quand même dû me donner votre avis lorsque je vous ai demandé si vous estimiez que Don

Juan était amoureux de Donna Anna. Votre mutisme vous a trahi.

Lovro Ferenczy admira le disque lunaire, dont l'argent lumineux faisait resplendir les feuillages enténébrés.

— Peut-être valait-il mieux que je me trahisse, inspecteur...

Higgins parut soudain fort ennuyé.

— Une grave difficulté demeure, maître, pour qui désire authentifier les faits... pourriez-vous m'indiquer comment vous vous êtes débarrassé de l'épée mortelle ?

Une bourrasque de vent pluvieux fit presque chanceler les deux hommes.

— Je peux faire beaucoup mieux, inspecteur. Je vais vous montrer cette épée. Moi seul, bien entendu, sais où elle se trouve. Vous aurez ainsi la preuve concrète de ma culpabilité.

Avec vivacité, Lovro Ferenczy traversa les hautes herbes et descendit jusqu'à la barque.

— Venez, inspecteur, exigea-t-il.

Higgins se sentit obligé de suivre la voie tracée par le chef d'orchestre. Il n'appréciait guère l'eau et la navigation, mais Lovro Ferenczy avait déjà dénoué la corde attachant la barque à un piquet. Il perçut, de même que Higgins, un bruit de pas précipités. D'un puissant coup de rames, il arracha la barque à sa prison végétale, obligeant l'homme de Yard à s'asseoir pour ne pas perdre l'équilibre et à se cramponner aux rebords. Le courant qui agitait le bras d'eau provoquait un fort tangage.

Scott Marlow, accompagné de deux policiers en uniforme, apparut sur la berge. Il entendait le clapotis causé par les rames frappant l'eau, mais ne distinguait plus la barque, parvenue à mi-chemin entre l'île et la terre ferme. Un banc de brume rendait invisibles la frêle embarcation et ses deux occupants.

— Higgins ! Higgins ! Où êtes-vous ? Nous sommes là, nous arrivons ! Empêchez-le de s'enfuir !

Scott Marlow s'époumonnait pour rassurer son collègue qu'il sentait en danger. Les deux policiers cherchaient en vain une autre barque.

Lovro Ferenczy cessa de ramer. La barque s'immobilisa puis tourna lentement sur elle-même. Higgins vit une silhouette qui se levait.

— J'ai déposé l'épée au centre de l'île, inspecteur, sur une pierre plate. Je voudrais vous remercier, monsieur Higgins, pour n'avoir rien révélé à ma fille. A présent, je dois partir. Je regrette, pour Milan. Mais je suis persuadé que Mozart viendra habiter d'autres chefs et d'autres chanteurs. Surtout, ne tentez pas de me retenir. Il y a un proverbe anglais qui dit : « souris et le monde sourit avec toi. Pleure et tu pleures tout seul ». Je vais tâcher de sourire un peu. Adieu, inspecteur.

Lovro Ferenczy jeta les rames au loin et entra dans l'eau comme un marcheur fatigué, au terme d'un trop long voyage.

CHAPITRE XXIII

Les recherches des policiers du Yard, commencées à l'aube, s'arrêtèrent à midi. Impossible de retrouver le corps de Lovro Ferenczy. Soit il s'était enfoncé dans la vase, soit il avait été emporté très loin par le courant. Higgins avait été secouru par le régisseur qui, prévenu grâce à Scott Marlow, n'avait pas tardé à trouver une embarcation. Malgré son aversion pour l'élément liquide, l'ex-inspecteur-chef avait tenu à se rendre sur l'île où il avait bien trouvé l'épée du crime, à l'endroit indiqué par le chef d'orchestre.

Tous les interprètes avaient quitté Lindenbourne dans le courant de la matinée. Scott Marlow leur avait appris la mort accidentelle de Lovro Ferenczy, refusant de donner d'autres explications. Il en était d'ailleurs incapable, Higgins refusant de révéler le contenu de sa conversation avec le meurtrier de Pietro Giovanni.

Tous les interprètes, sauf Audrey Simonsen, la Donna Elvira du *Don Giovanni* de Lindenbourne. Tandis que son chauffeur l'attendait à l'entrée du domaine, elle avança vers la voiture banalisée du Yard au volant de laquelle Scott Marlow avait déjà pris place.

— Je tenais à vous voir avant que nos chemins ne se séparent, dit-elle à Higgins qui réajustait son nœud papillon. Je viens de recevoir une magnifique robe de soirée de chez Hartnell. Je ne l'ai pas essayée et je ne la porterai jamais. Mais elle sera mon souvenir le plus précieux. Elle me rappellera un amour impossible qui s'accomplira peut-être dans l'au-delà. J'ai mené mon enquête pour savoir qui n'avait fait parvenir ce cadeau. Il ne peut s'agir que de vous, inspecteur.

— Détail sans importance, mademoiselle Simonsen. Ce que Scotland Yard a détruit en utilisant votre robe comme pièce à conviction, Scotland Yard devait le réparer. Permettez-moi de vous souhaiter d'autres bonheurs.

Higgins s'inclina pour baiser la main que lui tendait la belle Danoise, au sourire un peu triste.

*
**

La voiture du Yard roulait à allure modérée en direction de l'auberge de *L'Oie troussée.*

— Pourquoi n'a-t-on pas retrouvé ce cadavre ? bougonna Scott Marlow. J'ai donné l'ordre qu'on drague la vase et qu'on fasse des recherches sur tout le cours de la rivière. Un mort ne disparaît pas comme ça, que diable !

— Sait-on jamais, observa Higgins, pensif. La musique de Mozart rend les êtres transparents, presque impalpables.

Scott Marlow préféra quitter ce terrain incertain, persuadé que Higgins se laissait aller à l'une de ces rêveries dont il se rendait parfois coupable.

— Dites-moi, Higgins..., commença le superintendant sur un ton embarrassé.

— Oui, mon cher Marlow ?

— Lovro Ferenczy ne vous a-t-il donné aucun élément pouvant expliquer son crime ?

— Un seul : Mozart lui-même. Don Juan devait mourir. C'est écrit dans la partition. Pour le reste, vous en savez autant que moi. Voilà bien longtemps que nous n'avons bénéficié d'un aussi bel été, ne trouvez-vous pas ?

Lorsqu'ils arrivèrent à l'auberge, mademoiselle Lipyncott se tenait sur le seuil, vêtue d'un tailleur bleu pastel qui lui seyait à ravir. Scott Marlow préféra rester au volant. Higgins lui assura que leur halte serait de courte durée.

— Entrez donc, inspecteur, pria la vieille demoiselle, souriante. Etes-vous satisfait de mes services ?

— Vous avez été admirable, dit Higgins avec conviction.

Le petit salon de *L'Oie troussée* fleurait bon la cire. Sur la table basse, une théière, deux tasses, un paquet bien ficelé et une lettre.

Mademoiselle Lipyncott remit le paquet à Higgins.

— Voici le précieux trésor que vous m'aviez demandé de conserver, inspecteur.

Higgins recueillit avec vénération le manuscrit du *Don Giovanni* de Mozart qu'il s'empresserait de remettre à George Chairman.

— Un monsieur d'un certain âge, très poli et très élégant, m'a remis cette lettre avec attention.

— Il portait un fin collier de barbe blanche ?

— En effet, inspecteur. Il avait déjà séjourné ici, d'ailleurs. Un musicien, je crois.

Higgins décacheta l'enveloppe. Elle contenait le testament de Lovro Ferenczy qui léguait toute sa fortune au festival de Lidenbourne, s'excusant auprès du régisseur pour le tort momentané qu'il lui avait causé. Il imposait une seule condition suspensive à ce legs : que Marylin O'Neill soit présente chaque année pour chanter Mozart.

Mademoiselle Lipyncott souleva la théière.

— Soyez sans crainte, inspecteur. C'est du café. J'ai constaté que vous n'aimiez pas le thé... mes plantes en pot non plus, d'ailleurs !

Honteux d'avoir été démasqué, Higgins pensa qu'il lui faudrait redoubler de précautions dans son propre cottage, pour échapper à la surveillance de Mary.

— J'espère que vous reviendrez à *L'Oie troussée*, inspecteur. Les hommes comme vous sont devenus si rares... permettez-moi cependant de vous offrir un modeste présent. Ce petit objet était la propriété d'un colonel de l'Armée des Indes que j'ai bien connu.

Higgins reçut des mains de mademoiselle Lipyncott un lissoir à moustaches en nacre, d'une grande beauté. Profitant d'une glace murale, il s'aperçut que quelques poils de sa moustache poivre et sel ne se situaient pas dans un alignement parfait par rapport à l'ensemble. Une faute de goût que seule une vieille demoiselle, élevée dans le respect des traditions pouvait remarquer.

L'ex-inspecteur-chef s'estima obligé d'utiliser aussitôt le lissoir et de remettre de l'ordre dans sa tenue.

— Si je peux me permettre, dit mademoiselle Lipyncott en considérant Higgins avec un œil aussi critique qu'admiratif, vous êtes à présent un parfait Don Juan.

*
**

Quand Higgins retourna vers la voiture du Yard, un chaud soleil baignait les arbres cachant la chapelle désaffectée aux yeux du monde. Glissant le lissoir dans la poche de sa veste, l'ex-inspecteur-chef y sentit une présence étrangère. Il avait oublié qu'il emportait avec lui les baguettes du chef d'orchestre.

A qui les rendre à présent ? Elles devenaient déjà le souvenir d'une ombre à jamais disparue dans les eaux du lac de Lindenbourne. Qui d'autre que le dieu des mozartiens, pensa Higgins, avait le droit de la juger ?

Chez le même Éditeur

Collection « Les Maîtres de la littérature Policière »

André-Paul Duchâteau : La ville aux deux démons
André-Paul Duchâteau : De 5 à 7 avec la mort
Hugues Morin : Les veuves de Saint-Aubry
Paul Pines : L'ange du jazz

Collection « Dossiers du Quai des Orfèvres »

Maurice Périsset : Les maîtresses du jeu
Maurice Périsset : Les noces de haine
Maurice Périsset : Catafalque pour une star

Gérard de Villiers : La mort aux chats
Gérard de Villiers : Les soucis de Si-Siou

Achevé d'imprimer en août 1985
sur presse CAMERON
dans les ateliers de la S.E.P.C.
à Saint-Amand-Montrond (Cher)

N° d'édition : CNE, section commerce et industrie. Monaco 19023.
N° d'impression : 1314-848.
Dépôt légal : septembre 1985.